LA SOMBRA DE ALÍ BEY (TERCERA PARTE)

¡MALDITO CRISTIANO!
Albert Salvadó

60

Dedicado a la memoria de Albert Dumortier, «mon vieux Picard», con toda mi gratitud por sus enseñanzas y por su inestimable amistad. Fue más que un maestro, fue un gran amigo.

ISBN: 978-99920-1-928-3
Depósito legal: AND.202-2012

© **Albert Salvadó** ®
www.albertsalvado.com
Diseño de cubierta: Sarabia Photo

ÍNDICE

PRINCIPALES PERSONAJES HISTÓRICOS

Amorós, Francisco	Coronel español. Enviado por Godoy a Tánger
Badía, Domingo	1766-1818. Aventurero, viajero y escritor nacido en Barcelona.
Barbier	Bibliotecario
Barón Portal	Director de Colonias francés
Carlos IV	1748-1819. Rey de España.
Claude Baptiste Izouard de Lisle de Sales	Esposo de María Asunción Catalina Badía y Burruezo
Duque de Decazes y Glüksberg, Elie	1780-1860. Ministro de la Policía francés
Conde Molé	Ministro de Marina francés
Cuvier	Miembro del Instituto de Francia
Delambre	Miembro del Instituto de Francia
Duque de Richelieu	1766-1822. Primer ministro francés, sucesor de Tayllerand
Ferdinand de Lesseps	1806-1894. Diplomático y administrador francés
Fernando VII	1784-1833. Hijo del rey Carlos IV de España y sucesor suyo.
François de Chateaubriand	1768-1848. Escritor, militar, embajador, viajero y político francés
Jorge III	1738-1820. Rey de Inglaterra
Godoy, Manuel de	1767-1851. Estadista extremeño. Primer ministro de Carlos IV.
Goerge Bryan	1778-1844. Llamado Beau Brummel, fue el

Brummel	árbitro de la moda en Londres durante los primeros años del siglo XIX
Goudinot	Gobernador militar de Andalucía
Henrik Rzewuski, conde	Viajero polaco
José Badía y Burruezo	Hijo menor de Domingo Badía
José I Bonaparte	1768-1844. Hermano de Napoleón y rey de España
Lucy Esther Stanhope	Aventurera inglesa nieta de William Pitt.
Linant de Bellefonds	Viajero y explorador francés
Luis XVIII	1755-1824. Rey de Francia
María Asunción Catalina Badía y Burruezo	Hija de Domingo Badía
María Luisa Burruezo y Campoy	Esposa de Domingo Badía
Marqués de Almenara	Ministro español
Marqués de la Rivière	Embajador francés en Constantinopla
Mohanna	Esposa blanca de Alí Bey
Muley Adb-as-Salam	Hermano del sultán de Marruecos. Era ciego.
Muley Sulayman	Sultán de Marruecos.
Napoleón Bonaparte	1769-1821. Emperador de los franceses.
Pablo Arribas	Ministro de la Policía español
Pedro Badía y Burruezo	Hijo mayor de Domingo Badía
Pitt, William	1759-1806. Llamado Pitt el Joven. Jefe de gobierno inglés desde 1783 hasta 1801.
Regnault	Embajador francés en Trípoli
Richard Chaboceau	Médico francés en Damasco

Rojas Clemente, Simón de	Compañero de Domingo Badía en su viaje a París y a Londres.
Rossel	Miembro del Instituto de Francia
Talleyrand-Périgord, Charles Maurice de	1754-1838. Político y diplomático francés. Príncipe de Benevento y duque de Tayllerand. Obispo de Autum. Excomulgado por Roma.

MALDITO CRISTIANO

¿Qué tuvo de especial el 18 de octubre de 1818? Pues, que en esta fecha hay tres dieciochos. ¿Y qué tiene de especial el número 18? Que, si se suman las dos cifras de este número, el uno y el ocho, nos da nueve, que en numerología representa el final, la culminación y la conclusión de todo. Claro que, cuando una cosa se acaba, significa que comienza otra. Y en esta fecha también hallamos el mes de octubre, que numéricamente es el mes 10. Es decir: un uno y un cero, que suman uno. En numerología, el uno es el inicio de todo. Tres nueves, tres finales, un uno, un inicio. No es extraño que, si tenía que suceder algo especial, lo más normal es que ocurriese en un día tan señalado. Sin embargo, los grandes fenómenos que los pueblos antiguos atribuían a la intervención de los dioses, y que escapan a toda comprensión, a menudo pasan desapercibidos porque nadie les presta suficiente atención, o no tiene la habilidad ni los conocimientos necesarios ni el poder de descubrirlos. Sólo la historia, y siempre mucho tiempo después, nos permite percatarnos y quedar boquiabiertos ante lo que todos acabamos por calificar como producto del azar, una coincidencia o una casualidad... Y aquel día estaba a punto de producirse una de esas coincidencias temporales.

En París, Charles Duvalier llamó a la puerta del duque de Decazes, ministro francés de la Policía, al mismo tiempo que, en Londres, James Barrow entraba en el despacho de lord Parry, Secretario de Estado de Asuntos Exteriores británico. El hecho de que la mesa del secretario de Estado británico se hallase más alejada de la puerta que la del ministro francés permitió que la pequeña diferencia de tiempo entre los dos hombres, situados en dos ciudades distintas de dos países distintos y en dos tierras diferentes, quedase anulada y que Duvalier y Barrow alargasen la mano al mismo tiempo para entregar sus respectivos documentos a sus respectivos superiores y que iniciaran sus respectivas frases al unísono, pronunciando idénticas palabras. Lo único que cambiaba era el idioma.

—Hemos perdido a Alí Bey.

Tanto lord Parry como el duque de Decazes, a pesar de la distancia que los separaba, reaccionaron de idéntica forma: poniendo cara de idiota.

Y a partir de aquel instante las coincidencias se desvanecieron, el azar se truncó y todo volvió a la normalidad. Es decir: cada uno siguió su camino.

—¿Qué quiere decir que lo hemos perdido? —preguntó Decazes, en París.

—Que no sabemos dónde está —contestó Duvalier, mientras señalaba el informe que acababa de entregarle.

—¡Esto es un desastre! —exclamó el ministro.

En Londres, lord Parry echó una ojeada al informe.

—¿Es una nueva maniobra de este malnacido? —exclamó.

—No lo sé, señor. Según nuestro embajador en Constantinopla no tenemos noticias de su paradero desde hace muchos días —Barrow señaló el documento, indicándole que esa información se hallaba más abajo—. Parece que un tal conde

Rzewuski, un polaco, le habría explicado al marqués De la Rivière, el embajador francés en Constantinopla, que estuvo junto a Alí Bey hasta unas horas antes de morir.

—¿Seguro? —preguntó lord Parry.

—Otras noticias apuntan que va camino de la India.

—¿En qué quedamos?

—El conde Rzewuski, al parecer, aporta detalles. De manera que podría estar muerto.

—Si hubiese muerto, podríamos cerrar definitivamente el asunto Badía y felicitarnos. Francia habría perdido a su hombre y nosotros ganaríamos tiempo. No podemos pedir nada más —meditó lord Parry.

—Perdonad, pero el asunto Badía, si hubiese muerto y teniendo en cuenta las circunstancias, no se habría acabado —dijo Barrow, mientras arqueaba las cejas y torcía el cuello—. Según nuestro embajador en Constantinopla, los franceses han empezado a hacer correr el rumor de que hemos sido nosotros los que... —añadió, y se quedó esperando la reacción de su superior.

—¿Y hemos sido nosotros? —preguntó lord Parry, incrédulo.

—¡Por supuesto que no, señor! —replicó Barrow con energía—. La consigna era que nuestros hombres sólo informarían de sus movimientos. Nadie tenía instrucciones de matarlo. Ni siquiera de tocarle un cabello.

—¿Entonces...?

—Ya sé que me diréis que no tenemos de qué preocuparnos porque, aunque esté muerto, nadie podrá demostrar nada, pero el conde Rzewuski, que se encontraba allí para comprar caballos por orden de Guillermo I de Württemberg ha explicado que Alí Bey habría insinuado que la pérfida Albión podría encontrarse detrás de una trama que...

—¿Quién es esa señora tan mala?

—Albión es como los romanos llamaban al sur de Inglaterra, aunque fueron los griegos quienes pusieron el nombre a estas tierras —explicó Barrow. Lord Parry asintió y él prosiguió

—: El hecho es que este conde habría...

—Habría, habría, habría... ¿No creéis que todo resulta demasiado circunstancial? —lo cortó lord Parry.

—Sí, pero lady Stanhope también lo cree.

—¿Lady Stanhope?

—Lady Lucy Esther Stanhope, sobrina de William Pitt, que fue primer ministro de la Corona —Barrow se calló para ver si lord Parry la situaba o si tenía que continuar dando explicaciones.

—¡Oh, sí! —exclamó el secretario de Estado, y sonrió divertido—. ¡Lucy la loca! ¿Quién podría olvidar a una mujer que ha sido capaz de presentarse en el Líbano, hacerse con un pueblo, vestirse como un hombre, reclutar su guardia personal y tener asustadas a las autoridades otomanas? —de pronto borró la sonrisa. Acababa de percatarse de lo que podía representar—. Lady Lucy puede convertirse en un buen dolor de cabeza, si los franceses la creen. Es inglesa y está emparentada con los Pitt. Sería tanto como tener una víbora en casa —guardó un corto silencio. Había algo que no acababa de entender—. ¿Qué relación tenía con Alí Bey?

—Regnault, cónsul francés en Trípoli, le concertó una entrevista. Alí Bey tenía interés en conocer a la que allá se considera una leyenda. De hecho todo el mundo la trata como a una reina y ella dicta todas las leyes en el interior de un pequeño territorio difícilmente accesible que rodea el pueblo de Yunin y que es una fortaleza. Regnault hizo la gestión, la dama aceptó recibirlo, pero finalmente no pudieron verse. La caravana partía y Alí Bey no podía perderla —explicó Barrow de un tirón.

—¿Entonces, qué tiene que ver ella en esta historia?

—Dicen que guarda en su poder unos sobres de ruibarbo torrefacto que podrían ser tóxicos. Los recibió del propio Alí Bey, junto con una carta en la que le manifestaba sus sospechas sobre ciertos agentes británicos, sin especificar, y le pedía que, si a él le sucedía algo, los hiciese llegar a París.

—¿Por qué los enviaría Alí Bey? ¿Y de quién tenía miedo?

—Ése es el misterio.

—Barrow, tenemos un problema —Lord Parry asintió diversas veces—. Tenemos que hacernos con esos sobres y analizarlos. No me fío de los franceses. Son capaces de cualquier barbaridad con tal de cargarnos el muerto y no quiero que haya manipulaciones indebidas. Ya hace algún tiempo que mantenemos relaciones cordiales con Francia y no sería nada bueno que se desencadenase un conflicto y que nosotros fuésemos los responsables. ¿Me he explicado con claridad?

—Sí, señor —asintió Barrow—. ¿Y si, al analizarlos, encontramos algo extraño?

—Si es así, ya decidiremos. Por el momento lo que me preocupa es que los franceses no se nos adelanten otra vez.

—Muy bien, señor —Barrow asintió y abandonó el despacho.

Tenía un buen pastel. Enviaría una carta al agregado comercial de la embajada de Damasco. Era lo más rápido. Desde Damasco, Voigt podría viajar a Yunin, entrevistarse con lady Stanhope y convencerla para que le diese los sobres.

Por su parte, en París, y al mismo tiempo, tenía lugar una conversación similar.

—¿Sabemos con exactitud qué ha sucedido? —preguntó Decazes.

—El mensaje de nuestro embajador no es demasiado explícito —respondió Duvalier, y señaló el documento—. Hay un conde polaco que dice que Alí Bey habría muerto envenenado.

—¿Por quién? —exclamó Decazes.

—Hay versiones contradictorias. Por un lado aún no podemos asegurar que esté vivo o muerto, porque nadie ha confirmado el relato de ese polaco, y, por otro, si estuviese muerto, no sabemos quién ha sido, porque cada uno cuenta su historia.

—¿Ah, sí?

—Ese conde Rzewuski dice que los marroquíes que seguían a Alí Bey, cuando lo vieron muerto, se abalanzaron sobre su cadáver y se lo arrancaron todo, mientras no dejaban de gritar «¡Maldito cristiano!». Eso hace suponer que quizás fueron los marroquíes. Hace años fue expulsado de Marruecos y podían haberlo reconocido. También cuentan que, cuando llegaron a Qala't al-Balqá, en Jordania, quisieron enterrarlo. De manera que procedieron a limpiar el cuerpo, siguiendo el ritual musulmán, y le encontraron una cruz que pendía de su cuello. El jefe de la caravana se quedó perplejo. Alguien gritó «¡Maldito cristiano!», pero el jefe de la caravana le arrancó la cruz, dijo que cristiano o musulmán merecía una sepultura y ordenó que lo enterrasen según el rito musulmán. Una vez concluida la ceremonia siguieron su camino y se olvidó del incidente. Sin embargo, al llegar a su destino, a pesar de que el jefe de la caravana está obligado por ley a dar cuentas, nadie expuso el hecho y en consecuencia no consta su posible muerte en ninguna parte —explicó Duvalier—. Por otro lado, el conde Rzewuski insinúa que podría haber sido el *bajá* de Damasco o un *mullah*, posiblemente por orden de los ingleses. Incluso habla de la pérfida Albión.

—La pérfida Albión... Una manera muy elegante y sutil de decir lo que quiere decir sin nombrar directamente a nadie. Tenemos que averiguar qué ha sucedido —exclamó Decazes, y miró a Duvalier a los ojos—. Quiero saber con absoluta certeza si la misión sigue adelante, si Inglaterra se ha tragado nuestra historia y si hemos logrado despistarles. Y la única manera es averiguar dónde está Alí Bey. Si está muerto, quiero ver su cadáver o sus pertenencias. Pero quiero una prueba tangible. ¿Me habéis entendido?

—Sí, señor —asintió Duvalier y salió.

A partir de aquel momento tendría mucho trabajo. Lo primero era escribir un buen número de cartas: a Constantinopla, Alepo, Trípoli, Damasco, Jerusalén... Alguien tendría alguna noticia.

Decazes, por su parte, se quedó muy pensativo. Con aquello no contaba. Richelieu se subiría por las paredes.

—¡Ya decía yo que era peligroso confiar en ese hombre! —

gritaría como un loco.

Sin embargo, si todo acababa aquí, tranquilos, pero si empezaban a rodar cabezas... ¡Mal asunto!

Fuera como fuese, el problema era que Alí Bey había desaparecido y tenían que encontrarlo. ¡Vivo o muerto!

1 - UNA BODA INOCENTE

El 26 de noviembre de 1814 París se despertó con un sol que presagiaba que al mediodía las temperaturas permitirían a los habitantes de la capital de Francia salir a pasear y gozar de un calor excepcional para la época.

El cochero detuvo el carruaje profusamente guarnecido con flores blancas delante del número 25 de la calle de Grands-Augustins. La casa guardaba un buen equilibrio de formas. La escalera, que ascendía desde la calle hasta la puerta le otorgaba un cierto aire señorial y estaba ocupada por los familiares y amigos que esperaban la salida de la novia y del padre que la acompañaría hasta el altar.

Desde el otro lado de la calle los curiosos observaban la escena. Entre ellos había un hombre de unos cuarenta años, regordete, que lucía un generoso bigote, vestía correctamente y usaba sombrero y bastón. Un hombre normal, que no despertaba ninguna clase de interés, y menos aún entre los que permanecían pendientes de la novia.

Llegaron otros tres coches, no tan adornados como el primero. El hombre del otro lado de la calle hizo un ademán con la cabeza y torció ligeramente los labios. Conseguir tantas flores blancas en noviembre no era fácil. Había que pagar un buen precio. Él, Jean Cobbett, lo sabía muy bien. Su trabajo consistía precisamente en saberlo todo.

Se abrió la puerta de la casa y apareció la novia. Cobbett sonrió al ver la reacción de los que aguardaban. No había para menos. Aquella joven estaba muy guapa con el traje blanco y el velo que le cubría el rostro y que, al recibir la luz del sol, se transparentó y permitió descubrir la nariz pequeña y avispada entre dos pómulos ligeramente salientes que soportaban un par de ojos que se adivinaban oscuros y en consonancia con el cabello negro, mientras que los labios, rojos y bien dibujados, eran lo más parecido a una rosa en medio de un campo inmaculado.

La mujer que salió detrás de ella y que iba pendiente de la cola del traje, se adelantó un paso para retocar el velo del joven novia. ¡Ay, las madres! Siempre atentas al menor detalle y con el último consejo en los labios.

Cobbett desvió su atención de la muchacha para centrarla en el hombre que acababa de aparecer. Era pequeño y delgado, con bigote, y vestía muy elegante. Cobbett no le prestó demasiada atención y volvió a concentrarse en la muchacha. De sobras conocía a aquel hombre. Se llamaba Domingo Badía y era el padre de la novia. Pero hoy no sería el protagonista de la obra que se estaba representando. Bien, cuando menos, no debería serlo, a pesar de que Cobbett ya lo había visto en muchas otras ocasiones y, la verdad, siempre acababa convertido en el centro de toda celebración.

La iglesia se encontraba en la calle de atrás de donde se hallaba Cobbett, a poco más de doscientos metros, y con el día tan claro y tan bonito la novia y los invitados bien podían haber ido andando. Sin embargo, Cobbett sabía que a Badía le gustaba la pompa y que evidente los coches no se dirigirían directamente a su destino, sino que seguramente tomarían calle abajo, darían la vuelta a la plaza y subirían por la calle de la iglesia hasta alcanzar la escalinata. Así Badía lograría que todo el barrio pudiese gozar del espectáculo. Detalle muy digno de su talante.

Incluso aquel joven que se escondía detrás de un árbol y que miraba furtivamente a la novia, también presenciaría el desfile. Y entonces Cobbett se rascó el cogote. La cara de aquel joven le resultaba familiar. ¿Dónde lo había visto? ¡Oh, sí! Ya se acordaba. Era Jean-Paul Casel y frecuentaba el café de Matillon, terraza que también recibía la visita de Domingo Badía. Les había visto compartir mesa y reír como si fuesen los mejores amigos del mundo. ¿Por qué, entonces, no se hallaba entre los invitados a la boda? ¿Y por qué se escondía? ¿Tal vez ya no eran amigos?

La novia descendió las escaleras y se dirigió al coche. La aguardaba el cochero con la puerta abierta y el sombrero en la mano. La madre la ayudó a subir, mientras soltaba un raudal de palabras y recogía la ropa sobrante y la metía dentro del carruaje para que no arrugase demasiado.

—No le pises la cola — advirtió a su marido.

Badía hizo un gesto de desesperación y subió por el otro lado. Se le veía orgulloso y digno.

El resto del séquito ocupó su sitio en los otros coches y el padre de la novia dio la orden de partir.

Cobbett esperó hasta que los cuatro coches se hubieron puesto en movimiento. Entonces respiró hondo y se adentró en la calle que había a su espalda. Llegaría a la iglesia antes que los carruajes.

Evidentemente Cobbett no formaba parte de los invitados, pero eso no le impediría fisgonear y tomar buena nota de quiénes eran los asistentes, a pesar de que la tarea de informador social no le hacía demasiada gracia, pero el señor Piech, del Servicio de Información del Ministerio de Asuntos Exteriores de Su Majestad el rey Jorge III de Inglaterra, le había ordenado que comunicase cualquier acontecimiento relacionado con Badía. Incluso especificaba claramente que *cualquier acontecimiento* significaba *cualquier acontecimiento*. Es decir: todos. Y una boda era todo un acontecimiento. Más aún teniendo en cuenta quién iba a ser el futuro marido.

Tal como había previsto Cobbett, el carruaje se acercó

hasta la plaza dio la vuelta, enfiló la calle de la iglesia y desfiló majestuosamente hasta el pie de la escalinata, donde ya se había congregado buena parte de los invitados.¿Dónde estaba Jean-Paul Casel? Le buscó con la mirada, pero había desaparecido.

Un joven elegantemente vestido bajó la escalinata, abrió la puerta del coche y ofreció su mano a la novia.

—¡Qué guapa estás, Asun, pareces una diosa! —exclamó el joven con admiración.

—Gracias, Pedro —respondió la novia.

Badía descendió del carruaje por el otro lado y fue hasta ellos.

—Siendo el hermano y el padrino de boda, bien podías haber venido a buscarla a casa —dijo.

—No quería perderme el espectáculo de su llegada. Ayer ya le entregué el ramo —replicó Pedro.

—No hagamos esperar al novio —dijo Badía y ofreció su brazo a la novia. No era el momento más adecuado para iniciar una discusión.

Pedro ofreció el brazo a su madre y se dirigieron a la iglesia.

Dentro de la nave, los invitados, vueltos de espaldas al altar, no perdían detalle de la entrada de la novia. Una mujer tiró ligeramente de la manga de su marido y acercándose a su oído le preguntó:

—¿Qué edad tiene él?

—Setenta y tres —cuchicheó el marido.

—Y ella aún no ha cumplido los veinte. ¡Menudo carcamal se lleva la pobre! Si casi ya no le queda un solo diente y sólo puede comer sopa y puré —rió.

—Calla, que te pueden oír —exclamó él en voz baja, y miró de reojo hacia el altar.

¡Era todo un carcamal!, asintió el hombre. Aunque fuese amigo suyo, tenía que reconocerlo. Y ella era una muñeca. ¿Qué estaría pensando aquel viejo desdentado?, se preguntó con una chispa de envidia en sus ojos, contemplando lo que dentro de muy pocas horas el anciano tendría en la cama: ¡Carne bien tierna y bien fresca! Dios da pan a quien no tiene dientes, dijo en voz baja, y meneó la cabeza.

Claude Baptiste Izouard tenía setenta y tres años bien cumplidos y a pesar de que lo había intentado con el traje, con la peluca y con el maquillaje, no había logrado esconder ni uno solo de sus años, con su piel arrugada y la cara afilada que mostraban unos ojos que querían salirse de sus órbitas. Sonreía procurando mantener los labios bien prietos para no enseñar los dos dientes, un abajo y otro arriba, que le quedaban. Y cuando reía, ejercicio que no practicaba a menudo, intentaba no enseñarlos y hacía muecas con la boca abierta y los labios que tapaban las dos perlas ennegrecidas por el tiempo y por el tabaco. Más abajo, el cuello era delgado y arrugado. Parecía una tortuga que sale del caparazón, porque su cuerpo era poco más que un esqueleto.

Se hacía llamar señor de Lisle de Sales, aunque nadie había visto nunca ningún título ni ningún documento que lo acreditase. Pertenecía a la clase media alta, era miembro del Instituto de Francia, se movía en círculos científicos y pasaba por ser hombre de notable cultura, amante de los libros, curioso de todo tipo de ciencia o de técnica o de literatura o de lo que fuese, siempre que le permitiera desplegar sus conocimientos y hacer ostentación de un bagaje que dejaba boquiabierto a todo el mundo.

Cuando el señor de Lisle de Sales conoció a Domingo Badía pensó que había encontrado un alma gemela, alguien con tanto amor por la ciencia como él, que había sido capaz de hacer realidad el sueño que él cobijaba en su interior desde que era niño: viajar y vivir aventuras. Enseguida se sintió fascinado por sus relato y trabaron amistad, hasta el punto de que Badía se convirtió en asiduo en casa del señor de Lisle de Sales. Le visitaba casi cada día y a cada nueva revelación el viejo Claude afirmaba más su opinión de que tenía ante sí a un hombre de una talla extraordinaria. No tardó en presentarle a sus colegas del Instituto de Francia, la mayor parte de los cuales escucharon con interés de labios del propio protagonista lo que más tarde podrían leer en la obra en tres volúmenes titulada *Voyages de Alí-Bey en Afrique et en Asie pendant las années 1803, 1804, 1805, 1806 te 1807*, seguida de un atlas con ochenta y tres láminas perfectamente explicadas y cinco mapas que, gracias a las observaciones y a las medidas tomadas por su autor, habían permitido corregir ciertos errores geográficos y cartográficos del norte de África. Detalles como éste lograron que se le tuviese como a un gran explorador y notable científico, mientras que el prestigio del señor de Lisle de Sales ganó enteros por haber descubierto a semejante talento.

La amistad fue creciendo, Domingo lo invitó a su casa y Claude pudo conocer a la familia de su héroe.

¡Oh, cuando vio a Asun! ¡Qué flor tan hermosa! Se enamoró de inmediato. Era tan delicada, con un rostro tan angelical, una piel tan suave, unas manos de dedos largos y delgados, unos ojos oscuros y enormes, una nariz pequeña, unos labios bien dibujados... ¡Oh! Volvía a sentirse joven y soñaba. Y eso que él casi había aceptado con resignación que aquella parte de su corazón ya estaba muerta y enterrada, pero escuchar el relato de las aventuras de su amigo había desvelado en él una energía inesperada y con ella llegaron las pasiones dormidas.

Transcurrieron los días y aquel sentimiento se tornó real. No era un sueño, sino un deseo tan intenso que a veces el corazón le dolía. Los médicos le habían advertido que ya no tenía un corazón de veinte años y que aquellos dolores... Sin embargo, el viejo Claude andaba con más agilidad, sonreía a menudo, respiraba con mayor energía y blandía el bastón como si fuese un sable.

Su ilusión aumentó y cada día ofrecía más y más cosas a su amigo Domingo. Le presentó a todas sus amistades, colmó a su familia de atenciones y finalmente creyó que había llegado la hora de abrir su corazón y explicarle los sentimientos que le inspiraba su hija.

Una tarde invitó a Domingo a su casa y estuvieron

hablando. Claude se sentía tenso porque el tema era en extremo delicado y no sabía cómo plantearlo. ¡Por supuesto que era delicado! Pedir a un padre que prescinda de su hija no es una tarea sencilla. Intentó hacerlo durante un buen rato y finalmente se atrevió. La sorpresa fue ver que todo transcurrió de una forma natural. Incluso cuando despedía a Domingo en la puerta de casa, era incapaz de recordar cómo había comenzado. Se sentía muy feliz y su amigo le había dicho que hablaría con su esposa y que tomarían una decisión.

—Aún no puedo aventurar cuál será la decisión, pero puedo deciros que para mí es un gran honor que hayáis pensado en nuestra hija como futura esposa —había dicho Domingo.

—Dadas las circunstancias, quizá sería más conveniente que nos tuteásemos —había sugerido Claude.

—También representaría un gran honor, pero preferiría no precipitarme y esperar a conocer la opinión de mi esposa.

—¡Naturalmente! —exclamó Claude, un poco asustado. ¿Quizá había cometido un error?

Sus temores y sus dudas se desvanecieron pocos días más tarde. Domingo le comunicó que incluso Asun se había emocionado al imaginarse sus intenciones.

—Sólo se las ha imaginado, porque, evidentemente, no se lo hemos comunicado todo. Sólo una insinuación por parte de mi esposa. Tenéis que entender que es muy joven y que hay que andar con tiento —le dijo Domingo—. Sin embargo, mi esposa me ha explicado que se ha sonrojado al escuchar vuestro nombre. ¡Y eso, en una mujer, ya podéis imaginar lo que significa!

—No daré ni un paso sin que vos me lo aconsejéis —respondió Claude, emocionado por aquellas palabras.

—Creo que ya podemos tutearnos, amigo mío —sonrió Domingo.

Tal como había prometido, el anciano no dio ni un paso sin consultar con su amigo, no soltó una sola palabra sin pedirle permiso y vivió en silencio un amor que le hacía sentir que volvía a ser joven.

Ahora Asun venía hacia él. ¡Qué hermosa! Aquella misma noche podría desnudarla y mirarla, tocarla y abrazarla. ¡Ay, qué largo que se le haría el día! Ya hacía semanas y meses y, si hurgaba en su memoria, algún año que no... La última vez fue...con una ramera. Y no había resultado muy agradable. Lo trató como si fuese idiota y le sacó un buen pellizco por no hacer casi nada. Pero aquella noche todo sería diferente.

Asun miró hacia el altar. Su futuro marido la aguardaba. ¡Dios mío! Siempre lo había tratado de vos y seguiría haciéndolo cuando estuviesen casados.

—¡Madre, es un hombre mayor! —exclamó estremecida, al quedarse sola con su madre, justo después de que su padre le comunicase la decisión que había tomado. No había dicho anciano ni viejo arrugado, aunque no le habían faltado ganas.

—Es un hombre sensato, que goza de muy buena posición y gran experiencia —había respondido María Luisa con una sonrisa bondadosa—. Será un buen marido. Piensa que tu padre ha buscado lo mejor para ti. Muchas chicas sentirán envidia de tu suerte.

¿Cómo podía decir aquello? ¿Envidia? ¿De qué? ¡Setenta y tres años! Su padre tenía cuarenta y siete y ya le parecía un señor muy mayor...

¿Qué sucederá esta noche?, se preguntaba mientras se dirigía al altar. Un abuelo en la cama. Eso es lo que tendría. Una piel arrugada que rozaría la suya y una boca sin dientes que querría besarla. Sólo de pensar en ello se le ponía la piel de gallina.

—Tú no tienes que preocuparte por nada —le había dicho su madre, días atrás—. Te metes en la cama y dejas que él haga. ¿Comprendes?

—Madre...

—Todas hemos pasado por ese momento y todas hemos sobrevivido —María Luisa la cortó con otra sonrisa de comprensión—. Dura poco y no es tan grave. Y la segunda vez ya te habrás acostumbrado. Abres las piernas, cierras los ojos, aguantas la respiración y ya está.

—¿Y el amor y la pasión que explican los libros?

—El enamoramiento es cosa de libros, y el amor... ya vendrá con el tiempo. La mayor satisfacción son los hijos. Tu padre ha estado años y años fuera de casa, muy lejos, luchando por nosotros, y yo he cuidado de vosotros, que sois su orgullo.

¿Qué podía responder? No disponía de argumentos para replicar al hecho de que su padre se había marchado lejos de casa para luchar por ellos, por su felicidad y por su futuro. Era cierto que su madre se había pasado un montón de años sin marido y que había quedado embarazada un año después de su regreso. Y también era cierto que Pedro y Asun habían vivido muchos años sin su progenitor. Para ella resultó una sorpresa descubrir a los trece años que aparecía un señor que decía que era su padre. Lo recordaba como si fuese ahora mismo. Era el mes de junio de 1808. Aquel hombre, con una generosa barba, delgado, muy delgado, demacrado y con la ropa que le iba grande, llegó enfermo. Los saludó y se fue directamente a la cama, que no abandonó en quince días. Su madre llamó al médico y estuvo junto a su padre todas aquellas noches, hasta que el peligro pasó. Cuando recuperó la salud, su padre les dijo que se trasladaban a Madrid. Su madre se entristeció. Abandonar Córdoba después de tanto tiempo, abandonar parientes y amigos... Pero su padre decía que el centro de todo era Madrid y que había que ir porque después de todo lo que él había hecho por España le aguardaba un gran futuro.

Se afeitó la barba y se dejó el bigote. Decía que la barba era un salvoconducto para viajar por tierras musulmanas, pero que en Europa lo mejor era un buen bigote. Te hace respetable y serio, afirmaba mientras se lo acariciaba.

En Madrid las cosas no fueron como su padre había pronosticado. Se pasaba el día arriba y abajo, por los ministerios, mendigando un buen puesto de trabajo. No cesaba de repetir que, tras todo lo que había hecho por España, él se merecía un puesto importante, pero que los inútiles del nuevo gobierno del rey José I eran unos envidiosos. Eso le explicaba a su madre, mientras Pedro, dos años más joven que ella, escuchaba embobado.

Finalmente, el 25 de septiembre de 1809, un año después de abandonar Córdoba, su padre fue destinado a Segovia, como intendente. Un cargo importante, les dijo con orgullo. Y en vista de cómo los recibieron y de la casa que les asignaron debía de ser muy cierto, pensó ella al llegar a la ciudad de Segovia.

A partir de aquí su vida cambió. Los trataban con respeto y todo fue bien hasta el día que escuchó que las criadas murmuraban que su padre era un judío renegado que se había hecho musulmán, que ahora era un afrancesado y que estaba circuncidado. Y lo decían con asco.

—¿Qué quiere decir circuncidado, madre? —preguntó un día.

—Esta palabra, en nuestra casa, no quiero ni oírla —respondió su madre con vehemencia—. Y menos aún delante de tu padre.

A escondidas Asun encontró el significado de aquella palabra en un diccionario. «Circunciso o circuncidado: que ha sufrido la circuncisión». Poca ayuda era aquello. Siguió buscando. «Circuncisión: escisión total de prepucio». Y continuó. «Prepucio: repliegue mucocutáneo en la parte más distal del pene». ¡Oh, pene! Se estremeció, cerró el diccionario, le guardó, pronunció una jaculatoria para pedir perdón y con las mejillas encendidos fue a lavarse las manos. Un rato más tarde se preguntaba qué significaba mucocutáneo y dónde estaba la parte más distal del..., pero no se atrevió a consultar el diccionario. Ya era demasiado saber que tenía algo que ver con el miembro masculino...

Asun dejó a un lado aquellos recuerdos y retornó a la realidad. Junto a ella, por el pasillo central de la nave de la iglesia, su padre caminaba con la espalda bien tiesa y de vez en cuando inclinaba ligeramente la cabeza para saludar a alguien importante.

¡Dios mío, cuánta gente ha venido!, pensó la muchacha. La mayor parte de los invitados eran del novio, porque ellos, parientes, en París, no tenían casi ninguno y, aunque su padre gozaba de una especial habilidad para entablar relaciones, no disponían de ningún ejército de amistades. La capital de Francia no era Córdoba, la gente era más reservada.

Asun dirigió la mirada al altar. ¡Oh, Dios! ¡Aquel hombre que la esperaba bien podía pasar por su abuelo!

Cuando la vestían, todo eran gritos, prisas y nervios y nadie se preguntaba qué sentía ella, qué pensaba, qué deseaba, de qué tenía miedo... No. Ninguna de aquellas preguntas contaba. Nada de aquello preocupaba a nadie. Lo importante era el vestido, las flores, el velo, la cola... que todo fuese perfecto. Ella, a pesar de que le habían dicho y repetido hasta la saciedad que sería la protagonista y el centro de todo, se daba cuenta de que era una pieza más, un elemento decorativo en una fiesta en la que todos reirían, cantarían, bailarían y nadie pensaría en nada más.

¡Virgen Santa! Durante todo el tiempo que medió entre el día que se enteró de la decisión de su padre y el instante presente había intentado hablar con su madre y hacerle ver que... Pero la respuesta siempre era la misma:

—Aún eres demasiado joven para saber qué te conviene. Confía en tus padres, que tienen más experiencia que tú.

Su madre había cambiado. Ya no era la mujer que se comportaba como una amiga y que, cuando llegaron a París, se apoyó en su amada hija porque no hablaba ni una palabra de francés. Situación que se alargó durante muchos meses, hasta que un día el reducido y minúsculo círculo de amistades de su madre se ensanchó a velocidad de vértigo y de repente su padre la llevó a la ópera y al teatro. No había semana en que no tuviesen algún compromiso. Después ella empezó a acompañarlos y en todas aquellas salidas el rostro del señor de Lisle de Sales, un amigo que su padre ya había invitado a casa, figuraba en un lugar destacado. Era quien pagaba el palco de la ópera desde donde podía ver a aquel joven que no dejaba de mirarla y al que había visto en alguna ocasión en casa, acompañando a algún amigo de su padre. Ella se había interesado por el nombre de aquel hombre.

—Jean-Paul Casel —la informó Pedro.

—¿Le conoces?

—Es amigo del señor de Lisle de Sales y hemos hablado alguna vez.

Estaban en el palco y Asun esperó hasta llegar a casa para volver a hablar con su hermano.

—¿No podrías conseguir que papá me lo presentase? —preguntó ella—. Sin que nadie se dé cuenta —añadió enseguida.

—Ya me las apañaré para que lo inviten al palco —sonrió Pedro.

Pedro cumplió su promesa y le hizo algún comentario a su padre, que respondió que ya hablaría con Claude. Sin embargo, de repente aquel joven desapareció de París y a partir de aquel instante el señor de Lisle de Sales siempre se sentó junto a Asun.

La muchacha nunca supuso cuáles eran las intenciones del anciano. ¿Como podía pensar que un abuelo...? Pero seguro que su madre estuvo al corriente de todo desde el comienzo.¿Por qué la había entregado a un viejo?

María Luisa Burruezo y Campoy andaba unos pasos detrás de la novia, colgada del brazo de su hijo Pedro. Delante de ella se deslizaba la larga cola del vestido de su hija Asun. Una hija casada... ¡Oh, Virgen María!, suspiró. ¡Y qué hermosa estaba! Ella captaba las miradas de simpatía mezcladas con otras que calificaba de envidiosas, mientras recorría el largo pasillo que conducía al altar. Sonreía, pero sólo por fuera. Por dentro, su corazón no estaba alegre, sino que luchaba por impedir que un buen número de recuerdos y de pensamientos le viniesen a la cabeza.

—Cuidado, madre — dijo Pedro cuando llegaron al primer banco de la iglesia.

María Luisa se apartó para que su falda no se enganchase al asiento que le habían reservado. Levantó los ojos y vio que su marido dejaba a Asun en el altar y venía hacia ella con aquel talante que le era tan propio, con la cabeza bien erguida y la mirada dominante. ¡Se le veía tan orgulloso!

El sacerdote inició la misa y los pensamientos de María Luisa dieron un salto en el tiempo y fueron a parar al día en que abandonaron Segovia, lugar de inviernos fríos, para retornar a las cálidas tierras de Andalucía, a su amada tierra, donde habían nacido Asun y Pedro y donde después nacería José, el pequeño, que ahora tenía cinco años. Aquel retorno apenas duró un año y de nuevo regresaron a Madrid, para, dos años más tarde, sufrir los estragos de la gran debacle, cuando las tropas del general Marmont fueron derrotadas en Arapiles por las fuerzas inglesas y españolas al mando de Wellington. Los ejércitos napoleónicos tuvieron que abandonar Andalucía y se retiraron, y a finales de 1812 el rey José I huyó de España y todos los que habían sido tildados de afrancesados le siguieron. Domingo Badía fue uno de ellos. «¿Cómo pueden acusarme de afrancesado?», se desesperaba su marido. ¡A él, a Domingo Badía, el hombre que solo vivía para servir a su país! ¡Cuanta injusticia!, gritaba.

París, un país extraño, con un idioma extraño y gente extraña, significó un cambio drástico. No en el terreno económico, porque Domingo había hecho fortuna durante los últimos meses. Le costaba aprender el francés y menos mal que tenía una hija en quien apoyarse. Sin embargo, su marido no paraba ni un momento en casa. Muchas noches ni siquiera cenaba con ellos. Decía que tenía que hacer amistades y gestionar su vuelta a España, llevar a cabo todos los proyectos que había imaginado, hablar con mucha gente, hacerles partícipes de sus ideas...

Unos meses más tarde Domingo había escrito montones de cartas al rey Fernando VII de España explicándole sus hazañas en Marruecos, recordándole que sirvió fielmente a su padre Carlos IV y dibujando el glorioso futuro que él podía ofrecer a la corona. Los días, las semanas y los meses se sucedieron y no recibió respuesta. Entonces buscó a otros que como él habían padecido el destierro, pero que habían logrado regresar a la patria. Finalmente se enteró por conducto de un viejo conocido, el coronel Amorós, que el nuevo rey de España tenía demasiados problemas y que no respondería a sus cartas. Aquella vía estaba agotada, porque Amorós había caído en desgracia y había sido tachado de afrancesado, mientras que Godoy, también establecido en París, vivía una vida cómoda y retirada de la política y no quería saber nada.

Intentó hablar con con Napoleón, pero fue inútil.

—Buscaremos otro lugar —había dicho una tarde—. Alguien, en algún rincón de Europa, me escuchará.

María Luisa ya no pudo más. Tenía que respetar la voluntad de su marido, como le habían enseñado cuando era joven, pero siempre arriba y abajo, de una ciudad para otra, y siempre escuchando las mismas quejas. ¿No decía su marido que tenían suficiente dinero? Pues que hiciese como Godoy, que se retirase y que viviera tranquilamente, sin aquel afán de obtener honores y gloria.

—Estoy cansada de viajar de un lado para otro, de no tener casa fija, de no saber qué sucederá ni dónde estaré mañana. Primero Madrid, después Segovia, luego Córdoba, de nuevo Madrid, ahora París... Cargamos con nuestros hijos como si fuesen fardos —se quejó María Luisa. Y sus ojos suplicaban, más que pedían.

De repente se hizo un silencio que le pareció eterno. Domingo se había quedado quieto y mudo, con los ojos fijos en el suelo.

—Nos quedaremos aquí —sentenció él—. Buscaremos una casa, echaremos raíces y esta tierra nos acogerá.

Aquellas palabras la dejaron más tranquila. Por lo menos, no tendría que volver a hacer las maletas. Sin embargo aún quedaban muchas dudas por resolver.

—¿Cómo? —había preguntado ella en otra ocasión, después de ver que nada cambiaba, que su marido seguía luchando por hacerse un lugar en la sociedad francesa, pero que todo eran tropiezos—. ¿Acaso no te das cuenta de que somos extranjeros en tierra extraña, que hemos perdido todas las amistades, que hace un año que estamos aquí, que nadie nos visita, que...?

—Casaremos a nuestros hijos y ellos serán nuestro salvoconducto —replicó Domingo con la vehemencia que le era habitual cuando había tomado una firme decisión.

Durante los días siguientes Domingo llegaba a casa y guardaba silencio, apenas cenaba y se encerraba en un pequeño despacho durante horas. Tal vez había hablado demasiado, pensó María Luisa pero, de repente, su vida cambió.

—Esta noche asistiremos a la ópera — dijo Domingo, una tarde.

Y a partir de aquel día Domingo la llevaba a la ópera y al teatro y ella descubrió con sorpresa que su marido era un hombre muy conocido y con muchas amistades. Después llegaron las comidas y las cenas y no había semana en que el matrimonio Badía no tuviese un mínimo de tres compromisos.

—Nuestra hija debería acompañarnos. Ya tiene dieciocho años y tiene que empezar a alternar —le dijo un día su marido.

¡Dios mío! Sus ruegos habían sido escuchados y Domingo había entendido que había llegado la hora de descansar, supuso María Luisa, y se sintió feliz.

Cuando habló con Asun y le comunicó que les acompañaría, la muchacha no cabía en su gozo. Era la más feliz del mundo. Salir, alternar, conocer hombres jóvenes...

—Todo se andará —sentenció su padre—. Por el momento nos acompañarás y espero que no tengamos que arrepentirnos.

Curiosamente, todos los hombres que se le acercaban eran maduros o mayores, como su padre o más. Y había uno, el señor de Lisle de Sales, que siempre intentaba sentarse a su lado y que le daba conversación. María Luisa bien que reparó en ello.

—¿No crees que el señor de Lisle de Sales está muy pendiente de Asun? — comentó un día a su marido.

—Así ella no se aburre —Domingo quitó importancia al

hecho.

Sin embargo, unas semanas más tarde, su marido le comunicó, con verdadera euforia, que Claude Baptiste Izouard de Lisle de Sales se había interesado por su hija Asun y quería pedir su mano.

—¿El señor de Lisle de Sales? —exclamó ella, sorprendida —. Nuestra hija tiene diecinueve años y él es un anciano.

—Es miembro del Instituto de Francia, rico e influyente —Domingo levantó el dedo bien alto, apuntando al techo, y arqueó las cejas.

—Ella siente inclinación por el joven Jean-Paul Casel...

—¡Casel! —exclamó Domingo despectivo—. Su familia no tiene nada. Reflexiona: si nuestra familia logra un parentesco de tanta categoría como el señor de Lisle de Sales... ¿Quién no nos abrirá sus puertas? ¿No es eso lo que querías? —sonrió y se sentó en la butaca que había frente a ella.

—Sí, pero no sacrificando a nuestra hija... —intentó replicar María Luisa.

—¿Sacrificar? —Domingo se levantó ofendido y gesticuló como si fuese un orador en mitad de una arenga política—. Me pediste que nos quedásemos aquí y que echásemos raíces. Piensa que en el mundo musulmán las mujeres se venden y se compran sin más y yo, por contra, le he buscado un marido. ¿Cómo puedes decir que la sacrifico? Claude dispone de toda una mansión. El hôtel de Lorges del 95 de la calle de Sèvres le pertenece. ¿Qué muchacha que aún no ha cumplido los veinte años puede soñar con una posición tan alta? Y Claude está intentando hacer entrar a nuestro hijo Pedro en el ejército francés. Le debemos mucho y sólo pido un poco de colaboración por vuestra parte. Si quieres hablar de sacrificios, yo sí que he sacrificado los mejores años de mi vida lejos de casa para haceros felices a vosotros. Viajé por tierras desconocidas y salvajes, guardándote fidelidad, y he regresado para traeros a París, al centro de la cultura, de la ciencia y de la vida de Europa —concluyó su discurso dejando caer los brazos en una actitud propia de un actor consumado al final de un dramático monólogo.

—Ya sé todo lo que has tenido que pasar por nosotros y no me quejo. Al contrario. No quería decir que la sacrifiquemos... —se disculpó María Luisa, aturdida y avergonzada.

—Pues no lo digas —la cortó Domingo, se arrodilló a los pies de la butaca y le cogió las manos con fuerza mientras su voz bajaba de tono y buscaba la dulzura—. Si yo te explicase lo que tuve que padecer en mitad del desierto, con riesgo de mi vida, y cómo pensaba en ti, mi Mariquita...

Mariquita era el nombre que Domingo empleaba cuando se ponía tierno y, para ella, escucharlo significaba que tenía que ceder a sus deseos y callar, porque entonces se iniciaba el raudal de recuerdos y de reproches: él lejos de casa, sufriendo y luchando; ella en casa, con la vida solucionada, porque él lo había dejado todo atado y bien atado antes de partir para que no le faltase nada; todo lo había hecho por ellos.

María Luisa fue incapaz de replicar. Su marido poseía todos los argumentos y jugaba con ellos con tanta facilidad que podía trastrocarlos, si las circunstancias lo requerían, para taparle la boca. Cuando Domingo regresó del Oriente lo notó muy cambiado. Se mostraba más reservado, tenía una mirada extraña, como si se hubiese olvidado algo allá lejos y dudase de ir en su busca. Una vez se hubo recuperado de la enfermedad y volvieron a hacer vida marital, María Luisa descubrió que los cambios eran más que sorprendentes. Le hacía cosas que nunca le había hecho, la tocaba como nunca lo había acariciado y le pedía... ¡Dios mío, lo que le pedía! Hasta que no se acostumbró, con sólo pensarlo enrojecía. ¿Las demás mujeres españolas hacían todo aquello o ean costumbres de las musulmanas, que adoraban a otro dios?, se preguntaba. Incluso, un día, en una reunión de amigas, en Madrid, insinuó que había oído decir que había mujeres y hombres que utilizaban la lengua más que cualquier otra parte del cuerpo y que practicaban posturas muy extrañas.

—¡Dios nos libre de hacerlo! —exclamó una, casi estremecida—. Una mujer como es debido siempre permanece quieta. Ya sabemos que los hombres aprenden muchas cosas con otras mujeres que no se quedan precisamente quietas, pero si nosotras nos moviésemos, ¿qué pensarían ellos? ¿Que también tenemos nuestras experiencias particulares?

—Tienes razón, querida —sonrió otra—. Con el marido hay que andarse con mucho tiento y no introducir ninguna novedad que él no haya pedido. Así nunca levantaremos ni sospechas ni recelos.

—¿Y con el que no es el marido? —preguntó otra, con picardía, y les dirigió una significativa mirada.

Todas rieron divertidas.

María Luisa sacó enseguida la conclusión: el vínculo sagrado del matrimonio obliga a mantener relaciones puras, mientras que la inexistencia del vínculo se traduce en una falta de freno. En Madrid las costumbres eran más permisivas que en Andalucía. Recordaba que su madre le había dicho: «Los hombres son como son y tienen más necesidades que las mujeres. Que hagan lo que quieran, porque si no se lo permites, se buscarán otra». María Luisa sospechaba, y aceptaba, que su marido quizá no le había sido tan fiel como juraba. Hay detalles que se caen por su propio peso. Pero más valía que encontrase en ella todo lo que buscaba y que practicase todo lo que había aprendido y todo lo que se le ocurriese. Si era necesario se volvía de espaldas o se arrodillaba o abría las piernas o la boca o lo que fuera. En algún momento con miedo, alguna vez con reparo y finalmente con resignación. Él quedaba satisfecho y eso era lo más importante. Una mujer tiene que estar preparada para soportar lo que sea.

—Procura que la simiente siempre quede dentro de ti, para que dé el fruto que es grato a Dios —le había dicho su confesor—. Eso es lo que importa de veras.

—Pero es que a veces mi marido deposita la simiente en el lugar equivocado —insistía ella—. ¿Tengo que negarme, entonces?

—Hija, la mujer ha nacido para obedecer, aunque a veces el hombre se convierte en diablo. Reza a la Virgen y ella iluminará a tu marido.

Ya lo hizo, pero la iluminación no llegaba. Paciencia, le pedía aquel sacerdote, y María Luisa acabó callando y haciendo todo lo que Domingo le proponía. De la misma forma que le obedeció en todo y se fueron a Segovia y, a pesar de que aquella tierra era muy diferente a Córdoba, y la gente también, hizo de tripas corazón y se adaptó con rapidez.

¡Ay! Todo había ido bien hasta el día que oyó por casualidad que había quien murmuraba que su marido era judío o musulmán y que estaba circuncidado. Incluso su hija le había preguntado qué quería decir aquello de la circuncisión. María Luisa, cuando Asun le hizo la pregunta, ya conocía el significado de esa palabra porque se había preocupado de averiguarlo y, al contrario que Asun, no se había detenido al hallar la palabra pene en el diccionario, sino que fue más lejos hasta que descubrió que lo que murmuraban era cierto. Por lo menos, la parte que hacía referencia a la circuncisión. Podía jurarlo, porque había tenido aquello entre las manos, entre las piernas y más tarde en... En fin, que bien podía decir que lo había probado de veras. Y lo que también podía explicar era que, a pesar de que habían pasado años entre que Domingo salió Córdoba para ir a Londres y su regreso tras el gran viaje por todo el norte de África, el día que volvió a verlo desnudo se quedó boquiabierta ante aquel pene que ella recordaba distinto y que ahora parecía un pimiento escaldado.

—Tuve que hacerlo para pasar por uno de ellos. Sino, ahora estaría muerto —le explicó su marido—. Pero no te preocupes. Sigue tan juguetón como siempre.

¡Seguía tan juguetón! La prueba es que la dejó embarazada.

El problema era que... ¡En fin, que todo el mundo sabía que estaba circuncidado! ¿Cómo podían saberlo?, se preguntó. Aquello sólo podía saberlo quien lo hubiera visto desnudo. Entonces... ¡Bien! Si había estado con alguna furcia musulmana, que seguro que había estado, pues... señal de que tenía necesidades que ella no podía cubrir porque estaba lejos, pero que siguiese frecuentando aquellos placeres era otra historia y no podía permitirlo, porque ella nunca le había negado nada. Hablaría con él, concluyó. Sin embargo, recordó a su madre y no se atrevió a hacerlo. Los hombres son como son y de vez en cuando necesitan... Como decía su madre, que también había sufrido con su padre: «Bendita la aceitera que tiene para los de casa y para los de fuera». Y no se hable más.

Desde que se casaron, si sumaba los días que habían vivido juntos, sólo había tenido marido la quinta parte del tiempo, si es que llegaba. El resto había vivido sola, con sus hijos. «La mayor satisfacción de una mujer son los hijos», le había dicho su madre, argumento que ella traspasaba a su hija porque para ella había sido real. Domingo nunca paraba quieto. Cuando estaban en Córdoba, iba y venía de Madrid; viajó por toda Europa y durante cinco años desapareció y vivió con los musulmanes; más tarde, cuando vivían en Segovia, se pasaba más tiempo en Madrid que en casa; y cuando estaban en Madrid, se inventaba alguna excusa para ir a Valencia. ¿Qué hacía durante todos esos viajes? ¿También le era fiel?, pensó con sorna. Sólo le era fiel cuando estaba enfermo, que lo estaba a menudo. Su madre, cuando se iban a casar, le dijo: deberás estar muy pendiente de él, porque no lo veo muy fuerte. Incluso el padre de Domingo lo decía.

María Luisa miró a Asun, allá de pie, frente al altar. ¡Estaba muy hermosa con aquel vestido blanco! Entonces sonrió. Sin embargo, su sonrisa se desdibujó. ¿Qué sería de su vida junto a aquel anciano?, pensó.

—No tiene que preocuparse —había respondido Domingo el día que ella le hizo un comentario—. Durará muy poco y será viuda pronto. Una viuda rica. Y por lo que respecta al presente, Claude no es un hombre fuerte y no creo que Asun deba soportar mucho peso encima. Ya me entiendes.

Aquel día, después de aquella conversación, María Luisa tuvo un presentimiento. ¿Y si todo había sido un plan perfectamente orquestado por su marido? De hecho todo encajaba. Fue desde el momento en que dijo que los hijos serían su salvoconducto cuando empezó a cambiar su vida y Claude se convirtió en un amigo que venía a menudo por casa, que les había presentado a mucha gente, que los invitaba a la ópera y al teatro...

A pesar de las evidencias, aún intentaba negárselo a sí misma, porque nada más imaginarse que su marido pudiera ser capaz de vender a su hija a un anciano la cabeza le daba vueltas.

—A Asun no le comunicaremos nada hasta que llegue el momento —había sugerido su marido—. Debes prepararla... En fin, ya sabes lo que quiero decir. Hablaré con ella cuando tú me avises, porque de estas cosas las mujeres entendéis mucho más que nosotros.

El día que se enteró de que Asun no sospechaba nada, se quedó boquiabierta. ¿Asun no había reparado en todas las atenciones de Claude? Sí, pero se las había tomado como si procediesen de su abuelo. ¿Y las miradas? También las había tomado como las de un abuelo embobado.

¿De qué se extrañaba? Lo más normal del mundo era que su hija suspirase por conocer a aquel joven que se sentaba en el patio de butacas y que de vez en cuando miraba hacia el palco. Ella también se había fijado en el joven. Y era atractivo. ¡Ninguna muchacha suspira por tener un abuelo por marido!

Intentó hablar con Domingo y decirle que toda aquella historia era una locura y que aquella boda no podía celebrarse, pero se encontró con una respuesta contundente. Ya habían ido demasiado lejos y no podían echarse atrás. ¿Qué pensarían todas sus amistades? ¿Qué pasaría con todas las relaciones que habían hecho? ¡Lo perderían todo!

—¿Claude Baptiste Izouard de Lisle de Sales tomáis por esposa a María Asunción Catalina Badía y Burruezo...? —dijo el sacerdote.

De repente el joven Pedro Badía regresó a la realidad del presente. Su mente se había perdido entre los recuerdos de cuando vivían en Córdoba, tras su corta estancia en Segovia. En abril de 1810 su padre fue nombrado intendente de la ciudad de los califas y poco después, en agosto, recibió el nombramiento de prefecto, acumulando las funciones de comisario real y de intendente.

Un día se lo llevó a su despacho y le mostró unos planos mientras le explicaba que se trataba de un plan para hacer navegable el Guadalquivir desde allí hasta Sevilla. Pedro lo miró con admiración.

—¿Puede hacerse? —preguntó.

—Piensa grandes cosas y harás cosas grandes; piensa cosas pequeñas y no harás nada ni serás nadie —le contestó su padre—. ¿Qué quieres ser de mayor?

—Marinero —exclamó Pedro.

—¿Marinero? —Domingo arqueó las cejas—. ¡No, hombre, no! ¡Almirante de la flota! Eso es el que tienes que ser.

—¿Y cómo se llega?

—Entrarás en la academia, estudiarás como el que más y serás oficial. Después me acompañarás en mis viajes por el Oriente y allí demostrarás quién eres y todos reconocerán tu valía y el rey te premiará nombrándote almirante.

Piensa grandes cosas y harás cosas grandes, le había dicho su padre. Y durante un tiempo creyó que era cierto, porque en poco más de un año el nuevo prefecto de Córdoba introdujo el algodón, la remolacha y la patata entre los cultivos de aquellas tierras, creó los jardines de la agricultura y plantó olmos y álamos en el Campo de la Merced. Pedro recibía todas las explicaciones de su padre mientras se dibujaba el primer plano de la ciudad, se reorganizaba el alumbrado, la limpieza y el regadío y se construía el cementerio de la Virgen de la Salud. Pero sus grandes realizaciones, las del prefecto Domingo Badía y Leiblich, no se detenían aquí, sino que se adentraban en su ideal de lograr que todo el mundo accediese a la educación y a la cultura. Reabrió el Teatro Cómico e incluyó la aritmética, el álgebra y la geometría en el plan de estudios del Real Colegio de la Asunción.

Piensa grandes cosas, no paraba de decirle. Y su padre manejaba grandes sumas de dinero y todo iba sobre ruedas hasta que Goudinot, el gobernador militar de la región, lo acusó de apropiación indebida de fondos.

—¡Es un mal nacido y miente! —gritaba su padre.

Quizá lo fuese, pero lo cierto fue que el 1 de mayo de 1811 llegaba su destitución y la orden de regresar a Madrid. De nuevo hicieron las maletas y abandonaron otra casa y otra ciudad.

La nueva aventura de Madrid no fue nada del otro mundo. Durante siete meses su padre estuvo en lo que llamaban situación de disponible.

—Quiere decir que no saben qué hacer con él —le explicó un amigo que significaba aquella expresión.

—¡Mentira! —gritó Pedro, y casi llegaron a las manos.

Sin embargo, el tiempo transcurría y no tuvo más remedio que aceptar la realidad.

Finalmente, a comienzos de diciembre de 1811 su padre fue nombrado miembro de la Real Misión para negociar con los insurrectos valencianos, y partió hacia la capital del Turia. Sin embargo, Napoleón ya no se fiaba de su hermano, el rey José I, y había enviado al barón de Treville, que hizo capitular Valencia. ¡Ni negociaciones ni historias! De manera que en febrero, Pedro, que entonces ya había entrado en la academia militar, escuchó todos los lamentos de su padre que había regresado de tierras valencianas y que se quejaba de que no había podido hacer nada y que aquella inactividad lo mataba. Volvía a estar disponible.

Su padre era un hombre muy especial. Su madre lo defendía siempre y lo abrazaba cuando lo veía decaído. A menudo caía enfermo. Alguien decía que había contraído alguna extraña fiebre en África y que la arrastraría siempre, que en ciertos momentos se calmaba y que después retornaba.

—El mejor hombre del mundo y el mejor padre que habéis podido tener —decía María Luisa cuando Domingo se quedaba quieto y sentado al sofá, en silencio y triste—. Tenemos que estar a su lado y demostrarle que le queremos.

La máxima prueba de ese amor llegó el 3 de abril de 1812, cuando unos policías llamaron a la puerta de casa y se llevaron preso a su padre bajo la acusación de dilapidación de bienes nacionales producto de la desamortización y de las confiscaciones que habían sufrido los que eran contrarios a José I.

Su madre echó a correr y se fue al encuentro del marqués de Almenara, antiguo conocido de Domingo Badía y ministro del Interior, que había sido su anfitrión en Constantinopla, durante sus viajes. Pedro la acompañó.

—Yo no soy responsable —se extrañó el marqués—. ¿Cómo podría ordenar su apresamiento, si lo considero un héroe?

Un par de preguntas y enseguida supieron que la orden había partido del despacho de don Pablo Arribas, ministro de la Policía. A partir de aquí, el marqués salió en defensa de Domingo Badía y se inició un pequeño calvario. Cada mañana, durante más de dos semanas, Pedro acompañaba a su madre al ministerio del Interior. Un día ella se sintió indispuesta y Pedro tuvo que ir solo.

—Joven, no os esconderé que la situación es delicada. Las pruebas presentadas son de peso —le dijo el marqués—. Aun así, creo que saldremos de ésta. España no puede abandonar a quien tanto ha hecho por ella, a pesar de que ahora haya cometido algún error.

Finalmente todo quedó archivado y olvidado y aquel mismo verano Domingo Badía era nombrado Recaudador e Inversor del Fondo del Ejército. ¡Increíble! Sin embargo, Pedro, que había crecido y estaba a punto de recibir el despacho de teniente, ya no veía a su padre como el hombre que es capaz de hacerlo todo, que representa todas las virtudes y que sólo vive para servir a su país. Aquella conversación con el ministro del Interior le había arrancado la venda de los ojos. ¿Qué había sucedido en Córdoba para que su padre fuese relevado del cargo y llamado a Madrid? ¿Goudinot era un desdichado o tal vez descubrió algo que no era totalmente correcto?

El nuevo cargo de Domingo Badía duró poco a causa de la derrota de Arapiles.

¡Venga! Desmonta la casa, haz de nuevo las maletas y vuelve a salir de viaje. Pero lo más grave era que Pedro, con su grado de teniente apenas estrenado, tenía que dejar el ejército y huir. ¿Qué daño había hecho él? ¡Ninguno! Aun así, su padre le ordenaba seguirle y su madre no hacía más que sufrir y llorar.

¡Virgen María! Desde que su padre había vuelto se pasaban todo el tiempo saltando de ciudad en ciudad. Pedro había perdido a todos los amigos de la infancia y no había dispuesto de demasiado tiempo por hacer otros nuevos. ¿Cómo podía tener tiempo si no paraban quietos? Y sólo faltó que esta vez cruzasen una frontera y cayesen en una ciudad con costumbres diferentes, gente diferente, un idioma diferente... ¡Un mundo diferente!

Un año después de llegar a París, su padre había hecho amistad con un hombre mayor, Claude Baptiste Izouard, que se hacía llamar de Lisle de Sales. Todo un personaje y muy influyente, le había dicho su padre. Estaba seguro de que podía hacerle entrar en la academia militar, había añadido atusándose el bigote.

—No soy francés —replicó Pedro.

—Lo único que tienes que hacer es responder sí a todo lo que te pregunten. Del resto ya me encargo yo —le contestó su padre.

A partir de aquel instante las sorpresas fueron mayúsculas. De la noche a la mañana se encontraba con un árbol genealógico familiar en el que figuraba una rama de antepasados franceses que, además, eran nobles. ¿De dónde salían? De unos documentos que supuestamente eran copia de otros que guardaba un supuesto convento perdido por tierras de Andalucía, del que Pedro ni siquiera había oído hablar. Y la verdad era que había para descubrirse ante aquel despliegue de imaginación y la gran habilidad de su padre con la pluma. Ahí se dio cuenta de que las acusaciones del ministro de Policía español podían tener mayor fundamento del que finalmente le concedieron. Y aquello constituía una prueba más de que su padre era capaz de falsificar lo que conviniese.

Sin embargo, algo falló porque no fue admitido en la academia militar. Si quería entrar a formar parte del ejército francés, que lo hiciese como mercenario. Ésa fue la respuesta.

—¡Mi hijo nunca será un mercenario! —había gritado Domingo Badía—. ¿Qué se han creído esos imbéciles?

Fue entonces cuando Pedro tomó la decisión de buscar trabajo. Ya había viajado suficiente, las había visto de muchos colores, había perdido la fe en su padre, hacía demasiado tiempo que quería emprender el vuelo, pero su padre se lo impedía, y ya empezaba a ser hora de soltar las faldas de su madre y convertirse en un hombre. En resumen: ¡Basta ya de órdenes!

En mitad de la iglesia Pedro alzó la mirada y vio a su hermana, allí, junto a aquel anciano. ¡Pobre Asun! También había acatado las órdenes de la superioridad.

—¿Por qué tienes que casarte con él? —le había preguntado una tarde.

—Mamá dice que es lo mejor para mí.

—Mamá dice... Mamá dice lo que quiere nuestro padre. He hablado con Jean-Paul y sé que está enamorado de ti.

—¿Y qué puedo hacer?

—Huye con él.

—¿Crees que se casaría conmigo?

—¡Por supuesto que sí!

—¿Puedes hablar con él?

—Mañana sin falta —asintió Pedro.

Al día siguiente había buscado a Jean-Paul sin éxito. Y durante los días siguientes lo intentó, pero de repente Jean-Paul había abandonado París. Pedro pensó en seguida que posiblemente su padre tenía algo que ver con tan repentino viaje.

Ahora, Asun se casaba con un asno viejo y desdentado. ¡Pobre Asun!

¿Y su madre? ¿Cómo había podido consentirlo? ¡Oh, claro! Su pobre padre, a quien todos tenían que obedecer porque era el mejor hombre del mundo, había decidido que las cosas tenían que ser así. Para su madre sólo existía su dulce esposo. El resto eran comparsas de una representación teatral en la que sólo podía haber un protagonista.

Pues bien: él, por más que se esforzase, no podía pensar en el gran hombre que quería aparentar ser su padre, sino en un embaucador capaz de inventar la historia más inverosímil y convertirla en una aventura maravillosa para lograr a cualquier precio lo que se había propuesto.

—¡Yo os declaro marido y mujer! —exclamó el sacerdote.
Y un suspiro colectivo llenó la iglesia.

*** ***

Cobbett se quedó hasta que el carruaje de los recién casados desapareció por el final de la calle. Había tomado buena nota de todos aquellos a los que conocía y se había enterado de quiénes eran los que desconocía. Una boda inocente. Seguro que todo el mundo comería y bebería hasta hartarse, aquel viejo decrépito tocaría carne de primera calidad y, tal vez, moriría de un ataque al corazón.

Suspiró, cruzó las manos a la espalda y enfiló calle arriba. Piech tendría su informe pormenorizado sobre una estúpida boda. Evidentemente, no se conocían, pero Cobbett estaba convencido de que se trataba de un funcionario puntilloso que seguramente no tenía mucho trabajo.

2- EL RETORNO DEL EMPERADOR

John Piech, sentado frente a la mesa que ocupaba en un pequeño rincón entre dos armarios, meditaba.

¡Casar a una hija con un anciano de setenta y tres años!, exclamó. ¿Qué pretendía aquel chiflado? ¿Entrar en la sociedad francesa a cualquier precio? Ya lo había intentado con unos supuestos antepasados franceses. Y John había descubierto que aquella rama familiar de Badía era pura fantasía. Lo había comentado con su superior, el señor Greene, que le había elegido para hacerse cargo del asunto, pero que no concedió mayor importancia al hecho. Sin embargo, que ahora Greene no podía permanecer indiferente ante aquella barbaridad. Significaría tanto como decir que no tenía sangre en las venas.

John respetaba al señor Greene. Pero a veces no estaba de acuerdo con lo que decía. Cuando recibió la orden de hacerse cargo del asunto Badía, estaba más que convencido de que Alí Bey representaba la farsa de un hombre que vivía gracias al engaño y había sostenido que toda aquella... aquella... La verdad era que nunca había sabido cómo calificar lo que explicaba Domingo Badía en sus memorias y había acabado tildándolo de historia de tres al cuarto. Más aún tras haber estudiado los mapas, situado cada punto donde el viajero estuvo, y haber comparado aquellos escritos con los informes de varios cónsules. Argumentos para calificar toda aquella historia de fábula no le faltaban. Por ejemplo: había montones de contradicciones en el relato; las explicaciones a medias tintas; las revueltas de las que no se tenía ninguna noticia; los rebeldes de los que nadie había oído hablar; no había ningún documento que probase que había sido nombrado general, aunque él aseguraba que se había perdido; un pasado francés que aparecía milagrosamente; la falta de explicación al hecho de que hubiera sido expulsado de Marruecos... ¡Hombre, era evidente! Sin embargo, Greene había asignado el asunto Badía a John Piech porque decía que era un joven con talento. También un poco rebelde. Discutieron el tema en diversas ocasiones y finalmente John entendió que los libros publicados eran un panfleto para obtener dinero y que detrás podía esconderse una historia muy distinta. Además: un hombre que es capaz de hacer todo lo que había hecho Badía..., recapacitaba Greene. ¿Y si había engañado a todo el mundo?, replicaba John. Entonces, con mayor razón, era un genio, concluía Greene. Tres años viviendo en Marruecos sin que nadie lo descubriese hasta el final y meses viajando por toda la geografía musulmana, incluida su entrada en la Meca, era un historial que dejaba pasmado a cualquiera. Sólo por este detalle, decía Greene, Badía podía resultar terriblemente peligroso. Más valía tenerlo muy vigilado.

El señor Greene estaba a punto de llegar, pensó John tras consultar la hora. Aprovecharía para presentarle el informe de la boda y reírse un rato. Ya se imaginaba el comentario: un hombre que es capaz de vender a una hija de diecinueve años no se detendrá ante nada.

Concluyó el informe, adjuntó la documentación recibida de París y miró a sus tres compañeros de sala, que permanecían con la vista fija en los documentos que tenían sobre la mesa.

Al salir notó algo extraño. La gente se movía deprisa. Cruzó el largo pasillo y vio que la puerta del despacho del señor

Greene estaba abierta y que Morris, su secretario, andaba muy ajetreado, buscando algo.

—Buenos días —saludó John—. ¿No está el señor Greene?

—¿Estáis de broma? —le contestó Morris, sin mirarlo.

—¿Perdón...?

Morris se detuvo y lo miró.

—¿Es que no estáis al corriente o me estáis tomando el pelo? —exclamó, un tanto molesto.

—¿Al corriente de qué? —John puso cara de idiota.

—El señor Greene ha muerto —dijo Morris y John se quedó de una pieza. Entonces Morris se dio cuenta de que John no estaba al corriente de la desgracia. ¡Claro! Él acababa de enterarse... Y bajó el tono—: Hace un rato que han encontrado su cuerpo en un callejón cerca de su casa y con signos de violencia. Los de más arriba andan locos. Londres se está convirtiendo en un lugar peligroso, no paran de decir.

Los funerales fueron muy emotivos. Todos sentían gran afecto por el señor Greene y en el cementerio no faltó nadie, desde lord Parry hasta al último de los funcionarios.

Tras los funerales, la pregunta de «¿Y ahora, qué?» fue sustituida por «¿Quién ocupará su puesto?» De las demás preguntas, como podían ser quién lo había matado y por qué, ya se ocuparía la policía.

—¿Mansfeld? —exclamó John con unos ojos como platos, cuando Morris le comunicó el nombre del sucesor del señor Greene —. ¿George Mansfeld? —repitió, añadiendo el nombre de pila.

—El mismo —Morris contestó con un asentimiento, también con unos ojos bien abiertos—. Por el momento, de manera provisional.

—Esperemos que sólo sea provisional. De lo contrario, que Dios nos coja confesados —murmuró John, y abandonó el despacho del secretario.

A partir de aquel instante todo cambió. En menos de

quince días los jefes de las diversas áreas del Servicio de Información dejaron de depender directamente del secretario de Estado de turno, y en medio apareció un director de gabinete. ¿Por qué? Pues, para John, resultaba evidente: los nuevos mandos querían impedir que los funcionarios pudiesen acceder con facilidad al secretario de Estado o, peor aún, al ministro, costumbre que se había mantenido hasta entonces. Era una forma de proteger sus cargos y sus poltronas.

John se frotó la cara. ¡Aquello era la revolución! Aunque, bien pensado, lo que por un lado es una limitación, por otro puede resultar bueno, pensó en un intento por encontrarle el lado positivo a la situación. Eso era lo que no cesaba de repetir el señor Greene: procuremos siempre sacar la parte positiva de todo. Y tenía razón: por lo menos, con este nuevo planteamiento el alboroto que crea un cambio de ministro se diluya mientras desciende en la escala de mando, tras haber atravesado un más que posible cambio de secretario de Estado y haber sido muy frenado por el director, que seguro que no perdía fácilmente su cargo. Además, la onda llegaría muy amortiguada a los despachos de los jefes de área y un escalón más abajo, justo encima de la mesa de un pobre subalterno, como John Piech, ya habría desaparecido sin dejar el menor rastro.

—James Barrow ha sido nombrado director —oyó comentar.

John se unió al grupo de funcionarios que conversaban.

—¿Y Mansfeld ha sido confirmado jefe de área? —preguntó.

—Sí —le respondió el que parecía mejor informado.

—No lo entiendo. Barrow y Mansfeld no... —replicó John, y dejó la frase en el aire. De todos era muy conocido el hecho de que el director y el jefe no andaban precisamente de la mano.

Todos los presentes callaron. ¡Uy! Aquella podía resultar una situación explosiva. ¿Duraría mucho?, se preguntaban, sin abrir la boca.

Para desgracia de John Piech, aquello tenía pinta de durar

más de lo que había supuesto, aunque los rumores apuntaban a que el director James Barrow había hablado con el secretario de estado lord Parry para proponerle el nombre de David Young como nuevo jefe de los Servicios de Información del área de Francia y centro de Europa. Sin embargo, también decían los rumores, lord Parry había confirmado a George Mansfeld en el cargo.

Además apareció una nueva norma: todo intento de hablar con alguien superior al director debía ser comunicado inmediatamente a Morris, que se había convertido en el nuevo secretario de Barrow. ¡Uf, cómo andaban las cosas!

Sea como fuere, el hecho es que George Mansfeld sustituyó a Greene, y John Piech, al igual que los demás funcionarios, fue llamado para informar de todo lo que llevaba entre manos y recibir nuevas instrucciones.

Mansfeld tenía cuarenta años, era alto y fuerte, lucía un cabello rubio atado al cogote con una cinta negra, empleaba gafas y tenía unos ojos azules y pequeños, casi sin pestañas, mientras que sus labios eran delgados. Cuando estaba con los superiores sonreía de oreja a oreja y el tono de voz era comedido y agradable, pero cambiaba radicalmente cuando estaba con subalternos.

John se presentó con un informe perfectamente redactado pero Mansfeld, aunque lo tomó, le ordenó que le hiciese un resumen.

Cuando John acabó su explicación, Mansfeld repasó varios puntos que constaban en el informe, para verificar que lo que acababa de oír era lo mismo que mostraba el informe, y se detuvo en uno de ellos.

—Parece que hace días que este Domingo Badía no mueve ficha, si descontamos el hecho de que ha casado a una hija con un viejo chocho, detalle absolutamente estúpido y sin mayor trascendencia — dijo.

—Sí, señor.

—Lo mejor será que olvidarnos de este asunto —dijo Mansfeld en tono de evidencia.

—Excusadme, señor, pero Domingo Badía fue espía de Godoy, sirvió a José I, se entrevistó con Napoleón y bien podría acabar sirviendo a Luis XVIII —replicó John—. El señor Greene...

—¿Habéis dicho que habló con Napoleón? —rió Mansfeld—. Tenemos constancia de una sola entrevista con Napoleón —exclamó, y John se quedó sorprendido—. Yo también leo los informes —aclaró Mansfeld, y prosiguió—: ¿De veras creéis que en una sola entrevista se pusieron de acuerdo en todo?

—El señor Greene, y antes Brenton, lo consideraban un conspirador de primer orden —respondió John. Quizá Mansfeld lo estaba poniendo a prueba.

—En todos los años que estuvo en Marruecos no hizo nada, excepto vivir como un príncipe. ¿Y ahora decís que este hombre, con una sola entrevista, convence a Napoleón y se convierte en poco menos que en un espía de Francia?

«Si lo que pretende es ponerme a prueba, la verdad es que se está empleando a fondo», pensó John. Tenía que sacar toda la artillería.

—Sir Alfred Gordon le dedicó mucha atención y no creo que...

—Me importa un bledo lo que creáis —lo interrumpió Mansfeld. Se habían acabado las contemplaciones— Os prohíbo que dediquéis un minuto más a este asunto. ¿Queda claro?

—Sin embargo, señor, como habéis podido leer en un informe anterior, su viaje por Egipto, por el mar Rojo, por...

—¿Aún no me habéis entendido? —Mansfeld lo miró con dureza—. Traedme toda la documentación que tengáis y basta.

John agachó la cabeza y guardó silencio. Iniciar una relación con una discusión no es un buen comienzo. Lo mejor era obedecer. Pero no se privaría de escribir las conclusiones a las que había llegado. Por lo menos, dejaría constancia.

La investigación preliminar de la muerte de Greene se materializó en un informe que resultaba claro y contundente. Le habían dado una cuchillada en el hígado, por la espalda, habían arrastrado el cuerpo hasta la parte más oscura de un callejón y le habían arrancado todo cuanto de valor llevaba, porque la chaqueta había aparecido rota y del chaleco colgaba un pedazo de la cadena de oro que sujetaba el reloj.

A partir de aquí, la policía interrogó a todos los vecinos de la zona, registró el callejón hasta que no quedó por remover ni una mota de polvo, habló con todos lo que directa o indirectamente habían tenido o habían podido tener alguna relación con el caso y finalmente encontraron el reloj en una casa de empeño. Sólo el reloj, sin la cadena. O mejor dicho: el pedazo de cadena. Siguieron interrogando a un buen número de personas, pero sólo sacaron en claro una descripción que dio el dueño de la casa de empeño sobre lo que recordaba del hombre que se lo había entregado. Según él, el reloj lo había traído un marinero y no había mucho más que decir: le parecía que era moreno, con el cabello negro o quizá castaño, unos ojos... oscuros o no... más bien claros, y era alto... bien, el mostrador quizá despistaba un poco... En fin, que dio una triste descripción. Todo apuntaba a que se trataba de un robo y, como no había ninguna otra pista, archivaron el caso.

¡Pobre señor Greene!, exclamó John cuando se enteró de que nadie volvería a preocuparse de su antiguo jefe.

Aquel final del invierno, justo entrado el año 1815, los funcionarios de aquel departamento vivieron unas cuantas sorpresas en muy poco tiempo, pero lo que no sabían era que la mayor de todas aún estaba por llegar.

En la primavera, el 23 de marzo, una noticia corrió por los pasillos como la pólvora.

—¡Napoleón ha huido de la isla de Elba y está en Francia!

—¿Cuándo ha sido eso? —preguntaban unos.

—El día 20. Y todo hace pensar que el ejército se le ha rendido —seguían los rumores.

Napoleón se había escapado y volvía a estar en Francia,

meditó John. ¡Pues mira qué bien! Quizá volvería a despertarse el caso Alí Bey.

*** ***

—¡Marinero! —exclamó Badía con desprecio, mientras negaba con la cabeza—. Ésta es la educación que ha recibido de ti.

María Luisa tenía los ojos llenos de lágrimas y no se atrevía a mirar a su marido. ¿Cómo podía decir que la culpa era suya?

—Menos mal que he llegado a tiempo. José recibirá la educación que le corresponde, lejos de las faldas que vuelven débiles a los niños —siguió diciendo Domingo.

—Pedro no debe ser tan débil cuando se ha enrolado en un barco — se atrevió a replicar María Luisa.

—No ha tenido la valentía de decírmelo a la cara, sino que ha dejado una triste nota en la que sólo dice que ha tomado una decisión, sin más explicación, y ha huido de noche. ¡Como un ladrón! Ya veremos si es soporta la vida en el mar o si vuelve llorando para esconderse en tus faldas —Domingo acabó la discusión con un portazo.

Aquella misma tarde María Luisa visitó a su hija y la puso al corriente de la huida de Pedro y de lo que decía su marido.

—Madre, vos no tenéis nada que ver. Toda la culpa es de mi padre —respondió la hija tras escuchar las lamentaciones de su madre.

—¡Asun! —exclamó María Luisa.

—Sí, madre. Toda la culpa es suya —repitió Asun—. Siempre tenemos que hacer lo que él dice. Nadie en esta casa puede tomar decisiones. Yo estoy casada con un viejo idiota...

—¿Cómo te atreves? ¡Es tu marido! —María Luisa se sorprendió ante la reacción de su hija.

—¡Exacto! Es mi marido, pero sólo porque lo dice un papel. Me ha desflorado... —Asun calló un instante, puso unos ojos como platos y añadió en voz más baja—: Que lo suyo le costó —hizo un gesto con la mano, moviéndola arriba y abajo y, prosiguió en voz baja—: Y ahora se limita a tocarme. Ya no le quedan fuerzas para mucho más y no creo que sea capaz de dejarme embarazada.

—¡Calla, que el servicio nos puede oír! —María Luisa la tomó por el brazo, la apartó de la puerta y la condujo a un rincón.

—Seguro que todo París ya está al corriente. ¿O quizá habéis tomado a los criados por idiotas? —Asun se deshizo de la mano de su madre.

—No puedo seguir escuchándote —dijo María Luisa.

—No podéis seguir escuchando mis palabras porque son la verdad, que siempre duele —respondió Asun.

María Luisa la miró con una expresión de espanto dibujada en su rostro. Aquélla no era su hija. La habían cambiado. Asun nunca se atrevería a hablarle así.

—Espero que recapacites sobre todo lo que acabas de decir y que te arrepientas —sentenció.

Y sin permitir que su hija replicase, tomó el sombrero y la chaqueta y abandonó la casa.

—Ya veremos quién se arrepiente antes —murmuró Asun, mientras desde la ventana del salón contemplaba a su madre que atravesaba el jardín con paso enérgico.

No podía creer que su madre siguiera defendiendo a su padre. ¡Pero... si mentía más de lo que hablaba! ¿Cuántas veces le había dicho que tenía un cena con colegas o una reunión y...? ¡Todo París estaba al corriente! Le conocían en todas partes y en todas las casas de furcias, donde decían que era famoso por sus orgías. Un buen número de caballeros de buena familia hacían cola para probar los placeres que Domingo Badía había importado de Marruecos, de sus fiestas privadas en casa de Abd-as-Salam, y que habían revolucionado las costumbres de algunos barrios de aquella ciudad. Luego, cuando el sol despuntaba, todo volvía a la normalidad y aquellos caballeros recuperaban su talante serio de hombres cultos y de ciencia.

Por más que dijese su madre, por más que procurase tapar el engaño, por más que disimulase o por más que negase toda evidencia, Asun sabía que estaba al corriente de las correrías de su padre. La mayoría de sus amistades le tenían lástima o se reían de ella. Quizá por eso no había reaccionado con vehemencia, como otras veces que Asun se atrevía a criticar a su padre, sino que se había retirado. Tal vez el hecho de que Pedro se hubiese ido de casa representaba un golpe demasiado duro como para seguir con la venda en los ojos y aquella huida era el inicio de un proceso para limpiar toda la suciedad de los cristales que nos impide ver la luz. Quizá sí, exclamó Asun, y se apartó de la ventana.

*** ***

Aquella primavera de 1815 se inició con un jubiloso estallido de todos los jardines de París, a pesar de que para muchos fue un detalle que pasó desapercibido porque todo el mundo vivía pendiente del desembarco de Napoleón y del giro que habían tomado los acontecimientos cuando el ejército se le rindió. El emperador había regresado, el rey había huido y Europa temblaba.

A finales de mayo el carruaje se detuvo frente al hôtel de Lorges, situado en el número 95 de la calle de Sèvres. La portezuela del vehículo se abrió y apareció Domingo Badía. Se puso el sombrero y pagó el cochero. Ya no lo necesitaría. Contempló la casa grande que se alzaba majestuosa al fondo del generoso jardín lleno de colores y de vitalidad. La familia podía sentirse orgullosa. Bien, evidentemente no les pertenecía, sino que era propiedad de Claude, el marido de su hija Asun. Sin embargo, el parentesco y la amistad que los unía le permitía considerarla, por lo menos, un poco suya. De hecho, una vez Claude se había casado con Asun, pasaba a ser su yerno, con lo que él se convertía en el patriarca. En Marruecos era así y él tenía claro que se trataba de una costumbre muy sensata.

Respiró hondo, asintió en señal de aprobación, frunció los labios, cogió el bastón con determinación, empujó la reja y cruzó el jardín con el mismo paso elegante y afectado que había empleado en Marruecos, cuando representaba el papel de príncipe musulmán. Llegó a la puerta de la casa y tiró de la cadena de la campanilla. Una criada se hizo cargo del sombrero y del bastón, mientras le indicaba que el señor le esperaba en la biblioteca.

¡Ah, aquella biblioteca! Era famosa más allá de París. ¡En toda Francia! Treinta y seis mil volúmenes perfectamente alineados en una inmensidad de estanterías que alcanzaban los más altos artesonados. Claude Baptiste Izouard de Lisle de Sales se sentía orgulloso del legado que había ido atesorando durante toda su vida y que, si Dios lo permitía, aún podría agrandar un poco más, no cesaba de repetir. Había libros de todo tipo: desde científicos a literarios, desde poesía hasta filosofía, pasando por el arte, el esoterismo, la geografía, las matemáticas, la física, el relato puro, las costumbres, las religiones... Todos magníficamente catalogados, clasificados y ordenados. Domingo siempre había dicho que allí había enterrada una fortuna.

Apenas entrar en la sala que desde el primer instante le había robado el corazón, vio a su yerno que daba instrucciones al señor Gilbert, el hombre que ya hacía casi quince años que trabajaba a las órdenes de Claude y que era el verdadero artífice de aquel universo de orden inmaculado.

—... no olvidéis buscar un lugar adecuado para la colección de cartas del siglo XIV que nos llega la semana próxima. Tened presente que son unos documentos incunables y que deben ser tratados con el máximo respeto. Bien, ya sabéis lo que quiero decir —ordenaba el anciano con la voz característica del viejo desdentado que pronuncia palabras mientras se le escapa el aire por todos los huecos de la dentadura.

Al ver aparecer a su suegro, interrumpió su discurso y fue a recibirlo.

—Buenos días, Claude —saludó Domingo.

—Vayamos al salón —el anciano lo tomó por el brazo y lo hizo salir, mientras bajaba la voz—. Ayer hablé con uno de los hermanos y tengo grandes noticias.

A pesar de que Claude era hijo único, no desentonaba que

hablase de hermanos. Era el término empleado para referirse a los que formaban parte de la logia del Gran Oriente, a la que pertenecía el viejo y a la que quería pertenecer Domingo.

A partir de aquí guardaron silencio hasta que llegaron al salón y Claude cerró la puerta.

—Británicos, prusianos y sajones quieren unirse y enfrentarse a Napoleón en una batalla que podría resultar decisiva —explicó, gesticulando. Bien, más que gesticular, cuando tenía que comunicar algo importante y se alteraba, todo su enclenque cuerpo empezaba a temblar como una hoja al viento—. Sin embargo, sea cuál sea el resultado, parece más que probable que nuestro asunto podrá desencallarse.

—Sea cuál sea el resultado, no —negó Domingo con la cabeza—. Tiene que ser favorable al rey de Francia y Talleyrand debe continuar como primer ministro. De lo contrario, ya conozco a Napoleón y sé lo que sucederá. Tuve la oportunidad de hablar con él en una ocasión y, la verdad, casi ni me escuchó.

—¿Pero no habías dicho que hablaste muchas veces con él? —se extrañó Claude.

—Mi francés no es perfecto y quizá me he expresado mal —dijo Domingo, sonriendo—. Hablé con él en numerosas ocasiones, pero recuerdo especialmente ese día, porque ya era hacia el final, justo antes de ser vencido y su mente andaba por otros derroteros. Si me hubiese escuchado...

—¡Por supuesto! —exclamó Claude, aceptando las explicaciones de su suegro.

—¡Dios mío! —exclamó Domingo, y cambió de tema—. Si hiciesen caso de mi plan, quien invirtiera en ese proyecto sacaría cien veces más.

—Una expedición es cara. No resulta sencillo convencer a nadie de que arriesgue su dinero.

—¿Te han dicho cuándo seré admitido como hermano? —Domingo volvió a cambiar de tema.

Ya había intentado en numerosas ocasiones que su yerno invirtiese en aquella idea de establecer una colonia en el norte de

África, pero Claude decía que era demasiado dinero para él. No valía la pena insistir más.

—Debes tener un poco más de paciencia, porque han aplazado la entrada de nuevos hermanos hasta que no se acabe todo este lío. Pero, puedo asegurarte que tu candidatura va por buen camino.

—Dios te oiga —aceptó Domingo.

—¿Te quedarás a comer con nosotros?

—Sí, gracias.

—Vamos a la biblioteca. Quiero mostrarte una obra que ni me acordaba que tenía y que es una verdadera joya...

Abandonaron el salón y se dirigieron de nuevo a la biblioteca. Por el camino, Claude ordenó a una criada que añadiese otro plato a la mesa. Después volvió a deshacerse en explicaciones sobre el futuro inmediato que impedía concederle a Domingo todos sus deseos. Más que de deseos hubiera debido hablar de pactos, porque lograr que entrase en la orden del Gran Oriente y que el gobierno francés lo tomase como asesor para una nueva expedición a tierras musulmanas que perseguiría establecer una colonia, eran parte del precio que Claude se había comprometido a pagar si se casaba con Asun. A ciertas edades gozar del placer de un cuerpo joven y apetecible no es gratuito, y él era consciente. Un hombre de honor es un hombre de honor. Además, apenas celebrada la boda, y tal como también habían hablado, dejaba a Asun en testamento la casa con todo lo que contenía. ¡El placer es el placer!

*** ***

El 20 de junio, a mediodía, desde la ventana de su dormitorio Asun vio que su marido cruzaba el jardín en dirección a la casa acompañado por Jean-Paul Casel, y el corazón le dio un vuelco. Desde semanas antes de su boda el joven señor Casel no había vuelto a poner los pies en casa de su padre y desde el día de la boda, a la que no estuvo invitado, no había vuelto a visitar a su marido. Era como si se lo hubiese tragado la tierra. ¿Qué podía haber sucedido para cambiar aquella situación?, se preguntó mientras abandonaba la habitación y descendía las escaleras que conducían al recibidor para coincidir con los dos hombres en el preciso instante en que llegasen.

La puerta se abrió en el instante en que Asun alcanzaba el último escalón.

—Buenos días, querida —saludó Claude—. Quiero presentarte al señor Jean-Paul Casel.

Asun se dirigió hacia los dos hombres con la mano extendida y delicadamente caída con las puntas de los dedos hacia abajo, en un gesto elegante. Jean-Paul la tomó entre las suyas y la besó sin dejar de mirarla a los ojos.

—Encantada, señor Casel —dijo ella.

—Si me lo permitís, señora, vuestra belleza aún resplandece más que cuando estabais en casa de vuestros padres —Jean-Paul sonrió.

Asun retiró la mano despacio.

—No recuerdo que hubiésemos sido presentados —dijo.

—Y así ha sido, hasta ahora —dijo Jean-Paul—. Sin embargo, yo sí recuerdo haberos visto en casa de vuestro padre, alguna vez que había ido. Y también habíamos coincidido en la ópera, a pesar de que vos seguramente no me visteis.

—No os tengo presente —Asun fingió inocencia—. ¿Qué palco ocupabais?

—Es normal que no me tengáis presente, porque yo, señora, me sentaba en el patio de butacas, y en medio de tanta gente es difícil que reparaseis en mi humilde persona —respondió Jean-Paul un tanto decepcionado.

—¿Aún vais a la ópera? —se interesó ella.

—Hace meses que no voy —respondió Jean-Paul—. He estado fuera de París por causa de mi trabajo.

Asun se volvió hacia su marido.

—Quizá algún día podríamos invitar al señor Casel al palco —dijo en el tono de petición que tanto gustaba a su marido, porque a veces le recordaba el de una nieta que habla con su abuelo.

—El próximo jueves por la tarde os esperamos —Claude se ofreció de inmediato.

¿Quién podía negar nada a una mujer tan dulce? En el poco tiempo que llevaban de casados, había aprendido muchas cosas sobre los hombres. Los hombres mayores, naturalmente. Recordaba que primero sintió reparo. Incluso podría decir asco. Sin embargo, después... ¡Ay, después! Cuando vio que tener una muchacha junto a ellos le hacía sentirse joven, descubrió que, a pesar de que quisieran aparentar (siempre delante de los demás) la fuerza de un hombre, en la intimidad no era más que una criatura desvalida al capricho de quien verdaderamente llevaba las riendas. Asun se dio cuenta enseguida de que su poder resultaba ilimitado cuando se quedaban solos y que podía hacer con él cuanto le viniese en gana, pedirle lo que se le antojase o conducirlo por donde le apeteciese. Sólo con una tierna mirada, un suspiro o una caricia que podía tomarse por una promesa que no tenía necesariamente por qué cumplirse siempre.

—Gracias, señora —Jean-Paul hizo una reverencia, Asun le dedicó una sonrisa y se fue.

En el instante en que ella se dirigía hacia la parte de atrás de la escalera, Jean-Paul escondió un suspiro. Desde mucho antes de que la hija del señor Badía se convirtiese en la señora de Lisle de Sales, no había vuelto a poner los pies en aquella casa. Recordaba que la había visto por primera vez un día en que había acompañado a quien ahora era su marido a casa del señor Badía. Sólo habían cruzado una mirada, y de refilón, como todas las que después se cruzarían en la ópera: él desde platea y ella desde el palco. Porque sus miradas se habían cruzado e incluso se habían detenido. Y sin una sola palabra, únicamente con la visión de aquellos ojos oscuros y con una conversación que tuvo con Pedro, el hermano de Asun, se había hecho ilusiones y había ayudado al señor Badía en todo lo que había podido: buscando información, procurándole contactos, tirando de los hilos de amistades propias o familiares...

¡Menuda desilusión el día que se enteró de que aquella chica que para él era una diosa se casaba! Y cuando conoció el nombre de quien sería el marido... ¡Dios mío! ¿Cómo podía entregarse a un hombre como el señor de Lisle de Sales? ¡Si era un anciano! ¡Y sin dientes!

De repente, la simpatía que el señor Badía le profesaba desapareció o, por lo menos, así lo creyó él, porque ya no volvió a invitarlo nunca más a su casa. Y, poco después, el señor Pentier, el empresario para quien trabajaba, le ordenaba viajar a Clermont-Ferrant y hacerse cargo del taller de lana. Era una gran oportunidad, le dijo el señor Pentier. Esperaba mucho de él. Lo tuvo atado al taller de lana hasta que se cansó, porque la verdad era que él no entendía qué hacía allí. El taller funcionaba solo y más bien le parecía un castigo que un premio o una prueba. Un día, sin que existiese razón aparente, el señor Pentier lo llamó a París y le dijo que había hecho un buen trabajo y que había pensado en él para otro puesto. Claude llegó justo para la boda, a la que no había sido invitado, y poco después volvió a marcharse con un nuevo encargo. Esta vez viajaría a Holanda para colocar los productos en aquel mercado. Finalmente, Pentier le aumentó el sueldo y lo convirtió en su mano derecha. A partir de aquel momento ocupó cargos de responsabilidad.

Aquella mañana el joven Jean-Paul y el anciano Claude se habían encontrado casualmente, se habían saludado y habían hablado un rato. Evidentemente, teniendo en cuenta que el tema del día y de la semana y del mes era Napoleón, Jean-Paul había hablado sobre las noticias que acababa de recibir por conducto de un oficial amigo suyo. Entonces, Claude le había rogado que lo acompañase a su casa, porque su suegro vendría a comer y era importante que escuchase aquellas nuevas de primera mano.

Cada vez que el señor de Lisle de Sales se refería al señor Badía con el apelativo de suegro, a pesar de que era cierto, a Jean-Paul le sonaba extraño. ¿Cómo puede un hombre ser el suegro de otro que es veinticinco años mayor? Y no era el único que se extrañaba, sino que mucha gente creía que el pobre viejo chocheaba, que había cometido un error y que el verdadero yerno era el señor Badía.

¡Bien, qué más daba! Asun se había casado y él ya había perdido toda esperanza. Quizá, incluso, andaba equivocado con las miradas en la ópera, desde el palco. ¡Imposible!, se dijo. No hacía ni un instante que lo había mirado a los ojos, después de rogar a su marido que lo invitase al palco. Y aquella mirada...

—Vamos a la biblioteca —oyó que decía la voz del señor de Lisle de Sales y abandonó sus pensamientos—. Mi suegro no tardará mucho en llegar.

Aún no se habían sentado cuando escucharon la campanilla de la puerta y acto seguido oyeron las pasos de la criada, la puerta que se abría, la voz siempre alegre de Domingo Badía que saludaba y la de la criada que le indicaba que lo esperaban en la biblioteca.

—¡Jean-Paul! —exclamó Domingo, sorprendido por la presencia de un rostro que ya hacía tiempo que había desaparecido de su entorno.

—Trae noticias que pueden resultar trascendentales —dijo Claude.

—Hace tiempo que no os veo por el café de Matillon —se quejó Domingo y alargó la mano con una sonrisa.

Jean-Paul recibió el fuerte apretón de manos.

—Sentémonos —los invitó Claude.

—La noticia ha corrido como el viento y... —dijo Jean-Paul.

—La única noticia que me interesa en estos momentos es saber de vos —lo interrumpió Domingo—. ¿Cómo estáis? ¿Qué hacéis? ¿Dónde os escondéis?

Jean-Paul aspiró todo el aire de la habitación. Domingo sabía cómo hacer sentirse importante a cualquiera con unas palabras o con un gesto.

—Bien. Muy bien. Estoy muy bien, gracias —respondió el joven con una amplia sonrisa.

—¿Sabéis que pregunté por vos para invitaros a la boda de

Asun y no os encontré? —dijo Domingo, mientras lo tomaba del brazo, en un gesto cargado de simpatía.

—He estado fuera unos meses por cuestiones de trabajo.

—Pero ahora habéis vuelto, que es lo que cuenta de veras —replicó Domingo, cerrando el puño y golpeando al aire.

—La noticia, la noticia —intervino Claude insistentemente.

—Sí, sí, naturalmente. Dicen que los mensajeros han reventado los caballos para explicar que hace dos días el ejército napoleónico fue derrotado por las fuerzas británicas en Waterloo, que han recibido en el momento crucial el apoyo de las tropas prusianas y sajonas —explicó Jean-Paul.

—¿Cómo ha sido eso? —preguntó Domingo.

—Un amigo mío, que es oficial, me ha contado que el emperador se había retirado a descansar unos minutos. De sobra es conocida la facilidad que tiene el emperador para dormir profundamente durante diez minutos en mitad de una batalla y levantarse como si hubiera descansado durante toda una noche entera, con las ideas claras. ¡Bien! El hecho es que sus generales, mientras él descansaba, tomaron la decisión de lanzar la caballería al descubrir un punto débil en las filas enemigas —siguió explicando Jean-Paul—. Cuando el emperador se despertó por poco le da un ataque. Se puso a gritar como un loco que todo se había perdido por diez minutos de reposo. Y tenía razón. Aquella decisión los condujo al desastre.

—¡No es posible! —exclamó Domingo.

—Según me ha dicho ese mismo oficial, el emperador intentó rehacer sus fuerzas y parecía que lo estaba logrando, pero llegaron los prusianos y los sajones y dieron al traste con todos sus esfuerzos.

—¿Y dónde está ahora el emperador? —preguntó Domingo.

—Nadie lo sabe. Es un misterio.

—¿Quizás ha muerto? —insistió Claude.

—No. Dicen que ha huido —informó Jean-Paul.

—Eso significa que contraatacará —apuntó Domingo.

—Es difícil —negó Jean-Paul—. La derrota ha sido total y las fuerzas del emperador, las pocas que han quedado, se han dispersado...

La campanilla de la puerta sonó de nuevo e interrumpió las explicaciones de Jean-Paul.

—Seguramente es María Luisa —dijo Domingo.

—Bien, poca cosa más puedo contaros, excepto que nadie confía en que el emperador sea capaz de rehacer el ejército —acabó Jean-Paul, y se levantó de la silla—. Veo que tenéis una celebración familiar y no quisiera molestaros más.

María Luisa apareció por la puerta y Claude se dirigió hacia ella y le besó la mano.

—¿Te acuerdas del señor Jean-Paul Casel? —le preguntó.

—Me parece que ha venido algún vez por casa —respondió ella, observando a aquel joven con interés—. ¿No es cierto, señor Casel?

—Sí, en alguna ocasión, señora Badía.

María Luisa alargó la mano y Jean-Paul la tomó entre las suyas y la besó.

—Todo el mundo habla de lo mismo —dijo María Luisa—. Dicen que Napoleón ha sido derrotado —y volvió a mirar Jean-Paul.

—Es lo que nos comunicaba el señor Casel —asintió Domingo.

—Esperemos que todo se haya acabado, porque no hago más que sufrir por mi hijo —dijo María Luisa recalcando las palabras finales.

Quedaba claro que estaba hablando de *su* hijo y que quería que quedase constancia. Durante semanas enteras Asun no había cesado en su intento por hacerle ver la realidad de sus afirmaciones, pero María Luisa no quería ni escucharla, hasta que un día recibió la primera y única carta de Pedro. En ella le explicaba todo lo que había silenciado en la nota que dejó al marcharse de casa y lo que pensaba de su padre, que coincidía punto por punto con la visión que le había mostrado Asun. La primera reacción de María Luisa fue hablar con Domingo y mostrarle aquella carta. Sin embargo, se la guardó, y a partir de aquel día todo cambió. Ya no miraba a su marido y veía en él al hombre sacrificado que todo lo hacía por los suyos, sino que descubría a otro personaje, alguien capaz de lo que fuese con tal de lograr sus objetivos. ¡Madre Santísima! ¿Cómo podía haber estado tan ciega?, se había preguntado una noche, durante la cena, justo antes de que abandonara la mesa, mientras lo contemplaba secarse los labios con la servilleta. Todo en él era afectación, todo formaba parte de un gigantesco plan, todo era producto de la mentira y todo perseguía... ¿Qué perseguía? ¿Tal vez un sueño? ¿O, quizás, tapar sus propias miserias? Si ahora tuvieran la conversación que tuvieron cuando había de casarse su hija, no sustituiría el verbo sacrificar por ningún otro. De eso, estaba segura, igual que estaba más que segura de que las frecuentes salidas nocturnas de Domingo no eran para mantener conversaciones científicas, tal como explicaba. Le habían llegado noticias de que le habían visto frecuentar ciertos barrios y ciertas casas donde la única conversación medianamente científica se basaba en el cuerpo humano, más el femenino que el masculino. De hecho, ya hacía tiempo que lo sabía, pero hasta entonces se lo había negado. «¡Parece mentira el engaño que tú misma puedes llegar a construir, cuando no quieres aceptar la realidad!», había exclamado aquella noche. Y ahora, cada vez que lo miraba, todos aquellos pensamientos, mezclados con una inmensa cantidad de recuerdos que adquirían un nuevo significado, desfilaban por su mente.

—Hemos tenido noticias recientes y se encuentra perfectamente. De hecho, la guerra aún no ha llegado al mar y él sirve en un barco mercante y no en un navío de guerra —aclaró Domingo.

—Eso es lo que me ha contado mi marido que ha oído decir en alguna de sus reuniones nocturnas —también aclaró María Luisa, sin mirar a Domingo—. ¿Os quedaréis a comer con nosotros? —preguntó, aún sin retirar la mano, mientras seguía mirando al joven directamente a los ojos.

—Dadas las circunstancias, seguro que el señor Casel tiene otros compromisos —intervino Domingo.

Sin embargo, María Luisa ni lo escuchaba. Sólo miraba a Casel.

—Sí... Quiero decir que sí, que no... que no puedo quedarme —respondió Jean-Paul—. Os lo agradezco mucho, pero únicamente he venido para dar la noticia.

Entonces María Luisa retiró la mano.

—Lo mejor que podría pasar es que Napoleón capitulase —siguió hablando Domingo—. Francia ya ha vivido suficientes aventuras y necesitamos recuperarnos. No soportaríamos una nueva guerra.

Desde hacía meses, desde antes de casar a su hija, Domingo ya hablaba como si fuese un francés y siempre tenía en sus labios el recuerdo de todos sus supuestos antepasados.

—Sí, seguramente será lo mejor —asintió Claude—. Talleyrand recupera el poder, el rey se sienta de nuevo en el trono y todo arreglado.

—¿Tendremos la suerte de volver a veros algún día, señor Casel? —preguntó María Luisa. La conversación de su marido no le interesaba ni lo más mínimo.

—Espero que sí —contestó Jean-Paul.

—Yo también lo espero — dijo María Luisa. Entonces miró a su marido—. Lo esperamos. ¿No es así?

—Naturalmente, querida —exclamó Domingo.

Y María Luisa alargó de nuevo la mano para despedirse de Jean-Paul, que volvió a besarla, y se fue.

*** ***

Armand Emmanuel Sophie Septemanie du Plessis, duque de Richelieu, tenía cuarenta y nueve años y era hijo de Louis Antoine de Plessis, duque de Fronsac, y nieto del mariscal de Richelieu. Unos antepasados de primera línea y un gran historial:

dos años sirviendo en los dragones de la reina y después se había marchado como voluntario al ejército ruso. Regresó a París a la muerte de su padre y sirvió al rey Luis XVI. Obtuvo de la Asamblea Nacional permiso para ingresar de nuevo en el ejército ruso, donde alcanzó el grado de general mayor, al que tuvo que renunciar. Algunos decían que por causa de sus envidiosos enemigos políticos. Sin embargo, la llegada al poder del zar Alejandro I significó un giro importante que lo llevó a ocupar el cargo de gobernador de Odesa. Dos años más tarde también era gobernador de Chersonese, de Ekaterinoslav y de Crimea, un gran territorio que llamaban la Nueva Rusia. Durante los once años que gobernó Odesa, la ciudad pasó de ser una miserable población a florecer como una ciudad próspera. A todo eso había que añadir que durante la guerra con Turquía mandó una división.

Finalmente regresó a París en 1814, tras la caída de Napoleón, para ponerse al servicio de Luis XVIII. Cuando el emperador escapó de la isla de Elba, Richelieu se alineó junto a los monárquicos y ahora su nombre había saltado a la luz pública porque aquel verano de 1815, después de que Napoleón fuese enviado a la isla de Santa Elena, aún no hacía ni dos meses, había sustituido a Talleyrand al frente del gobierno de Francia.

Decían que se trataba de un hombre extremadamente puritano, con unas costumbres espartanas, y de todos era conocido que lo casaron a los quince años con Rosalia de Rochechouart, una muchacha de doce años con la cara desfigurada y con un brazo y una pierna deformes. Las malas lenguas también afirmaban (nunca en público, naturalmente) que la intimidad de aquel enlace, políticamente correcto y familiarmente querido, no había llegado a la cama conyugal y que los esposos se contentaban con mantener unas relaciones formales. Quizás, apuntaban los comentarios entrando en un terreno especulativo, ese infortunado matrimonio era la causa de las notables ausencias del duque y el motivo principal de su carácter austero y arisco, así como de su altísima eficiencia, porque se dedicaba en cuerpo y alma a su trabajo.

Paul Bertin, uno de los secretarios de Richelieu, sabía muy bien cómo tenía que preparar la carpeta de las firmas para que su señor se enterase, como era su costumbre, de todos los asuntos y tomase una decisión rápida y acertada. Después, entrarían en el apartado de temas pendientes, capítulo al que dedicaban especial atención y que él llevaba bien preparado para poder responder a todas las preguntas.

—No he dispuesto de suficiente tiempo para leer los dos informes. Sin embargo, me suena a mascarada. ¿Quién es este hombre? —preguntó Richelieu, tomando las dos memorias que había sobre la mesa.

—El general Domingo Badía y Leiblich, un hombre notable, según tengo entendido —respondió Bertin—. Lo avala el Instituto de Francia y en la primera memoria podéis leer la relación de sus servicios a Francia y en la segunda...

—¿Sus servicios a Francia? —se extrañó Richelieu—. Por lo poco que he podido leer fue nombrado brigadier del ejército español. No es un general francés.

—Cierto, pero tiene una rama de antepasados franceses, tal como figura en los anexos de la primera memoria; su hijo sirve en un barco francés, aunque mercante; y él afirma que siempre estuvo al servicio del rey José I, hermano del emperador, y que, al regresar a París...

—¿Qué significa «al regresar a París»? —lo interrumpió Richelieu—. Hasta donde he leído, no menciona que hubiese vivido antes del año... 1812. ¿Me equivoco?

—Tenéis razón, señor. Es más correcto decir que cuando vino a vivir a París se puso al servicio de Napoleón —aceptó Bertin.

Si bien el primer ministro decía que no había podido leer los informes, resultaba evidente que poseía una capacidad sorprendente para hacerse una idea rápida y para captar pequeños detalles que quedaban prendidos en su memoria. Bertin tenía que andarse con tiento.

—¿Habéis leído toda esta documentación? —preguntó

Richelieu, mientras hojeaba la primera memoria.

—Sí, señor. Escribe correctamente y proporciona suficientes datos como para hacer creíble...

—¿Qué persigue, exactamente? —lo interrumpió Richelieu.

Él nunca había tenido especial inclinación por la literatura y, evidentemente, aquel asunto no era de su agrado, motivos que hacían prever que no estaba dispuesto a dedicarle demasiado tiempo.

—Precisamente quería hablaros de la segunda memoria —Bertin apuntó tímidamente con el dedo y Richelieu cerró la primera y abrió la segunda—. El general Badía, que conoce muy bien el norte de África porque vivió disfrazado de musulmán, dice que una colonia en el Magreb tiene muchas más ventajas que una en América del Sur. Las distancias son más cortas, las comunicaciones más sencillas y el clima y la tierra permiten cultivar azúcar, tabaco, cacao, café, especias y todo tipo de plantas que ahora importamos de Asia, y del centro y del sur de África. También menciona minas de oro en el Sudán y de diamantes al sur.

—¿Una colonia? ¿Propone invadir el norte de África?

—El general Badía invoca su dilatada experiencia para decir que no es partidario de ninguna acción directa, porque provocaría el alzamiento de todos los musulmanes en una nueva guerra santa. Más bien apunta la vía de hallar un príncipe musulmán ilustrado y, si fuese posible, educado en Europa, que dotara al país de una constitución. Este príncipe, una vez llegado al poder, cedería una parte a un país europeo para que pudiese desarrollar la economía y educar a su gente. Naturalmente, cuando habla de un país europeo, piensa en Francia.

—Naturalmente —asintió Richelieu—. Me parece recordar que los ingleses ya lo intentaron hace años y no salieron muy bien parados. Además, ¿no es eso lo que dice que él mismo intentó hacer en Marruecos? —miró significativamente al secretario y prosiguió—: Como vos habéis dicho, habría que contar con un príncipe educado en Europa, porque los que se han educado en su país de origen son perezosos, avariciosos, despóticos y engreídos. Y eso es más difícil que encontrar una aguja en un pajar.

—Precisamente por esa razón, el general Badía, debido a la gran dificultad que representa encontrar a un príncipe de esas características, propone que un europeo se disfrace de musulmán, cosa que él ya ha hecho con éxito, y se ofrece a asesorarnos.

—Sin embargo, según tengo entendido, en su libro relata que fue expulsado de Marruecos. El problema es que no da demasiados detalles y yo diría que su salida fue vergonzosa. ¿Eso es un éxito para vos? —Richelieu miró a Bertin con un gesto de incredulidad.

—El general Badía asegura que mantiene correspondencia con el hermano del sultán que, dicho sea de paso, le ha pedido excusas por aquella expulsión y le ruega que regrese o que le diga dónde quiere que le envíe a los esclavos y a las esposas que dejó —explicó Bertin con un deje de respeto—. Incluso dispone de dos apoderados para que cuiden de sus bienes y de su fortuna.

—¿Qué bienes y qué fortuna?

—Un palacio en Marrakech y otro en un lugar llamado Semelalia. He podido ver los documentos por los que el sultán le hacía donación de uno de ellos. Además ha dejado dos esposas, un hijo...

—¿Un hijo? —se extrañó Richelieu—. Según tengo entendido, en sus memorias sobre los viajes dice claramente que no tocó a ninguna mujer, porque quería llegar puro a la Meca. ¿Y vos decís que tiene un hijo en Marruecos?

—Una de las mujeres que el sultán le regaló parió después de que fuese expulsado y le han puesto por nombre Othman Bey —explicó Bertin, levantando las manos y encogiéndose de hombros—. Ahora debe tener unos diez años.

—¿Y por qué no lo ha reclamado?

—El señor de Lisle de Sales, yerno del general Badía y miembro del Instituto de Francia, dice que Badía no ha querido traer a París a ninguna de sus esposas musulmanas ni a su hijo porque es un hombre casado y católico y...

—Casado y católico, pero no se privó de gozar de su visita a Marruecos —Richelieu asintió despacio.

—Al parecer, casi lo obligaron. De lo contrario habría despertado demasiadas sospechas —Bertin intentó disculpar a Badía.

—¡Naturalmente! —exclamó Richelieu con una sonrisa, y se quedó un instante en silencio. Luego, prosiguió—: ¿Entonces, por qué no regresa a Marruecos?

—Según el mismo señor de Lisle de Sales, porque quiere seguir sirviendo al rey de Francia, al que ha dedicado su libro de viajes.

—¿Y vos os creéis todo eso? —Richelieu miró a Bertin a los ojos. Después recogió las dos memorias y se las entregó—. Archivad esta tontería y no volváis a molestarme.

Bertin recogió las memorias y abandonó el despacho. A él no le había parecido ninguna tontería, sino un plan fantástico. Sin embargo, Richelieu no era Talleyrand y seguramente su talante no toleraba que un hombre practicase la poligamia. Por eso no quería participar en una aventura tan singular, pensaba Bertin cuando se cruzó con el duque de Decazes, un hombre bajo que parecía haber perdido un trozo de las piernas, porque el secretario, sin ser excesivamente alto, le sacaba casi una cabeza, detalle que el cuerpo del ministro de Policía compensaba en anchura gracias a una tripa generosa, una cara redonda y unos labios carnosos que bien podían soportar su nariz hinchada y roja. Sin embargo, que nadie se llevase a engaño: el ministro era un hombre con una buena dosis de energía, que desplegaba sin compasión con cualquiera de sus subordinados, pisándolo si era preciso. Bertin se quedó quieto hasta que lo vio entrar en el despacho del duque de Richelieu. Decazes era la única persona a quien le estaba permitida semejante libertad.

—Buenos días, duque —saludó Decazes a Richelieu.

—Hola, duque —respondió el primer ministro.

No se llamaban por el nombre, sino que, desde que se conocieron en Rusia, siempre se habían llamado por el título, que era el mismo, lo que inducía a equívocos entre quienes los escuchaban. Además siempre se habían tuteado, detalle muy curioso.

—Acabo de ordenar a Bertin que archive las memorias de ese supuesto general Badía que no nos sirve para nada —explicó Richelieu.

—He oído decir que es un hombre notable.

—Lo único notable es su imaginación —sonrió Richelieu—. ¿Sabes que quiere proponerme colonizar África?

—¿Y no es una idea original? —replicó Decazes.

—Tan original como la divertida historia que circula sobre que ese Badía estaría buscando una ruta navegable que nos permitiese pasar del Mediterráneo al Índico sin tener que dar la vuelta por el cabo de Buena Esperanza. En sus escritos habla de la existencia de un mar interior, en África, que sería la fuente del Nilo. ¡Absurdo!

—¿Y como iría a parar al océano Índico?

—Según argumenta, si hay un mar interior que comunica con el Mediterráneo a través del Nilo, bien podemos suponer que podría comunicar con el océano Índico mediante otro río —explicó Richelieu—. Sin embargo, nuestros científicos más reputados dicen que eso es imposible, porque un mar contendría agua salada y los ríos son de agua dulce, pero Domingo Badía monta toda una argumentación fantasiosa sobre la evaporación y un millar de historias más o menos verosímiles.

—¿No había un estudio sobre la posibilidad de unir el mar Mediterráneo con el mar Rojo mediante un canal? —recordó Decazes.

—Napoleón ordenó que se estudiase esta posibilidad, partiendo de Suez —explicó Richelieu—. Sin embargo, sus topógrafos e ingenieros calcularon que el Mediterráneo se encuentra diez metros más arriba que el mar Rojo y que, por lo tanto, tendrían que hacerse esclusas para salvar el desnivel. De manera que se desestimó porque resultaría muy caro y muy lento.

—Entonces quizá valga la pena buscar las fuentes del Nilo.

—Aún no he perdido el juicio. Y si lo perdiese, puedo asegurarte que no permitiría que se hiciese con nuestro dinero y, menos aún, pondría semejante proyecto bajo la responsabilidad de un aventurero.

—Me gustaría echar un vistazo a esas memorias —sonrió Decazes.

—Perderás el tiempo.

—Más que perder el tiempo, quiero pasar un rato agradable.

—Si es así, ordenaré a Bertin que te las haga llegar.

*** ***

La respuesta del duque de Richelieu a la petición de Domingo Badía siguió el conducto habitual. Bertin escribió una carta al interesado para agradecerle las memorias en nombre del primer ministro y comunicarle que no era el momento adecuado para estudiar su plan con la atención que merecía. Después Bertin habló del caso con un amigo suyo, que le hizo mención de ello a otro amigo que resultó ser el oficial amigo de Jean-Paul Casel, quien, al conocer las verdaderas razones de la negativa de Richelieu, pensó que aquella noticia merecía otra visita a casa del señor de Lisle de Sales, y allí se dirigió.

La criada abrió la puerta, se hizo cargo del sombrero y ya lo conducía a la biblioteca cuando apareció Asun.

—Buenos días, señor Casel —saludó.

Jean-Paul se dirigió hacia ella y le besó la mano, mientras la criada se retiraba.

—El martes os esperábamos en el teatro y no vinisteis. Me gustaría conocer el nombre de quien hace que os perdáis una obra de Molière —dijo ella con un deje de reproche.

—De sobra sabéis que nadie puede impedir que yo...

—Claude os espera en la biblioteca —lo interrumpió Asun —. ¿No es para hablar con él por lo que habéis venido?

—Y para poder contemplar vuestra belleza que...

—No mintáis, por favor —lo cortó Asun de nuevo, y volvió la cara fingiendo estar ofendida.

—¿Por qué nunca me dejáis acabar las frases? ¿Es que no os dais cuenta de que sólo cuando guardo silencio, miento? —replicó él.

Entonces, ella volvió a mirarlo.

—El jueves vendrán unos amigos a cenar. Estáis invitado.

—Vendré.

Asun sonrió y se fue. Jean-Paul aguardó hasta que ella hubo desaparecido y se dirigió a la biblioteca.

Había decidido tener una pequeña charla con el señor de Lisle de Sales antes de ir a ver al señor Badía. En primer lugar porque tenía más confianza con el amo de la casa y suponía que, al tratarse de un hombre mayor, sabría cómo suavizar la noticia. Y en segundo lugar porque quería volver a ver a Asun. Negarlo era estúpido. La segunda razón era más poderosa que la primera.

—Dejad este asunto en mis manos. Mi suegro vuelve a estar un poco delicado y estas noticias no son buenas para el hígado —dijo el amo de la casa cuando lo despedía—. Os agradezco la confianza que habéis depositado en mí. Si hay algo que yo pueda hacer por vos...

—Cuando venía, vuestra esposa me ha dicho que el jueves dais una cena y me ha invitado. No he sabido negarme, pero ahora creo que tal vez me he precipitado —exclamó Jean-Paul.

—Es una cena de amigos, informal. También estará mi suegro, si ha logrado recuperarse. No os preocupéis y venid. Después de todo lo que habéis hecho por el padre de Asun, es lo mínimo que podemos hacer por vos.

Jean-Paul agradeció la invitación y se marchó satisfecho. Había obrado correctamente, en todos los aspectos.

Durante los días siguientes, Claude removió cielo y tierra para lograr que la logia del Gran Oriente acelerase los trámites para admitir a un nuevo miembro y finalmente lo logró. Entonces juzgó que podía hablar con su suegro y explicarle lo que de veras pensaba Richelieu porque una noticia suavizaría la otra.

—No te preocupes, que todo cambiará —Claude hizo un guiño a Domingo, aquel jueves, cuando notó que estaba un poco decaído tras haberle comunicado que Richelieu había desestimado su proyecto—. Ya verás como ahora todo será diferente —lo animó.

—Richelieu no entiende la importancia de vuestro plan —añadió Jean-Paul, que participaba en la conversación entablada cuando las mujeres se retiraron y dejaron solos a los hombres.

Evidentemente Jean-Paul no estaba al corriente de la admisión del señor Badía en la francmasonería. Él no era un hermano y Claude cumplía a pie juntillas con el juramento de guardar secreto. Sólo lo había roto con Domingo.

—Toda mi vida he luchado contra la ignorancia —Badía asintió repetidas veces—. Y seguiré haciéndolo. Es mi destino.

Se le veía cansado y el color de su piel era amarillento. Su hígado volvía a quejarse. De vez en cuando lo hacía. Un recuerdo de su estancia en Marruecos, que el paso del tiempo no había podido eliminar, explicaba y echaba las culpas de su delicado estado de salud a tiempo pasados, olvidando el presente.

El resto de la conversación fueron palabras de ánimo ante una postura que honraba a aquel hombre que varios miembros del Instituto de Francia tenían por un héroe y que ahora entraría a formar parte del reducido y selecto grupo que constituía la logia del Gran Oriente.

*** ***

La carta era lo suficientemente explícita y no era preciso añadir nada más. Jean Cobbett la volvió a repasar para asegurarse de que era lo bastante clara y que no se había olvidado nada. Finalmente la introdujo en el sobre y fue en busca de lacre. Richelieu no era partidario de escuchar a Badía, según le había explicado uno de los funcionarios que él pagaba generosamente con el dinero que el banquero Hoche recibía regularmente de Londres.

No le extrañaba. Aquellos dos hombres eran la noche y el día. Richelieu era un hombre aburrido, mientras que Domingo Badía era un personaje francamente divertido. Le gustaba relatar historias fantásticas en voz alta; era muy conocido en el café de Matillon y poseía un encanto especial cuando explicaba sus aventuras disfrazado de musulmán, que aderezaba con un buen número de detalles que provocaban la envidia de los demás parroquianos. Sobre todo cuando dejaba a medias tintas las descripciones de sus aventuras amorosas invocando su condición de caballero, aunque no se privaba de soltar un par de detalles jugosos sobre lo que significa gozar de tres mujeres a la vez que sólo están por ti e insinuar por dónde podía atacar a cada una. Entonces, la imaginación de los que escuchaban embobados podía excitarse algunos grados.

Sí, Badía era un buen elemento. Él lo había oído hablar y bien podía decir que era poco menos que increíble. Lástima que no había podido asistir a ninguna de las orgías que ciertas lenguas murmuraban que era capaz de organizar. Quizá, algún día, distraería algún dinero de los fondos que recibía de Londres para dedicarlo a una causa más personal y comprobar la veracidad de aquellos rumores.

Ya iba a cerrar el sobre cuando sonó la campanilla de la puerta. Se dirigió a abrir y se encontró con un mozalbete que le traía una nota. Ya lo conocía de otras ocasiones. Le dio una moneda, el chico se fue muy contento, desplegó el papel y leyó el contenido. Regresó a su despacho, sacó el informe del sobre y añadió una frase: «Richelieu ha ordenado enviar al duque de Decazes, ministro de la policía, las memorias que el señor Badía le hizo llegar». Guardó de nuevo la carta, cerró el sobre y lo lacró. Al día siguiente lo enviaría.

3 - LA INVITACIÓN

Como cada mañana, John Piech repasó la correspondencia y vio que tenía carta de París. ¡Virgen María! Con tanto alboroto y tantos cambios, no había escrito a Cobbett para comunicarle la orden de Mansfeld, que había sido contundente: el caso Badía ya no interesa y queda cerrado.

¿Qué podía hacer con aquella carta?, se preguntó mientras la contemplaba. ¿Echarla a la papelera? Quizá sí, sin embargo, aunque sólo fuese por curiosidad, antes le echaría un vistazo, pensó. La abrió y leyó el contenido. Cobbett le comunicaba que Badía no tenía mucho éxito con Richelieu. ¿Y qué?, exclamó mientras se encogía de hombros. Entonces, dejó la carta de Cobbett a un lado y siguió con la correspondencia.

De repente se sorprendió. Sí, no había la menor duda. Su nombre estaba escrito allí y aquel escudo le era muy conocido. Rasgó el sobre, extrajo el contenido y se quedó de una pieza. Se trataba de una invitación para asistir a un baile que tendría lugar en la mansión de lord Parry y se preguntó si no se trataba de un error o de una broma de mal gusto. Miró a sus compañeros, pero nadie estaba pendiente de él ni parecían estar atentos a nada. Finalmente, tras darle muchas vueltas, descartó ambas posibilidades. La carta iba a su nombre y él conocía la firma del distinguido miembro de la nobleza gracias a que la había visto en otras ocasiones.

Con la carta en las manos, recapacitó sobre el alcance y las consecuencias de aquel hecho más que sorprendente, porque aquí se creaba un problema. Igual que sucedía con la lejanía del ministro, o como sucede con todo en esta vida, aquel insólito hecho también tenía dos caras. Por una parte representaba un gran honor, pero por la otra no dejaba de ser un buen lío. Él no tenía la menor experiencia en estos asuntos de sociedad.

Primera pregunta: ¿Debería ir acompañado? La invitación no decía nada y él era soltero, pero los bailes de sociedad son cosa de dos. Quizás debería consultarlo. He aquí la segunda pregunta: ¿A quién podía preguntar? ¿Quizás a su jefe? ¡Uf! ¿Y si Mansfeld no sabía que lo habían invitado? O, peor aún: ¿Y si el Mansfeld no había sido invitado? ¿Cómo se lo tomaría? Estas cosas pueden ser muy peligrosas. Evidentemente, se preguntaría porqué un pobre desgraciado como John Piech había recibido semejante honor. ¡Sólo le faltaría una desgracia como aquélla para acabar de destrozar las relaciones con su jefe!

Lo mejor era tomar la decisión sin consultar con nadie y presentarse solo. Entre otros razones, porque no conocía a ninguna muchacha con la suficiente categoría como para llevarla a un baile de alta sociedad. Aunque... entonces... si se presentaba solo... ¿Con quién hablaría? No conocía a nadie. ¿Qué haría en medio de una fiesta, sin poder hablar, sin poder bailar y sin...? Lo pasaría fatal.

Tal vez sería mejor no aceptar. Podría hallar una excusa...

¡De ninguna de las maneras! Si lord Parry le había invitado y él no se presentaba, se ofendería. ¡Hombre! Ofender a todo un secretario de Estado... ¡De ninguna de las maneras!

¡Ya está! Aceptaría y en el último momento fingiría estar enfermo. No, no, tampoco. ¿Cómo podía hacer una cosa así? Todos se darían cuenta. ¡Bien! Asistiría y se aburriría como una ostra en un rincón, mientras observaba a la gente. Total, sólo era una noche...

Y ahora que, tras la sorpresa inicial, lo meditaba con más calma se daba cuenta de que no se había planteado la pregunta fundamental: ¿Por qué le habían invitado? ¿No se trataría de un error?, recuperó la primera de todas las preguntas, que ya había descartado. Evidentemente era una posibilidad a tener en cuenta, aceptó de nuevo, modificando su primer planteamiento.

¿Y la ropa? ¿Cómo iría vestido? Otro problema. Él no asistía ni a fiestas ni a bailes ni, menos aún, se paseaba por ambientes tan selectos. Su armario no era ningún vestuario.

Unos días después ya había hablado con todos sus amigos, inventándose una fiesta fantasma en una casa acomodada. ¡Sin mencionar el nombre de lord Parry, naturalmente!

Como era normal, ninguno de sus amigos disponía de ropa adecuada para la ocasión. ¡Claro! Su círculo de amistades no era especialmente elegante. ¡Menudo desastre! Había perdido un tiempo precioso y el baile tendría lugar aquel fin de semana. Le quedaban cinco días. ¿Cómo se las apañaría? Era imposible dar con un sastre que quisiera hacerle un traje en tan poco tiempo, a menos de que ya dispusiera de alguna cosa que algún cliente no hubiese pasado a recoger o que no hubiera pagado. Tendría que moverse de prisa.

El jueves, desesperado, llegó a la dirección que le habían proporcionado y subió los dos tramos de escalera. Ya había visitado cuatro casas de alquiler de ropa y siete sastres y empezaba a considerar seriamente la posibilidad de fingirse enfermo, porque o no disponían de nada de su talla o lo que tenían no era precisamente lo más elegante que podía encontrar.

Siempre lo había dicho: la primera ocurrencia es la mejor. Aunque, como ya estaba allí... bien podía hacer la última tentativa. Y llamó.

La puerta se abrió y apareció un hombre delgado y estirado que borró su sonrisa al descubrir cómo iba vestido John. Evidentemente aquel joven pertenecía a una clase social que no le reportaría ningún prestigio.

—¿Qué desea? —preguntó el hombre.

—Este fin de semana he de asistir a un baile y necesito un traje apropiado para la ocasión —intentó sonreír, pero sin demasiado éxito.

—Hoy es jueves y aún no soy capaz de hacer milagros —dijo el hombre, mientras movía la cabeza a un lado y a otro y le dedicaba una sonrisa distante e irónica.

John se rascó la barbilla. ¿Qué más podía decir o hacer? Nada. Lo más acertado era la excusa de la enfermedad repentina. Iba a dar las gracias, cuando...

—¡Señor Noel! —oyeron que gritaba una voz.

El sastre se volvió de un salto y apareció un hombre que vestía una chaqueta a medio coser.

—¿Cómo puedo llevar una chaqueta que parece de hace dos años? —preguntó aquel hombre con un gesto de disgusto.

—Hemos seguido fielmente vuestras instrucciones, señor Brummell —empezó a temblar el sastre, mientras observaba la chaqueta e intentaba encontrar dónde estaba el fallo.

—Dejé muy claro que las solapas tienen que ser más anchas y que en la manga sólo quiero dos botones. ¿Cuántas veces tengo que repetirlo?

De repente, el señor Brummell descubrió a John y se quedó en silencio, mirando al sastre.

—No es nadie —dijo el sastre.

—¿Si no es nadie, por qué está aquí? —preguntó Brummell con insolencia.

—Necesitaba un traje para asistir al baile que lord Parry da este fin de semana —John se sintió obligado a explicar el motivo de su presencia y lo hizo con timidez, con un tono más apropiado para pedir perdón.

El sastre puso cara de bobo y abrió la boca, pero fue

incapaz de pronunciar una sola palabra.

—¿Y bien, señor Noel? No es nadie y asistirá al baile de lord Parry. ¿Cómo os lo explicáis? —exclamó Brummell abriendo los brazos y levantando las manos.

—Es imposible —respondió el sastre, añadiendo una media sonrisa, nervioso.

—¿Qué es imposible? ¿Que hayáis cometido un grave error y que resulte que es alguien? —se burló Brummell.

—Hoy es jueves y la fiesta es el domingo. Yo no... —titubeó el sastre.

—Entrad, joven amigo —invitó el señor Brummell, ignorando las palabras de Noel—. Poco más o menos somos de la misma talla — dijo, se quitó la chaqueta e hizo un gesto para pedirle a John que se quitase la suya—. Eso mismo —exclamó tras probársela—. Con un par de retoques aquí y aquí —señaló la espalda y el hombro—. ¿Qué me decís, señor Noel?

—Sí... sí, pero, entonces, vos no podréis lucir la manga con los dos botones ni las nuevas solapas —respondió el sastre.

—El domingo nuestro amigo... —se detuvo y miró fijamente a John—. ¿Cuál es vuestro nombre?

—John Piech, para serviros.

—¡Por supuesto que me serviréis, señor Piech! —exclamó Brummell—. El domingo vos seréis durante una velada el árbitro de la moda. Llevaréis esta chaqueta con dos botones en la manga y las nuevas solapas —se volvió hacia el sastre—. Señor Noel, está decidido. Ya podéis empezar.

¿Quién era el señor Brummell?, había preguntado John cuando su salvador desapareció y se quedó solo con el sastre.

—¿No lo conocéis? —se extrañó Noel—. Es George Bryan Brummell, pero todo el mundo lo llama Beau Brummell. La caída de los pantalones que lleváis es idea suya, como también lo es la mayor parte de la ropa que marca la moda. La chaqueta que llevaréis rompe moldes...

¡Pues sí que es importante ese hombre!, exclamó John cuando bajaba las escalas.

El sábado por la mañana el traje estaría a punto. ¡Perfecto! Y ya tenía con quien hablar porque había quedado con el señor Brummell que irían juntos al baile, como dos amigos que se conocen de toda la vida.

El domingo, tal como estaba previsto, el coche de Beau Brummell lo recogió a las seis en punto de la tarde.

—Mucho mejor de lo que había imaginado —alabó Beau cuando el joven subió al coche—. Te queda perfecto, amigo John. ¡Ah! No me llames señor Brummell ni me trates de vos. Llámame Beau y tutéame. Hay que andar con los tiempos y ya hace días que decidí que es un toque de elegancia entre gente de buena calidad llamarnos por el nombre y olvidar los títulos. Con el resto de la gente, la que nos sirve, podemos seguir empleando el vos para marcar distancias y con la gente de muy baja calidad debemos emplear el usted para dejar bien patente que pertenecemos a dos mundos completamente diferentes y sin ninguna posibilidad de mezclarse.

El joven se sintió inmensamente satisfecho. Ya tenía un amigo y suponía que, si entraba en la fiesta a su lado y tuteándolo, no lo dejarían tirado en un rincón.

Durante el trayecto John prácticamente no abrió la boca. No hacía falta. Beau hablaba y hablaba sin parar ni un instante. Junto a él el mundo dejaba de ser el mundo y se convertía en su mundo. Todo salía de él y todo retornaba a él. Él era el centro, el alma y la razón de existir del universo. Fuera de él no había nada. ¿Por qué perder el tiempo hablando de los demás? Sin embargo, John descubrió que había una razón para hablar de los demás. Los demás sirven para criticarlos: la ropa, el perfume, el peinado, las joyas, el maquillaje, la peluca, los gestos, el lenguaje, las formas, la vida privada, los amantes... Todo puede ser motivo de conversación y, llegada la ocasión, de la más amarga de las críticas.

Pero lo más sorprendente fue que sólo quitarse el sombrero, el abrigo y la bufanda y entregárselos al sirviente, descubrió que todas las miradas se dirigían hacia su nuevo amigo y que las mujeres hacían comentarios. Mientras, Beau se arreglaba los puños de la camisa y estiraba el cuello adelantando la barbilla sin dirigir los ojos a ninguna parte en concreto.

—¿Entramos? —dijo Beau con el tono de una orden.

—Sí —respondió el joven y se puso a su lado imitando el gesto, con la mano en la espalda y ésta bien tiesa.

Nada más pisar la sala, dos mujeres se acercaron y miraron a Beau.

—Nos habían dicho que hoy nos mostrarías la nueva tendencia de la moda —dijo una de ellas, con un cierto desencanto.

Beau sonrió divertido, tomó la mano de la mujer y la besó con elegancia. Después se volvió hacia la otra y hizo lo mismo.

—¿Me permitís que os presente a mi amigo John, que se ha ofrecido generosamente para hacerme de modelo? —dijo, al propio tiempo que abría la mano, la dirigía hacia la chaqueta de su acompañante y daba una pasada de arriba abajo mostrando las solapas y acabando en los puños.

Con eso hubo bastante. John Piech se vio devorado por montones de ojos que tomaban nota de la caída de las solapas y de la novedad de poner sólo dos botones en los puños. Al día siguiente todos los sastres de Londres recibirían muchos encargos.

Hacia las diez de la noche, Piech ya había bebido unas cuantas copas de champán y oyó a sus espaldas una voz que le era familiar.

—¿Va todo bien?

Se volvió y se encontró con un hombre delgado, de unos cuarenta años, moreno, con un rostro equilibrado y una amplia sonrisa en los labios. Era David Young, el protegido del director Barrow.

—Sí, señor —respondió John, y añadió una reverencia con

la cabeza.

—Lord Parry desea conoceros —dijo Young—. Si estas distinguidas y hermosas damas pueden prescindir de vos durante un rato —se disculpó ante las señoras.

John tragó saliva. ¿Qué significaba que lord Parry quería conocerle? Atravesaron la sala sorteando a las parejas que bailaban y Young lo condujo hasta un despacho donde les aguardaban dos hombres. A uno también lo conocía. Era Barrow, el director de gabinete. El otro era lord Parry, a quien John sólo había visto en una ocasión, pero se acordaba perfectamente de aquel hombre de unos cincuenta años, con su cuerpo enorme y su rostro encarnado.

—Permitidme que os presente al señor Piech. Señor Piech, os presento a lord Parry —dijo Young empleando las normas de protocolo que dicen que el primer nombre que se pronuncia es el de menor rango.

—Encantado, señor Piech —dijo lord Parry con una ligera inclinación de cabeza—. Veo que habéis hecho amistades.

—Gracias a Beau... —respondió John, y se corrigió de inmediato—: Quiero decir al señor Brummell.

—¿Es amigo vuestro? —Lord Parry soltó una breve carcajada.

—Sí. Bien... no hace mucho que nos conocemos. De hecho sólo nos hemos visto un par de veces.

Lord Parry se volvió hacia Barrow.

—Todo un personaje que divierte a las damas, mientras contenta a los señores —explicó. Después se volvió hacia John—. ¿A vos ya os ha contentado? —preguntó acompañando sus palabras con un gesto de la mano que resultaba muy amanerado y elocuente.

—¿Cómo... cómo decís? —John puso cara de idiota y enrojeció ligeramente.

—Es una broma —sonrió lord Parry—. Mejor nos sentamos.

John aguardó a que los demás se hubieran sentado para

hacer lo propio. Lord Parry miró a Young y asintió ligeramente.

—Servís bajo las órdenes de George Mansfeld —dijo David Young. John intentó responder que sí, pero no tuvo tiempo porque el señor Young siguió hablando—. Hasta hace muy poco llevabais entre manos el asunto Badía, también conocido por el nombre de Alí Bey...

John intentó responder que sí, aunque fuese con la cabeza, pero aquel hombre ni lo miraba.

—... nos gustaría saber qué habéis descubierto de ese personaje —coronó Young su pequeño discurso y se quedó en silencio.

John carraspeó y miró a Barrow, que sonreía beatíficamente. Después dirigió sus ojos hacia lord Parry, que lo observaba con interés. ¿Por dónde tenía que empezar? Quizás por un tema general, convino.

—De hecho, siguiendo instrucciones del señor Greene, me centré en saber qué pretende, después de haber leído que viajó por el norte de África, que entró en la Meca y que visitó Tierra Santa bajo el disfraz de musulmán —explicó.

—Eso es precisamente lo que nos interesa: averiguar qué pretende —le confirmó Young.

Ni Barrow ni lord Parry despegaban los labios, sino que lo miraban con mucha atención.

—Brenton, que era una inagotable fuente de información, ya está retirado. Él, por su cuenta, había continuado investigando y nos dejó algunas notas. Yo las he completado con lo que he recibido de nuestros informadores de París. Sabemos que ha escrito en diversas ocasiones al rey Fernando VII de España, pero que no ha recibido respuesta. También sabemos que intentó que Godoy lo apoyase, pero el antiguo primer ministro y el actual monarca español no mantienen buenas relaciones. Entonces lo intentó con la ayuda del coronel Amorós, que certificó que Domingo Badía había sido nombrado brigadier y que, por lo tanto, ostenta el grado de general, a pesar de que la documentación de su nombramiento, con tanto alboroto y movimiento en el

Ministerio de la Guerra español, se ha perdido. Sin embargo, tampoco ha recibido respuesta. Finalmente, por lo que sabemos, se ha dirigido al rey Luis XVIII de Francia e incluso le ha dedicado las memorias de sus viajes —explicó John—. Supongo que ha dejado de lado su posible regreso a España y ha decidido establecerse definitivamente en París. Ha casado a su hija con un miembro del Instituto de Francia y ha presentado una genealogía que le confiere antepasados franceses. Me temo que sea tan falsa como la genealogía que le permitió hacerse pasar por musulmán. Incluso me atrevería a añadir que la certificación de Amorós sobre su nombramiento de general también podría ser falsa. Hemos de tener en cuenta que Amorós ha vuelto a España y, por lo tanto, no puede protestar. Todo eso me ha llevado a preguntarme si está trabajando para alguien o si lo ha hecho únicamente para conseguir dinero con el objeto de intentar una nueva expedición.

John calló. Había empleado un tono neutro para explicar todo aquello y se había detenido porque no sabía cómo continuar.

—¿Y...? —insistió Young, mientras lord Parry y el director Barrow seguían callados.

John los miró. Podía empezar a explicar sus teorías sobre...

¡Ni hablar! Mejor era nadar paso a paso y saber qué terreno pisaba.

—Estamos al corriente de muchas más cosas, muchos detalles, y podría pasarme la noche entera explicando anécdotas, pero sólo serían anécdotas —respondió John, se quedó callado un instante y añadió—: ¿Puedo preguntar por qué es tan importante ese hombre? —se hizo un nuevo silencio, y John aclaró—: Si yo supiese lo que buscáis, quizá os ahorraría muchos pasos. Puedo decir que conozco a este hombre como si fuese yo mismo.

Esta vez fue lord Parry quien, tras respirar hondo, tomó la palabra.

—En vuestro último informe, el que escribisteis para cerrar el tema Badía, apuntáis que el viaje que hizo a Marruecos tenía un fuerte componente político, pero que el viaje que hizo a Egipto y a Arabia era más bien científico. En ese mismo informe mencionáis que el desconocimiento que tenemos de aquella zona es muy grande e insinuáis que Badía podría estar buscando una ruta que evitase que los barcos tengan que dar toda la vuelta al cabo de Buena Esperanza para alcanzar el océano Índico y seguir su ruta hacia Asia. Y acabáis el informe con una pregunta: ¿Os dais cuenta de lo que supondría este hecho? —Lord Parry acabó su discurso arqueando las cejas y mirando a John directamente a los ojos.

El joven se quedó en silencio, meditando. Más que meditar, recuperaba la conciencia de lo que estaba sucediendo. Recordaba aquel informe y que había escrito todo aquello enfadado, sin ninguna base firme, como también recordaba que lo había dejado sobre la mesa de Mansfeld. ¿Cómo era que aquellos tres hombres tenían noticias de su existencia? Y lo que aún resultaba más interesante: ¿Por qué Mansfeld no estaba presente?

John podía ser joven e inexperto, pero eso no quería decir que también fuese idiota. Podía suponer que alguien había leído los informes, había encontrado aquel detalle, había creído que era cierto y había hablado con Barrow, que ya hacía días que buscaba la manera de deshacerse de Mansfeld para promocionar a su protegido... ¡Claro! ¿Qué mejor manera de conseguirlo que dejar a Mansfeld en ridículo? Por otro lado, aquello podía ser positivo para él, porque podía permitirle zafarse de la mala leche de su jefe. Tenía que aprovechar la coyuntura.

—Eso, tal como indico, supondría un ahorro de tiempo, energía, dinero y vidas y un enlace mucho más efectivo y seguro con los intereses que el Imperio mantiene en la India, en China y en toda la costa asiática. Estoy convencido de que es lo que Badía buscaba por cuenta del gobierno español. Sin embargo, cuando regresó, se encontró con que todo había cambiado — respondió.

—El emperador francés se mostraba muy interesado, por lo que hemos podido saber, en construir un canal que uniese el Mediterráneo con el mar Rojo, pero sus topógrafos dijeron que había una diferencia de altura y que se necesitaban esclusas. ¿Por qué, pues, Badía no explicó a Napoleón o a José I lo que había encontrado, si es que había encontrado algo? —preguntó Barrow.

—Porque aún no había encontrado nada.

—¿Por qué creéis que regresó, entonces?

—Por la razón más elemental: el dinero —respondió John con una sonrisa—. Recordad que Godoy ya tenía problemas por todas partes, el príncipe Felipe conspiraba contra su padre Carlos IV, Napoleón metía baza... En fin, que Badía o Alí Bey era la más pequeña de las preocupaciones de la corona española o del primer ministro español.

—¡Bien! —exclamó lord Parry asintiendo despacio.

—Si me permitís, yo diría que hemos tenido mucha suerte —John siguió hablando y los tres hombres lo escucharon—. Si Badía se quedó sin dinero y no tuvo tiempo de encontrar la ruta, significa que aún disponemos de una oportunidad. Como se desprende fácilmente, excuso decir que si alguien se nos adelantase perderíamos una ocasión histórica de hacernos con el comercio... —añadió casi sin respirar.

—No solamente perderíamos una oportunidad única, sino que Francia o España o quien lograse esta ruta tendría la llave de toda la economía desde el Mediterráneo hasta las costas más alejadas de Asia. Por lo tanto, no podemos dejar que nadie se nos adelante —lo interrumpió lord Parry negando con fuertes movimientos de cabeza—. ¿Qué se os ocurre que podemos hacer?

—Enviad exploradores. Badía habla de un mar interior en África y de la posibilidad de que esté conectado con el océano Índico. El primero que encuentre la ruta habrá ganado la partida —dijo John en tono de evidencia.

—Hemos vivido años difíciles y hemos perdido un montón de hombres muy valiosos. Ahora tenemos problemas más urgentes y andamos cortos de personal. No podemos enviar a nadie y tampoco podemos correr ningún riesgo, porque como muy bien habéis dicho, es mucho lo que nos jugamos si no logramos el control de las rutas con Oriente. Nuestra única esperanza es entorpecer el trabajo de los demás hasta que nos encontremos en condiciones de competir con ventaja —respondió lord Parry—.

¿Estáis de acuerdo, señores?

Todos los presentes asintieron.

—Richelieu es el nuevo hombre fuerte de Francia y Talleyrand ya no cuenta —siguió hablando lord Parry—. Badía viajó a Marruecos con una carta de recomendación de Talleyrand cuando era ministro de Napoleón. Si ahora que ya no existe Napoleón, Talleyrand convenciese a Richelieu, nuestra situación sería extremadamente delicada. No nos conviene hacer nada que nos ponga en contra del gobierno francés —miró a John—. Vuestra tarea es impedir que Richelieu o el rey Luis XVIII, o quien sea, preste oídos a un aventurero y caiga en la tentación de proporcionarle medios y dinero para emprender una expedición.

John se quedó pensativo. ¿Impedir que Richelieu o Luis XVIII prestase oídos a Badía? ¡Si precisamente Richelieu no quería ni oír una sola palabra al respecto! Eso era la que decía la carta de Cobbett. Aunque, bien mirado, nadie había visto aquella carta y un encargo como aquél podía ayudarle en su carrera. Aquélla representaba la gran oportunidad de escapar de las garras de Mansfeld y, evidentemente, la aprovecharía.

—Entendido, lord Parry —John asintió—. El único problema es que el señor Mansfeld, si me permitís decirlo, no cree mucho en este asunto y...

Lord Parry miró alternativamente a Barrow y a Young y acabó mirando a John.

—Eso no será ningún obstáculo. Se creará un nuevo departamento fuera de las atribuciones del señor Mansfeld, que se ocupará únicamente de este asunto. Vuestro superior es a partir de ahora el señor David Young, que informará directamente al señor Barrow.

—Muy bien, lord Parry —asintió John, procurando esconder su sonrisa de felicidad. Entonces se volvió hacia Young—. Supongo que alguien comunicará al señor Mansfeld... ¿O he de hacerlo personalmente?

En aquel preciso instando sonaron unos golpes en la puerta. Lord Parry dio permiso para entrar y apareció un criado que anduvo de puntillas hasta el señor de la casa y le comunicó algo al oído. Lord Parry se levantó, se disculpó y se acercó hasta la puerta, donde habló con alguien que le entregó una carta. La abrió y leyó el contenido mientras todo el mundo permanecía pendiente de él. Su rostro fue cambiando a medida que avanzaba en la lectura.

—No hay respuesta —dijo finalmente, mientras plegaba la carta y se la guardaba en el interior de la chaqueta.

El criado salió y cerró la puerta. Lord Parry se acercó a los tres hombres que lo miraban con interés, se sentó y se dirigió a John.

—El señor Barrow hablará con el señor Mansfeld y lo pondrá al corriente de todo. Gozad de la velada, pero no os retiréis demasiado tarde. Mañana os espera mucho trabajo —dijo, y añadió tras un corto silencio—: A todos nos espera mucho trabajo.

La conversación había concluido y John se levantó, hizo una ligera reverencia con la cabeza y abandonó el despacho.

Una vez llegó al salón tomó una copa de champán y echó una ojeada a su alrededor. Lord Parry había sido muy explícito y a él le bastaba con una insinuación, pero no quería perderse la ocasión de estar entre gente de tanta calidad. Posiblemente, nunca más volvería a repetirse una circunstancia como aquélla. Además, ya llevaba unas cuantas copas y se sentía eufórico.

Desgraciadamente, poco después descubrió que el interés que su chaqueta había suscitado entre los invitados se había desvanecido por completo.

Buscó con la mirada al señor Brummell... Perdón, a su nuevo amigo Beau. Y lo descubrió rodeado de diversas damas. Se acercó y, justo cuando iba a hacerse un lugar entre ellas, captó la mirada de un pequeño grupo de caballeros que habían interrumpido su conversación para centrar su atención en él. Entonces recordó las palabras de lord Parry sobre contentar a los hombres y decidió que lo mejor sería retirarse discretamente.

Un rato después, cansado de andar de un lado para otro con una copa vacía en la mano, sin haber cruzado una sola palabra con nadie y con la certeza de que ya había cumplido con su papel de modelo y ya no tenía nada más que hacer, decidió que era hora de desaparecer. La fama es efímera, aceptó con resignación.

Una vez recuperó su abrigo, su sombrero y su bufanda, John se preguntó cómo regresaría a casa. Con un largo paseo, naturalmente.

Unos días después, el tono que empleó Mansfeld no fue amigable. John ya se había olido que a su jefe no le haría gracia enterarse de que su subordinado (exsubordinado, debía corregir) había sido invitado a casa de lord Parry y, menos aún, que había recibido un encargo especial, mientras que él ni siquiera había sido informado. ¡Ah! Y, por si fuera poco, se escapaba de sus garras.

John, en compensación, bien podía haberle explicado lo aburrida que resultó la velada y la larga caminata en solitario que lo llevó hasta su casa. Sí, podía haberlo hecho y seguramente el señor Mansfeld se habría sentido reconfortado, pero no lo hizo. Al contrario: aún cargó más las tintas y se ufanó del éxito que había tenido con su chaqueta, diseño del gran Beau Brummell.

Mientras el joven Piech recogía sus pertenencias para trasladarse a un despacho situado al final del pasillo, en los dominios del director Barrow, con una buena ventana, luz natural y una mesa más grande, Mansfeld se presentó con un montón de carpetas. John tuvo un pensamiento que calificó de divertido. Cuando no era nadie, lo trataba como si fuese un desperdicio; ahora que había logrado interesar a lord Parry, Mansfeld se comportaba como un lameculos.

—Supongo que necesitaréis toda la información del caso Badía —dijo Mansfeld.

John inclinó ligeramente la cabeza para dar a entender que sí, pero no despegó los labios.

Mansfeld se disculpó y se fue. John sonrió satisfecho. Y

todos contentos.

La vida siempre está llena de sorpresas, pensaba John con una sonrisa en los labios, mientras ordenaba las carpetas en el archivador de su nuevo despacho. No había averiguado cómo fue a parar aquel informe a la mesa de Young. Quizás alguien lo había cogido por error o se lo había llevado sabiendo lo que hacía o... ¿O qué? No podía ni imaginar que Mansfeld se lo hubiera enviado a Young. Es igual. Tampoco tenía importancia. El hecho era que Young seguramente había captado enseguida que el asunto Badía podía convertirse en una oportunidad para alguien despierto y se las ingenió para convencer a Barrow de que había que rescatar el asunto Alí Bey. Y Barrow vio la oportunidad de empañar la imagen de Mansfeld invocando la memoria de Greene con un asunto ya había despertado el interés del siempre recordado Sir Alfred Gordon. Lo único que de veras le sorprendía era que el propio Mansfeld le hubiera entregado toda la documentación del caso Badía. Cualquier otro la habría destruido. ¡Bien! Quizás Mansfeld, en lo fondo, no era tan mala persona.

¡Ay! Quien resultaba un personaje digno de estudio era David Young, siguió meditando John. A su edad seguía soltero y era un ser solitario, pero eficiente y ambicioso. En el poco tiempo que llevaba trabajando a su servicio, había descubierto que aquel hombre lo medía todo. Posiblemente porque no poseía una excesiva imaginación y no se atrevía a elevar sus pensamientos más allá de dos palmos del suelo. Sin embargo, en el otro platillo de la balanza tenía que poner que cuando afirmaba algo, iba a misa. Además, John le caía bien. De eso no tenía la menor duda. Young lo consideraba joven e inexperto, pero con muchas posibilidades. John sonreía ante esta valoración. Hacer creer a alguien que es muy inteligente y que todas las ideas salen de él es la mejor manera de lograr su simpatía. No falla nunca. Por esta razón John se había guardado en la manga las dos últimas cartas que había recibido de Cobbett. Ahora había llegado el momento de ponerlas sobre la mesa. Y lo hizo.

—Como vos siempre decís, he procurado no especular, sino deducir —dijo—. Todo apunta a que Badía será admitido en la francmasonería. El duque de Berry, sobrino del rey Luis, es dignatario del Gran Oriente, y el duque de Decazes y el señor Choiseul, así como el conde de Segur, ostentan los cargos de Grandes Comendadores. Esta circunstancia lo situaría en la órbita del rey Luis y por encima de Richelieu, que parece que aún se opone. Todo lo cual nos lleva a suponer que la expedición podría ser inminente.

—Excelente, John —sonrió Young—. Eso, como muy bien decís, ya no es especulación, sino pura deducción.

John le dedicó una ligera reverencia y salió. Cuando cerró la puerta, casi se le escapó una carcajada. «Eso, como muy bien decís, ya no es especulación, sino pura deducción», parodió a su jefe.

*** ***

—Cien días justos. Ni uno más ni uno menos —Young soltó una carcajada. No dejaba de ser un número curioso.

—¿Seguro que son cien justos? —preguntó Barrow.

Ambos se encontraban en el despacho de lord Parry, que los había mandado llamar.

—Haced la cuenta —respondió Young—. Desde el día 20 de marzo hasta al 28 de junio, que es cuando Napoleón ha embarcado desterrado a la isla de Santa Elena, son cien días.

—¿Y Santa Elena está lo suficiente lejos? —preguntó lord Parry.

—Se encuentra a unas ochocientas millas al oeste de la costa africana, y a más de mil millas al sur del golfo de Guinea. Se trata de una pequeña posesión que la Corona tiene en mitad del océano Atlántico —informó Young—. No es probable que abandone su reducida libertad.

—¿Habéis dicho cien días? —insistió Barrow.

—Cien justos —repitió Young con buen humor—. Hay quien ha empezado a decir que, a partir de ahora, todo gobernante recibirá cien días de gracia para demostrar lo que es capaz de hacer.

—El pueblo tiene una imaginación desbordante, como también es cierto que su voz esconde una sabiduría que hay que tener muy presente —dijo lord Parry.

Young asintió. Aquella idea de dar cien días de gracia había salido de labios de John, pero Young había preferido decir que era el pueblo anónimo el que había llegado a aquella conclusión. No conviene dar demasiada importancia a los subordinados.

—¡Bien! —exclamó lord Parry—. Ya volvemos a estar en circunstancias normales y tenemos que recuperar el ritmo habitual. El asunto Domingo Badía...

—Precisamente de eso quería hablaros —intervino Young.

—¿Hay novedades? —se interesó lord Parry.

—Grandes novedades, si me permitís decirlo, señor. Según nuestros informes Badía entrará en la francmasonería. Eso le proporcionaría contactos y apoyos que podrían llegar hasta al mismo rey Luis de Francia. Os recuerdo que el duque de Berry, sobrino del rey Luis, ocupa el cargo de dignatario del Gran Oriente, y que Decazes y Choiseul, así como el conde de Segur son Grandes Comendadores —Young repitió punto por punto las palabras que su subordinado había pronunciado.

Evidentemente también escondió que aquellas deducciones se las debía a John.

—Eso ya resulta preocupante —murmuró lord Parry—. ¿Podemos impedirlo?

—Ya lo hemos intentado, pero dispone de buenos padrinos y es prácticamente un hecho —respondió Young.

Lord Parry se quedó pensativo.

—Tenemos que dar con la manera de evitar que Badía obtenga permiso para la expedición —dijo.

—No os preocupéis, señor. Ya estamos trabajando en ello.

—¿A quién habéis destinado? —preguntó lord Parry.

—A John Piech, señor.

—¡Muy bien! Es un joven que me causó muy buena impresión el día que lo conocí y tengo confianza en él —sentenció lord Parry.

—Yo también confío en él, señor —Young sonrió.

—Pues, manos a la obra.

Barrow y Young abandonaron el despacho.

4 - ¡BASTA!

Entre los amigos que Badía había hecho en París, y tras ser admitido en la francmasonería, se contaba el comandante Dambert, exmilitar que había sido herido y condecorado. Se trataba de un hombre de aspecto recio que caminaba con la cabeza erguida y una mano a la espalda, lucía un imponente bigote y hablaba con cierta afectación. Su pasado de héroe en los campos de batalla le permitía mantener contactos que resultaban de suma utilidad. Tanto era así que a menudo el comandante Dambert era portador de alguna noticia que no se encontraba al alcance de cualquiera mortal o, si lo estaba, él tenía conocimiento antes que los demás. Por este conducto Domingo se enteró en abril de 1816 que François de Chateaubriand iba a presentar en la cámara de los pares un proyecto para acabar con la piratería berberisca. Ante semejante novedad, que él no dudó en calificar de la más clara confirmación de sus teorías, envió a Richelieu una nueva memoria en la que explicaba que eliminar la piratería resultaba ilusorio si antes no se establecía una colonia al otro lado del Mediterráneo, tal como él había propuesto tiempo atrás. Sin embargo, Richelieu seguía considerando que aquel fantasioso proyecto no tenía ni pies ni cabeza. El supuesto general Domingo Badía (tal como lo calificaba él) no era santo de su devoción.

En Londres, John recibió un mensaje de Cobbett en el que le decía que mientras Richelieu estuviese al frente del gobierno de Francia, Badía no lograría ni un franco. Aquella noticia se convertiría en su gran éxito, pensó John satisfecho. Redactó un informe, adjuntó la carta, y se fue a ver a Young. No había dado quince pasos cuando topó con Mansfeld, que lo saludó con educación. John respondió al saludo y siguió andando.

—Por cierto, señor Piech —escuchó que decía la voz de su antiguo jefe—. Supongo que he de felicitaros.

—¿Con qué motivo, señor Mansfeld? —preguntó John.

—Los rumores apuntan a que habéis logrado que Richelieu no escuche a Domingo Badía.

—No puedo negar que, si así fuese, una parte del mérito me correspondería —respondió John, pero sin dar nada por seguro. Con el señor Mansfeld siempre había que estar al acecho.

—Más bien diría que buena parte del mérito —lo alabó el señor Mansfeld, y añadió—: Una vez cerrado este asunto, y habiendo demostrado vuestra valía, podréis regresar al puesto que ocupabais. Ya os tengo preparado un asunto que estoy seguro será de vuestro agrado. De nuevo os felicito, señor Piech.

John vio cómo Mansfeld desaparecía por el pasillo y se quedó pensativo. Siempre hay que estudiar las dos caras de una moneda y ver cuál es la más favorable. Por un lado aquello era un gran éxito. Habían logrado (por lo menos, así lo demostraría) detener a Badía. Sin embargo, aquel éxito, tal como indicaba Mansfeld, zanjba el asunto Alí Bey y entonces el departamento creado entre Young y él ya no tendría razón de existir. Y Mansfeld lo esperaba ya con un asunto que... ¡Ni hablar! Volver a caer bajo las órdenes de Mansfeld sería un desastre.

¿Cómo podía impedirlo? Aquella información llegaría a manos de su superior. No había alternativa posible, sobre todo si los rumores eran tan insistentes que el mismo Mansfeld estaba al corriente. ¿Qué rumores?, se preguntó de repente. ¿El único que sabía que Richelieu no tragaba a Badía era él?

Debía ganar tiempo, encontrar el argumento que impidiese que Young hablase con Barrow y buscar una salida digna. De manera que regresó a su despacho y dedicó toda la mañana a repasar de arriba abajo el asunto Badía a la búsqueda y captura de alguna idea brillante. Finalmente, hacia el mediodía, dio con ella. La meditó con calma, una y otra vez. ¡Resultaba sólida! Rehízo ligeramente el informe y, al acabar, consideró que ya podía hablar con Young.

—¡Excelente, John! —dijo su jefe con una amplia sonrisa, después de leer el informe—. El señor Barrow estará muy satisfecho y seguramente lord Parry nos felicitará personalmente. ¡Un gran éxito!

—Quizá sí, señor Young —John soltó esta frase sin demasiado entusiasmo.

Young levantó los ojos y miró a su subordinado. El tono de voz de John no le había gustado.

—¿Sucede algo?

—¿Y si Richelieu estuviese engañándonos? —respondió John.

—¿Engañándonos? —preguntó Young, sorprendido e interesado—.Cobbett dice que Richelieu ha archivado definitivamente el caso Badía.

—No sé... —dijo John dudando—. Tengo como una desazón que me dice que algo se nos escapa —se rascó la barbilla, resopló varias veces y arqueó las cejas—: Hay un detalle... —añadió, y dejó la frase en el aire.

—¡Queréis hablar claro, si es que hay algo que yo también deba saber! —exclamó Young, un poco alterado.

—Imaginemos que Richelieu pretende que creamos que Alí Bey no es importante. ¿Qué hace? Yo lo tendría muy claro. Ordenaría archivar el asunto y entonces el señor Barrow o lord Parry se tragarían la bola y ordenarían abandonar la investigación —John miró significativamente a su superior.

—¿En qué os basáis para imaginar semejante ardid?

—¿Recordáis aquella carta de Cobbett, justo cuando Mansfeld me ordenó cerrar el dossier? La que decía que Richelieu había enviado al ministro de Policía las memorias de Badía —especificó John, y Young asintió—. Este detalle me hace pensar en otras memorias que estuvieron sobre la mesa de Godoy durante mucho tiempo y que un agente nuestro, Tom Headking, según consta en el expediente, intuyó que podían tener una importancia capital. Me estoy refiriendo al asunto del globo —aclaró.

—¿Insinuáis que podría suceder lo mismo? —Young puso cara de idiota.

—Si lord Parry ordena cerrar este departamento, nosotros. .. —John también dejó la frase en el aire.

—No seremos necesarios —Young acabó la frase y se quedó pensativo. De repente se estremeció, pero reaccionó—: Quiero decir que el asunto quedaría cerrado para siempre jamás, seguramente volveríamos a nuestras habituales ocupaciones y nunca conoceríamos la respuesta.

—¡Exacto! —exclamó John, asintiendo—. El asunto Badía quedaría muerto y enterrado y Richelieu posiblemente nos habría engañado.

—Que es, ni más ni menos, lo que podría perseguir el primer ministro francés —dijo Young, mientras también asentía despacio.

No era ningún idiota y había captado el mensaje que John le enviaba: la buena vida podía acabarse.

—Eso es lo que pienso yo —confirmó John.

Aquello constituía una sutil conversación plagada de segundas intenciones y terceras lecturas que ambos dominaban a la perfección.

—No podemos permitir que un engaño tan... tan... burdo induzca al señor Barrow o a lord Parry a tomar una decisión equivocada —Young alzó las cejas—. ¿No estáis de acuerdo conmigo?

—Absolutamente —John confirmó de nuevo los razonamientos de su superior—. Nosotros estamos aquí para evitar errores y, antes de entregar este informe, deberíamos comprobar su veracidad. Mejor dicho: comprobar que Decazes sigue teniendo las memorias sobre la mesa, como Godoy en su día. Ese detalle sería una prueba evidente de que pretenden engañarnos.

—¡Excelente, John! Sí. Lo mejor será esperar más noticias. Enviad una carta a Cobbett. Que intensifique la vigilancia. Sobre todo nos interesa todo lo que esté relacionado con el ministro Decazes. ¿Entendido?

—Entendido, señor.

John se dirigió hacia la puerta, pero la voz del su superior lo detuvo.

—Guardad este informe hasta que os avise.

—¿Y no sería mejor que le guardaseis vos? —replicó John.

Young lo miró fijamente y le alargó el informe con energía. El mensaje era claro como la luz del día: si se descubría el pastel y alguien tenía que cargar con el muerto, evidentemente no sería él. Las cosas funcionan así y las patatas calientes se las queda el de menor rango.

—Como vos mandéis, señor Young —aceptó John, cogió el informe y salió.

Se lo llevaría en casa. ¡Hombre! No era ningún idiota y no dejaría que alguien lo encontrase por casualidad y...

Aún tendría que darle las gracias a Mansfeld. El pobre no era tan inteligente como decían, pensó John divertido. Sin embargo, volvió a pensar en los rumores que había mencionado su antiguo jefe. ¿De dónde habrían partido?

*** ***

Durante la primavera vieron la luz del día las ediciones inglesa, alemana e italiana de la obra de Badía. Mejor dicho: de Alí Bey. Porque él seguía empeñado en preservar el anonimato frente al gran público. Por si algún día tenía que volver a utilizar aquel disfraz, explicaba a los amigos. El hecho es que media

Europa hablaba de sus aventuras. Y así transcurrió un largo verano sin novedad digna de mención, excepto la nueva recaída de Domingo. Ni el hígado ni los riñones le perdonaban los cambios de estación. Y aquel otoño, además, había que sumar los intestinos. Tendría que visitar a un buen médico, concluyó. Pero ¿de qué serviría? De sobra conocía todas las respuestas.

—África tiene estas cosas —le había dicho aquel médico en Damasco.

¿Cómo se llamaba...? Richard Chaboceau. ¡Exacto! Y era un gran médico, conocedor de los desastres que podían provocar las aguas de aquellas tierras, pero que también estaba al corriente de los efectos de las orgías, de las drogas y de los excesos en todos los sentidos.

—Tenéis que renunciar a los licores, al café, al vino, a las grasas y a otras cosas. Vos ya me entendéis... —le había aconsejado.

¡Sí! Y acostarse temprano y no cometer más excesos con todos los placeres y no... y no... y no...

Siguió aquel cuerdo consejo y durante un tiempo guardó reposo. En Córdoba y después durante los primeros tiempos en Madrid. Sin embargo, quien algo quiere, algo le cuesta. Alternar con la gente que toma las decisiones tiene su precio y Madrid, con los ministerios, los funcionarios y los políticos, reclama un trato especial. ¿O, quizás, alguien puede imaginar que su puesto de intendente en Segovia apareció por casualidad? A partir de aquí sólo tenía que ser lo bastante hábil para implicar en sus orgías de Madrid a quien tomaba decisiones y ver cómo se le proponían nuevos cargos en provincias que ni siquiera conocía y que fue rechazando hasta que le ofrecieron volver a Córdoba con el cargo de prefecto, que sumaba las funciones de comisario real y de intendente. ¿Quién se conforma con las migajas cuando tiene la mesa repleta de comida? Allí, en su amada Córdoba, pudo reposar, pero aquel desgraciado de Goudinot, estúpido, incompetente y caprichoso, hizo llegar sus quejas al ministerio en forma de sospechas. ¡En fin, que sería muy largo recordar todas las recaídas en el vicio por culpa de todos los imbéciles que no hacían más que ponerle trabas! ¿Por qué, entonces, tendría que visitar a un médico, si no sería capaz de seguir sus instrucciones?, exclamó, y no fue.

El 23 de septiembre de 1816, a media mañana, la campanilla de la puerta del 25 de la calle de Grands-Augustins sonó con insistencia. Poco después la criada avisaba a María Luisa, que se acercó hasta el vestíbulo para escuchar el mensaje que le traía uno de los sirvientes de su hija.

—Me envía la señora de Lisle de Sales. El señor ha sufrido un ataque al corazón.

—¡Dios mío! Enviad aviso a mi marido. Está en el café de Matillon —ordenó a la criada y tomó el sombrero para seguir al sirviente hasta al coche que la esperaba a la puerta. Allí se detuvo un instante, se volvió hacia la criada y dijo—: Si no he vuelto a primera hora de la tarde, que alguien vaya a buscar a José a la escuela.

—Así se hará, señora.

Cuando María Luisa llegó al palacete de su yerno, encontró a Asun con cara de espanto. Su hija la informó de que el médico la había obligado a abandonar la habitación y que aún estaba dentro. Se sentaron en la sala y una criada les trajo café caliente.

Mucho rato después oyeron la voz de Domingo. ¿Tanto se tarda desde el café de Matillon?, se preguntó María Luisa, pero guardó silencio. No era momento de preguntas.

Domingo entró directamente en la sala y Asun se levantó de la silla. Él se acercó y la abrazó.

—He venido tan pronto como me ha sido posible. ¿Qué dice el médico? —preguntó.

—Hace más de dos horas que está en la habitación y aún no sabemos nada —respondió María Luisa.

—Claude es fuerte como un roble —Domingo sonrió y abrazó con fuerza a su hija—. Saldrá de ésta.

—¿Padre, queréis una taza de café? —le ofreció Asun.

—Sí, gracias —aceptó él, acompañó a su hija hasta el sofá, donde la dejó, y se sentó en una butaca grande, de cuero, delante de la mesilla donde reposaba la bandeja que había traído la criada.

María Luisa llenó una taza de café y echó dos cucharaditas de azúcar, tal como sabía que le gustaba a Domingo. Después se sentó junto a su hija. Asun mantenía la mirada baja y jugaba con las puntas del pañuelo que tenía entre las manos; María Luisa, a su lado, le pasaba la mano por el hombro con ternura; Domingo, con la espalda bien tiesa y en actitud digna, sostenía el plato y la taza de café. Su mirada permanecía perdida mientras se acercaba la taza de café a los labios y soplaba sobre el líquido, que estaba muy caliente. María Luisa lo observó, pero le era imposible imaginar lo que estaba pensando. Su marido, cuando las circunstancias se salían de lo habitual, era imprevisible.

—Tienes que ser fuerte, hija — dijo Domingo, de repente—. Sin embargo, no estarás sola. Somos tus padres y velaremos por ti.

María Luisa iba a replicar que quizás no era ni el momento ni la ocasión para pronunciar aquellas palabras, pero se abrió la puerta y la criada dejó paso al médico. Domingo se levantó de un salto.

—¿Cómo está el señor de Lisle de Sales? —preguntó.

El médico entró despacio y se dirigió hacia el único hombre que había en la estancia. Era más fácil decir lo que tenía que comunicar mirando a un hombre que a una mujer.

—El señor de Lisle de Sales ha sufrido un ataque muy grave y se encuentra extremadamente débil. Es casi un milagro que siga con vida. Ahora todo está en manos de Dios.

La última frase era muy elocuente. Asun perdió el color de las mejillas y María Luisa la abrazó. Domingo respiró hondo y soltó todo el aire de sus pulmones.

—¿Podemos verle? —preguntó.

—Os ruego que no lo canséis en exceso. Su corazón está

muy delicado. Si necesitáis algo más, ya sabéis dónde encontrarme.

Domingo acompañó al médico a la puerta.

—La ciencia hace todo cuanto puede, pero la naturaleza nos supera y toma sus decisiones —dijo el médico, antes de marcharse—. Ahora descansa, pero más vale que no os hagáis ilusiones.

—Gracias por todo.

El médico le dirigió una significativa mirada. No había querido expresarlo tan claramente, pero... En fin, que cuando la muerte llama a la puerta no hay nada que hacer.

Claude Baptiste Izouard de Lisle de Sales murió aquella misma tarde. La naturaleza, como había dicho el médico, ya había tomado su decisión.

El entierro tuvo lugar al día siguiente por la tarde y la iglesia se llenó con numerosos amigos, hermanos de la logia y compañeros y colegas del Instituto de Francia. Fue una despedida muy emotiva. Claude era un hombre muy estimado. No faltó nadie. Ni el joven Jean-Paul Casel.

La imagen de la viuda, recibiendo las condolencias, constituyó el triste cuadro que le partió el corazón a Jean-Paul, que se acercó y besó aquella mano enfundada en un guante negro, mientras contemplaba aquel rostro bajo el velo oscuro que pretendía esconder su palidez. En el instante de pronunciar las palabras de rigor, el cuerpo de Asun se tambaleó adelante y, para no caerse, la muchacha se agarró a la chaqueta del joven. María Luisa la tomó en seguida por el brazo.

—Lo siento —dijo Asun.

—He de estar un tiempo fuera de París, pero si puedo hacer algo por vos... —dijo Jean-Paul.

—Gracias —intervino María Luisa.

Jean-Paul se retiró despacio. Era la primera vez que la tenía entre sus brazos, aunque sólo hubiese sido un instante y en aquellas dolorosas circunstancias. Pero habría sido suficiente como para quedarse en París y no regresar a Clermont-Ferrant. Sin embargo, no podía escapar a su deber.

Dos días después un notario leyó el testamento. La heredera universal era Asun. Todos los bienes del difunto, sin exclusión alguna, pasaban a sus manos. Domingo, por su parte, fue nombrado albacea con el explícito mandato de que tuviese cuidado de su hija que, siendo tan joven como era, no gozaba de experiencia y podía ser engañada por algún desaprensivo.

María Luisa abrazó a Asun y miró a su marido. Domingo no parecía muy sorprendido. Más bien nada sorprendido. Ella, evidentemente, no estaba al corriente de que todo aquello era ni más ni menos que lo que ya habían pactado Claude y él antes de la boda.

Al día siguiente Domingo llamaba al administrador de su yerno para enterarse de la fortuna que había caído en manos de su hija, de la que él tendría cuidado y con la que haría buenas inversiones.

—Dinero, poco —informó el administrador, un hombre de aspecto gris y con gafas, calvo y pequeño, que llevaba una cartera negra de donde iba sacando documentos para demostrar la exactitud de sus afirmaciones.

—Bien, pero tenía inversiones —dijo Domingo, con una mirada interrogante.

—Inversiones, si descontamos la biblioteca, que era su gran pasión, y la casa, no hay ninguna —el administrador negó con lentos movimientos de cabeza.

—¡No es posible! —exclamó Domingo—. El palco en la ópera, las cenas, el teatro, las fiestas...

—Eran los pozos que se engulleron su cada vez más exigua fortuna. No olvidemos que se trataba de un hombre mayor que ya no disfrutaba de mucha energía... mental. Intenté hacerle ver que se precipitaba hacia una situación financiera delicada, pero no quiso escucharme. Decía que no se llevaría nada a la tumba —explicó el administrador—. Incluso a mí me debe dinero...

No se iba a llevar nada a la tumba. ¡Por supuesto que no! ¡Ni él ni nadie, porque lo había dilapidado todo!, meditó Domingo con rabia.

Una semana más tarde el matrimonio Badía se instalaba en el hôtel de Lorges y abandonaba su casa.

—¿Por qué tenemos que ir a vivir allí? —preguntó María Luisa—. Que venga ella aquí. Nuestra casa es más pequeña y no necesitamos tanto espacio.

—Mantener aquella casa costará un pico. Por otro lado, no veo por qué tenemos que seguir pagando un alquiler —replicó Domingo.

—Siempre has dicho que nos lo podemos permitir. Además, ahora y durante un tiempo, no tendremos tantos gastos porque debemos guardar luto por Claude, sobre todo Asun, que sólo saldrá para ir a misa y durante unos meses no recibirá a nadie.

—Ya lo sé, pero no es suficiente. Claude no dejó gran cosa, aparte de la casa.

—¿Tenemos problemas económicos? —se asustó María Luisa.

—No preocupantes —sonrió él—. Hay algunas inversiones que no han dado el fruto que esperaba, pero no tiene mayor importancia. Con esta decisión de ir a vivir a casa de Asun, lo arreglaremos todo.

María Luisa no lo dijo, pero lo pensó. Su marido había mencionado que algunas inversiones no habían dado el fruto esperado. ¿Qué inversiones? Ahora ya no albergaba la menor duda de que Domingo confiaba que, a la muerte de su yerno, encontrarían una gran fortuna. Ésa era la gran inversión que había hecho, y la sorpresa había resultado mayúscula.

—Podríamos alquilar aquélla y con lo que saquemos pagar el alquiler de ésta...

—¡No digas tonterías! —la interrumpió Domingo—. ¿Qué pensaría la gente? ¿Que estamos arruinados? Aquella casa está mucho mejor situada y nos da prestigio social.

Días después, cuando ya se habían trasladado, María Luisa vio que su marido hablaba con el señor Gilbert, le pagaba lo que se le debía, añadía una gratificación y le deseaba mucha suerte. Ya no hacían falta sus servicios para mantener aquella inmensa cantidad de documentos y libros.

Después, cuando el señor Gilbert se hubo marchado, se sentó en medio de la biblioteca, contemplando las estanterías que llegaban hasta el techo repletas de volúmenes.

—¡Treinta y seis mil libros! —exclamó Domingo, mientras soltaba una carcajada—. Ésta es la gran inversión de mi yerno.

—Y la casa —le recordó ella.

—Que no podemos vender —objetó Domingo.

—¿Por qué?

—¿No escuchaste al notario? Asun no puede desprenderse de la casa hasta quince años después de la muerte de Claude. Es la manera que él consideraba más conveniente para guardar su memoria —dijo Domingo con un deje de desprecio. Y añadió en voz baja—: Eso no me lo había dicho.

—¿Habíais hablado del testamento? —preguntó María Luisa, sorprendida.

—Había hecho algún comentario sobre que le dejaría la casa a Asun... Nada más. En fin... —Domingo quitó importancia al tema.

—¿Y ahora qué haremos? —preguntó María Luisa.

—No te preocupes. Lo tengo todo pensado —dijo él, y abandonó la casa.

Tres semanas después el señor Barbier, director de la Biblioteca Nacional, recibía al hombre delgado y pequeño que le habían recomendado tres personas y por dos conductos distintos.

Barbier tenía unos cincuenta años, era gordo, de aspecto

serio e iba bien vestido. Su voz era profunda y hablaba midiendo cada palabra.

Durante media hora Domingo le expuso la idea de venderle toda la biblioteca de Claude. Barbier lo escuchaba con interés, pero de vez en cuando ponía cara de circunstancias e intentaba negar con la cabeza, pero Domingo seguía hablando.

—No os podéis hacer ni una ligera idea de la cantidad de documentos que mi yerno tenía —sonrió Domingo, agotados todos los argumentos—. Hay una colección de cartas que deberían estar aquí, y no en ningún otro lugar. Mi hija no puede hacerse cargo y yo tengo otros asuntos en marcha. Os he traído unas muestras —sacó un par de cartas muy antiguas y se las mostró. Barbier las observó con atención mientras Domingo seguía hablando—. Os ofrezco este tesoro porque no podemos permitir que se pierda. Y cuando digo tesoro, quiero que tengáis bien presente que el precio que pido es muy inferior a su valor real.

—Bien, yo no... Quiero decir que... Sí, es muy interesante, pero...

—Rechazar una oportunidad como ésta es hacer un flaco favor a Francia.

El bibliotecario abrió las manos con las palmas hacia arriba, manifestando una impotencia que no sabía cómo explicar. Entonces, se levantó de su asiento.

—¿Queréis acompañarme, señor Badía?

Abandonaron el despacho y Barbier lo condujo hasta al sótano: una inmensa sala llena de libros, montañas de documentos, mapas y carpetas.

—Señor Badía, os he recibido porque el señor Cuvier, del Instituto de Francia ha insistido, pero veo difícil hacer una oferta por la biblioteca del señor de Lisle de Sales, aunque conozco su valía y que hay en ella piezas de una gran originalidad —explicó Barbier—. Lo haría de buen grado, si pudiese, pero después de todos los avatares por los que hemos pasado, la situación de las arcas de la biblioteca es muy precaria y los constantes cambios de gobierno nos ha dejado un trabajo increíble. Mirad los documentos producidos en los últimos años, que también forman parte de la historia de Francia —abrió los brazos, abarcando la inmensidad de aquellas estanterías y cajas llenas de polvo—. ¿Os dais cuenta de todo lo que hay aquí?

Domingo se puso el sombrero a la puerta de la Biblioteca Nacional. Si Barbier no podía comprarle el legado de Claude, nadie más podría hacerlo. ¡Idiota!, exclamó pensando en su yerno. ¡Ah, el estómago! ¡Cómo le dolía! Se encorvó con la mano en el bajo vientre.

¡Dios mío! Toda una vida dedicada a coleccionar libros y documentos y ahora no tenían ningún valor para nadie. Él nunca había entendido aquel afán por guardar cosas viejas e inútiles que nadie volvería a mirar nunca más. Daba risa. ¡Una fortuna enterrada! Ése era el legado de Claude, el soñador, el hombre que era feliz con las aventuras de los demás, incapaz de vivir la gran aventura de descubrir un mundo nuevo. El futuro es lo que cuenta y el pasado no sirve para nada que no sea aprender y mirar hacia delante. Ésa había sido siempre su filosofía. ¿Quién podía imaginarse a Claude disfrazado de árabe, cruzando el desierto, navegando por mares desconocidos, conociendo gente de otras razas, probando comidas que nadie había visto nunca, hablando lenguas que nadie había oído y contemplando cielos con unos colores que ningún pintor había sido capaz de plasmar en un cuadro? En cambio para él, aquello era la vida y no quedarse encerrado entre cuatro paredes llenas de libros cubiertos de polvo.

Respiró hondo, enderezó la espalda, agarró el bastón con fuerza y echó a andar. Nadie lo detendría. Ya había pasado por un trance similar, cuando perdió casi todos su dinero en la aventura del globo, en Andalucía. De aquélla se salió y ahora también se saldría.

*** ***

El 12 de febrero de 1817 tuvo lugar la batalla de Chacabuco y las tropas del general San Martín derrotaron a las fuerzas españolas de Maroto. A partir de aquel instante, Chile adquiría la independencia y Richelieu atisbaba la posibilidad de que España perdiese todas las colonias de América del Sur. Una magnífica oportunidad para establecer relaciones comerciales con los nuevos países que emergían y para que Francia se convirtiese en su principal proveedor.

Llegada la primavera de 1817, Paul Bertin incluyó en la carpeta de temas a tratar la petición de una pensión que Domingo Badía había enviado al duque de Richelieu.

—¿Qué es esto? —exclamó el primer ministro.

—Él dice que se la merece —replicó el secretario.

—Archivadla junto con su famoso plan de establecer una colonia en África y no me hagáis perder el tiempo con más tonterías —Richelieu lanzó la petición a un extremo de la mesa, donde la recogió el secretario.

A finales de la primavera la familia Badía tuvo que despedir a parte del servicio. Ya no podían soportar tanto gasto, había dicho Domingo. María Luisa se io cuenta de que todo se deterioraba y de que aquello no podía ser más que un castigo bien merecido que su marido recibía por causa de tantas mentiras. Las relaciones entre ellos iban de mal en peor. María Luisa de vez en cuando (¡muy de vez en cuando!) recibía noticias de Pedro y, por lo menos, sabía que estaba bien.

Llegado el mes de julio, Paul Bertin incluiyó en la carpeta la segunda petición de una pensión por parte de Domingo Badía. En esta segunda ocasión, había una frase desgarradora: «Mi familia vive en la miseria, mientras el Estado y el comercio francés gozan de los millones que tienen que agradecer a mi trabajo y a mis investigaciones».

—¡Este hombre es increíble! Pero ¿qué se ha creído? —gritó Richelieu—. No es más que un estúpido afrancesado. Uno de aquellos que se cobijaron bajo el árbol que mejor sombra podía proporcionarles, sin tener en cuenta ninguna lealtad, y que tuvo que abandonar su país, al que ya no puede regresar. ¿Cómo osa solicitar una pensión por unos servicios que fueron más una traición que otra cosa? Enviadle una carta y dejadle muy claro que no quiero volver a oír hablar de él.

Domingo recibió la carta en agosto. Le había dicho a María Luisa que las inversiones no iban bien, pero que aquella pensión les permitiría recuperar la posición social que merecían.

—Richelieu no es Godoy —exclamó con la carta en las manos.

—¿Qué haremos ahora? —preguntó María Luisa.

—Saldremos de ésta —respondió Domingo con su habitual sonrisa de triunfador.

Cuando se quedó solo su sonrisa se desvaneció. Richelieu era su última baza y ya no disponía de otra puerta a la que llamar ni de ningún recurso al que echar mano, a menos que ocurriese un milagro.

Un día Domingo se presentó en casa con un aire diferente. Su esposa conocía muy bien aquella mirada llena de luz. Significaba que acababa de tener una inspiración. ¡De las grandes!

—¡Basta de luto! — dijo Domingo cuando estaban comiendo.

—Aún no hace un año que Claude nos dejó —se quejó María Luisa.

—Estamos en Francia y las costumbres son distintas. A partir de hoy abriremos las ventanas y reemprenderemos nuestra vida social. Quiero que la luz y la alegría vuelvan a esta casa — ordenó, y abandonó el comedor con paso firme y decidido.

Asun no se hizo de rogar y mudó enseguida el negro de sus vestidos por tonos alegres y la sonrisa volvió a sus labios. Aquella misma semana asistieron al teatro. Para la joven viuda mezclarse con la gente, escuchar conversaciones y risas, sentir la alegría alrededor y reemprender la vida social de París significó que, de repente, después de un larguísimo otoño gris y de un invierno helado el cielo se abría y los campos estallaban esplendorosos.

Durante los entreactos no dejó de buscar a Jean-Paul con la mirada, con la esperanza de que se produjese un milagro. Recordaba haberlo visto alguna vez paseando por delante de su casa, pero ahora ya hacía días que no aparecía. El pobre seguramente se habría cansado de esperar. Quizás su padre había tardado demasiado en percatarse de que la capital de Francia no tenía las mismas costumbres que Andalucía y que el luto se veía y se vivía de otra manera. Afortunadamente su madre, a pesar de la educación recibida en Andalucía, no se había opuesto. Sin embargo, ella rezaba para que no fuese demasiado tarde para poder reemprender... más bien iniciar una relación con Jean-Paul, porque nunca había empezado.

Aquella noche Asun tardó en dormirse y permaneció sentada en el alféizar de la ventana contemplando las estrellas y soñando. Cuando finalmente el cansancio la venció, durmió como hacía una eternidad que no lo hacía y al día siguiente se despertó cuando el sol alcanzaba el cenit.

Dos días después, caminando por la calle con su madre, el corazón le dio un vuelco. Jean-Paul acababa de aparecer ante a ella con el sombrero en la mano y una sonrisa cautivadora.

—Buenos días, señoras —saludó el joven con una ligera inclinación de cabeza.

—Buenos días, señor Casel —se adelantó María Luisa.

—¿Cómo está el señor Badía?

—Muy bien.

—A vos no os pregunto como estáis, porque os veo esplendorosa —exclamó Jean-Paul. Después se volvió hacia Asun—. Y vos, señora de Lisle de Sales, deslumbráis.

—La que sí deslumbraba era Monique Lagarde, el otro día en el teatro. Interpretaba su papel divinamente —respondió Asun.

—He estado viajando, y apenas hace dos días que he regresado —dijo él—. He de ponerme al día y, si vos decís que la obra es tan buena, tendré que ir a verla.

—Pues no os perdáis tampoco *La flauta mágica,* de Mozart —Asun hizo un pequeño gesto con las cejas—. Nosotros tenemos previsto ir el viernes.

—¿Me permitiréis que suba a saludaros a vuestro palco?

—Ya no lo ocupamos —intervino María Luisa—. A la pobre Asun le trae dolorosos recuerdos.

—Entonces, nos veremos en el patio de butacas —dijo él.

Las dos mujeres saludaron el joven con una leve inclinación de cabeza y siguieron su camino. Jean-Paul contempló a Asun. Estaba más bonita que nunca.

Cuando ya se habían alejado unos pasos, Asun miró a su madre.

—¿Por qué habéis mentido con lo del palco? —preguntó.

—¿Qué querías que dijese? ¿Que lo hemos dejado porque ya no podemos pagarlo?

—A mí me parece que le importa muy poco la razón por la que ya no lo tenemos —replicó Asun con una sonrisa.

—Ya sé que su interés es otro —María Luisa le devolvió la sonrisa—. Sin embargo, mantener las apariencias ayuda.

El viernes iban a entrar en la ópera cuando Domingo dijo que acababa de ver a un conocido y se apartó de ellas. Poco después regresaba acompañado por un hombre alto con bigote.

—Quiero presentaros a mi esposa María Luisa y a mi hija, viuda de Lisle de Sales —dijo Domingo—. María Luisa y Asun, os presento al comandante Dambert.

El comandante tomó la mano de María Luisa y la besó mientras mantenía el otro brazo a la espalda. Después repitió el gesto con Asun.

—El comandante nos ha invitado a su palco —anunció Domingo.

—Pero... —dijo Asun, mirando hacia la puerta que conducía al patio de butacas.

—No te preocupes por nuestras localidades —replicó Domingo, y tomó a madre e hija por el brazo.

El palco del comandante Dambert, que compartía con su hermana y su cuñado, estaba centrado. Desde allí, Asun podía contemplar casi todo el patio de butacas y buscó con la mirada a Jean-Paul, hasta que lo encontró. La ópera empezó, pero Asun no estaba pendiente de la música. Sólo pensaba en Jean-Paul. Cuando llegó el entreacto, intentó abandonar el palco, pero su padre la retuvo con mil excusas explicándole quién era el comandante y todas las batallas en las que había participado. Desesperada, se volvió hacia su madre, que había entablado una interesante conversación con la hermana del comandante.

—¿Madre, podéis acompañarme al tocador?

—Yo también he de ir —dijo la hermana del comandante.

¡Menudo desastre! La hermana del comandante no se separó de ellas ni un instante y cuando empezó el segundo acto, Asun sentía que la cara le hervía. Habría estrangulado a aquella estúpida que no paraba de hablar.

Al llegar el segundo entreacto, Domingo involucró a las mujeres en la conversación y Asun se vio obligada a participar. Sin embargo, en esta ocasión, se acercó a la barandilla y miró al patio de butacas. ¡Dios mío! Jean-Paul había desaparecido. No lo localizaba. Cuando ya anunciaban el tercer acto, el joven apareció. Ella rezó con todas sus fuerzas para que levantase los ojos hacia donde estaba ella. La gente comenzaba a sentarse y todo indicaba que el tercer acto iba a empezar en seguida. Asun conocía lo suficiente a su padre como para no saber que, acabada la representación, alargaría su salida hasta que Jean-Paul hubiese desaparecido.

De repente, el joven se volvió y miró hacia aquel palco. En el instante en que las miradas se cruzaron, Jean-Paul hizo una ligera inclinación de cabeza. Asun sonrió y también inclinó ligeramente la cabeza.

—¿A quién saludas, hija? —preguntó Domingo.

—Al señor Casel —respondió ella.

—¡Ah, sí! Ya lo veo —exclamó Domingo, y centró su atención en el espectáculo.

*** ***

—¡No! —le salió del alma a María Luisa—. No lo permitiré —aseguró María Luisa con fuertes movimientos de cabeza—. Esta vez no —insistió.

—No es ningún anciano.

—Tampoco es ningún jovencito.

—El comandante Dambert...

—¡No! —gritó María Luisa.

Domingo se levantó y cerró la puerta de la sala. El tono empezaba a subir, como ya era habitual desde hacía meses, y el servicio no tenía porqué enterarse de lo que hablaban los señores.

—Asun no hace mal papel delante de él —dijo Domingo, bajando la voz.

—¡Qué poco conoces a las mujeres! Asun le hace buen papel siempre que el joven Jean-Paul Casel está presente. El arte de la seducción tiene sus reglas.

—¡Ah, ya entiendo! —exclamó Domingo, soltando una risita de burla—. Creía que ese capricho femenino ya se había acabado. Sin embargo, para eso estamos nosotros: para hacerle ver lo que le conviene.

—¡No, no y no! —replicó María Luisa.

—¿Es qué no te das cuenta de que Jean-Paul es el tercer hijo de una familia numerosa? No tiene futuro ni fortuna para mantener esta casa, mientras que el comandante Dambert...

—Eso es lo único que te preocupa: el dinero.

—Me preocupa el futuro de la familia. Tenemos unos hijos y debemos velar por ellos. No podemos permitir que cometan errores que lamentarán por siempre jamás.

—Sí, ya me lo has demostrado con creces. Pedro huyó de casa y ya no le hemos vuelto a ver...

—Yo soy quien toma las decisiones y mis hijos me deben respeto y obediencia. Pedro es un desagradecido —la interrumpió Domingo con un gesto de desprecio—. Huyó sin tener en cuenta que yo tenía previsto que él...

—Tú siempre has tenido alguna cosa prevista para todo el mundo. La prueba más evidente es Asun. La casaste con un... un... un... —María Luisa no encontraba la palabra adecuada. Por un lado quería expresar el rechazo que aquella boda le provocaba ahora, pero por otro lado se daba cuenta de que el pobre difunto no merecía ningún insulto—. ¿Alguna vez te has preguntado qué es lo que los demás esperan de ti?

Era la primera vez en todo el tiempo que habían vivido juntos que su esposa reaccionaba con aquella vehemencia. ¿Qué estaba sucediendo?, se preguntaba. Ya hacía meses que había notado que no le tenía el mismo respeto y quizás había llegado el momento de sacar la artillería pesada.

Se acercó a ella, se arrodilló a los pies de la silla y le cogió las manos.

—Mariquita mía...

—¡No! —gritó María Luisa y se puso en pie apartando las manos de él—. No vuelvas a llamarme Mariquita.

—¿Pero qué te pasa ahora?

—No vuelvas a llamarme Mariquita —repitió María Luisa con rabia—. No aceptaré que vendas a nuestra hija por segunda vez y que la cases con un estirado como ése, un hombre que es todo fachada.

—¿Venderla? ¿Fachada? ¿Pero, qué significa esto? —Domingo mudó el gesto de sorpresa por el de ofensa—. Dambert posee fortuna, y no es ningún engaño, como sucedió con Claude. Yo no vendo a mi hija, sino que le proporciono un marido como es debido. ¿Qué será de nuestro hijo José? Aún es demasiado joven. Necesitamos dinero.

—Llegamos de España con bastante dinero. ¿Acaso lo hemos perdido todo? —replicó María Luisa.

¡Uf! Atacaba duro aquella mañana. Domingo, con su extraordinaria habilidad de actor, dio un nuevo giro y exhibió la máscara de la tristeza. Tenía que calmarla.

—No soy el único que ha tenido mala suerte con las inversiones —dijo compungido y respiró hondo, mientras se llevaba la mano al pecho como si le faltase el aire—. Además, sabes muy bien que me encuentro delicado y...

—¿De qué inversiones me estás hablando? —María Luisa le miraba divertida, sin hacer caso de la representación teatral de su marido. Acababa de romper todas las amarras, había desplegado velas y el viento soplaba con fuerza—. ¿De fiestas y cenas, de las invitaciones a tus amigos del Instituto de Francia...? ¿O de los generosos regalos que has hecho?

—Hay que mantener las relaciones. No se puede llegar a según qué niveles sin invertir.

—No sabía que a hacer regalos a cierto tipo de mujeres ahora se llamase invertir.

Domingo se puso tenso y mudó de nuevo su expresión desde la ofensa a la sorpresa.

—¿Regalos? ¿A otras mujeres?

Su esposa lo miró. ¡Era poco menos que increíble! Aún intentaba emplear el viejo truco de la ofensa, cuando de todos era bien conocido que frecuentaba los círculos de mayor placer de París, como muchos otros caballeros que simulaban una seriedad y una respetabilidad que ni existía. Ella había callado durante años recordando las palabras de su madre: «Bendita la aceitera que tiene para los de casa y para los de fuera». Quizá sí, pero últimamente ya no había aceite para los de casa. ¡Ni aceite ni dinero!

—¿A quién pretendes seguir engañando? —María Luisa se quedó mirando directamente a los ojos a su marido.

—¿Engañar? —Domingo pegó un grito que asustó a su esposa. Se levantó del suelo y se dirigió a la ventana, respirando agitado.

No podía creer que María Luisa hubiese pronunciado aquel verbo. Engañar, había dicho. ¿Pero como podía osar decir aquello? ¡Oh!

Su esposa lo miraba con los ojos bien abiertos, pero sin miedo. Había dicho todo lo que había dicho conscientemente y por primera vez en su vida no se enfrentaba a la sensación de culpa que tenía cuando veía a su marido fuera de tono o compungido. Lo había ayudado siempre, en todo lugar y en cualquier circunstancia. Fue desde la huida de Pedro, porque había sido una verdadera huida, cuando empezó a cambiar.

—Todo lo he hecho por vosotros —dijo Domingo, con voz rota. Parecía que estuviese a punto de echarse a llorar de un momento a otro, como si el mundo se hubiese derrumbado sobre su cabeza—. Me fui de casa, viajé con peligro de mi vida...

—¡Ya basta, por favor! —exclamó ella en tono de súplica burlona. Después, el tono cambió y se convirtió en desprecio—. Esa historia la he oído demasiado veces y ya no me convence. Todo lo has hecho por ti. Incluso he llegado a suponer que te casaste conmigo porque te interesaba echar raíces en Granada y que aceptaste el destino de Córdoba sólo porque tenías el sueño de hacer volar un globo —dijo ella, y Domingo, al oír estas palabras, se llevó las manos al pecho. Parecía que estuviese a punto de padecer un ataque al corazón. Sin embargo, María Luisa no se calló—. Sí, un sueño. Gastaste todo nuestro dinero y nos arruinaste. Si no llega a ser por tu padre, lo habríamos pasado muy mal. Después te fuiste a Madrid y engañaste a Godoy con otro sueño; viajaste y seguiste engañando a todo el mundo; volviste y, cuando creía que nuestra vida entraba en un oasis de paz, volviste a engañar a todo el mundo y si no es porque yo me moví como una loca, aún estarías en prisión; huimos de España con el dinero que habías obtenido engañando; me engañaste a mí y engañaste a tu hija para casarla con un viejo decrépito. ¿Y aún quieres hacernos creer que todo lo haces por nosotros?

—¡Y todo lo he hecho por vosotros!

—¡Padre! —oyeron que decía la voz de Asun, asustada.

Se volvieron. Su hija estaba en la puerta con su hermano pequeño cogido de la mano.

—¡Dios mío! —exclamó María Luisa.

La expresión del niño, boquiabierto, era el reflejo exacto del impacto que acababa de recibir al oír todo lo que había dicho su madre sobre su padre.

—¡Hola, José! —reaccionó Domingo cruzando las manos a la espalda mientras sonreía—. ¿Ha ido bien la escuela?

El niño no respondió. Miraba a sus padres, incrédulo. Aún no era capaz de comprender lo que acaba de escuchar de labios de su madre y que malograba la imagen de héroe que tenía de su padre.

—Tienes que cambiarte y prepararte para la cena —dijo María Luisa, se dirigió hacia José, lo tomó de la mano y se lo llevó.

Una vez hubieron salido, Domingo resopló con fuerza. Asun se había quedado y permanecía en pie, junto a la puerta.

—Tu madre está un poco nerviosa... —sonrió Domingo y se acercó a su hija para darle un beso.

—No me casaré con el comandante Dambert —dijo Asun, mientras daba un paso atrás y lo rechazaba.

—No es momento de hablar de estas cosas. Dentro de unos días...

—Aunque me lo pidáis o me lo supliquéis o me lo ordenéis —exclamó Asun, se volvió y abandonó la sala.

Aquella noche, cuando Domingo subió al dormitorio, se encontró con la puerta cerrada con llave. Llamó, pero su esposa no respondió.

Quizás había ido demasiado lejos, pensó y se dirigió a la habitación de invitados. Ya se le pasará, murmuró. Siempre se le pasaba y después todo volvía a la normalidad.

Sin embargo, lo mismo sucedió las noches siguientes y Domingo acabó por trasladarse definitivamente a aquella habitación y aceptar que Dambert no constituiría el milagro que tanto había esperado.

*** ***

El señor Cuvier, antiguo compañero del señor de Lisle de Sales, envió una nota a Domingo. Lo citaba en el Instituto de Francia. Ya hacía largo tiempo que Domingo buscaba a alguien que lo escuchase, pero parecía que su poder de seducción había menguado considerablemente. ¿Cómo había que tomar aquella invitación?

Fuera como fuese, Domingo tenía un talante optimista. De manera que se vistió con su mejor traje, tal como hacía en Marruecos cuando recibía la invitación de algún príncipe, y salió a la calle blandiendo el bastón con energía. Tarde o temprano llega el milagro y todo cambia, exclamó.

—¡Molé! —exclamó Cuvier, de repente.

—¿Qué habéis dicho?—preguntó Domingo, sorprendido—. Molé es ministro de Marina y yo hablo de expediciones por tierra.

—¡Precisamente! —exclamó Cuvier—. En cierta ocasión hablasteis de la existencia de un mar en el interior del continente Africano y de la posibilidad de hallar una ruta que comunicase el Mediterráneo con el océano Índico. ¿No es cierto? Pues, esta mañana he hablado con Chabon y me ha dicho que el conde Molé hizo elogios de la memoria que enviasteis a Richelieu

Domingo se quedó pensativo. Una ruta que comunicase el Mediterráneo con el océano Índico... ¿Cuándo lo había dicho? Decía tantas cosas que no se acordaba. Sin embargo, si Cuvier lo recordaba, debía de ser cierto.

—Bien, no lo negaré —respondió con aire de suficiencia mezclado con una pincelada de humildad.

—¿Veis ahora la relación con el ministro de Marina? Mediterráneo, Índico, ruta... la marina... un mar interior...

¡Claro! Lo del mar interior lo había escrito en sus libros.

—¡Naturalmente! —exclamó con entusiasmo. ¡Por supuesto que existía relación! Y si no la había, él ya la encontraría.

—Seguro que Molé ha oído hablar de Alí Bey. Preparad otra memoria para él. Hablad antes con Chabon. Él os puede aconsejar.

—¿Chabon? —se extrañó Domingo—. Yo creía que siempre había considerado mis teorías sin demasiado entusiasmo.

—Os equivocáis. Es un entusiasta.

Aquella tarde María Luisa encontró a su marido en la biblioteca. Había comido poco y deprisa, no había tomado postres, había abandonado el comedor sin decir una sola palabra y ahora estaba rodeado de todos los libros que no había podido vender. Consultaba y escribía como un loco.

Desde la última discusión que significó que ella cerrase la puerta de su dormitorio y lo obligase a dormir en la habitación de los invitados, la comunicación entre ellos quedaba reducida a la mínima expresión. Y lo mismo sucedía con su hija. El único que hablaba con él era su hijo José, pero no como antes, sino que se notaba que ya no se tragaba todas las historias que su padre le contaba.

¿Qué se traerá entre manos?, se preguntaba María Luisa. No le sorprendía que su marido pensara algo nuevo, porque siempre guardaba una idea en su cabeza, pero aquel día le había visto la mirada de otros tiempos: los ojos saltones de cuando tenía una gran inspiración, de las solemnes, como cuando imaginaba que despegaría el globo o cuando le explicó que viajaría por todo el norte de África. Desde que habían abandonado Granada no le había vuelto a ver aquella expresión. Y le daba miedo, porque nada bueno había salido de todas aquellas inspiraciones. Por lo menos, para ella.

Lo contempló desde la puerta, sin entrar. Sabía muy bien que, si le preguntara, no obtendría respuesta. Domingo había caído de nuevo en el sueño y no despegaría los labios ni vería a nadie ni comería hasta acabar lo que se había propuesto hacer. Ésa era su gran virtud: una voluntad sin límites. Aquél fue el aspecto que más la sorprendió cuando lo conoció y él le dijo, sin más, que se casarían. Una voluntad increíble, capaz de derribar cualquier muro y abrir cualquier puerta. Le costó dos años que Godoy lo escuchase. Dos años sin perder ni un segundo aquella esperanza que sólo tenía él, aquella seguridad que arrastraba a todos los que lo rodeaban. ¡Qué hombre tan extraordinario!, había exclamado ella con admiración, casi con veneración. Sin embargo, ahora por fin conocía al verdadero Domingo Badía, después de veinticinco años de matrimonio, pero muy pocos de convivencia, Y cuando convivían, él siempre estaba enfermo o fuera de casa por negocios o con reuniones o... ¡O con furcias! ¿Para qué engañarse?

Durante tres días con sus noches, Domingo casi no abandonó la biblioteca. Sólo lo hacía cuando su cuerpo se lo pedía a gritos. Dormía en el pequeño sofá y no probaba nada de lo que la sirvienta le dejaba sobre la mesa, excepto agua. Decía que no podía permitir que nada estorbase su espíritu.

María Luisa se refugió, igual que durante las largas ausencias de Domingo, en su hija Asun y en su hijo José. Siempre lo había hecho y no valía la pena cambiar las costumbres a su edad. El problema era que, en este caso, conforme pasaban los días, cada vez se sentía más triste por el hecho de que Pedro hubiese desaparecido de su vida. Embarcado y lejos de Francia, ¿volvería a verlo? El pobre había acabado hasta la coronilla de las chifladuras de su padre, de la utilización que Domingo hacía de todo el mundo, y había respondido a la carta que ella le envió diciendo que nunca creería que su padre pudiese cambiar. Era el único que se había atrevido a hacerle frente. Bueno, Asun también se había plantado. Y, bien mirado, ella se les había añadido al cerrar la puerta de su habitación. ¡Cómo había cambiado todo en tan poco tiempo! Pensó en Pedro. Ella había perdido a un hijo, por cobardía, por no enfrentarse a su marido. Sin embargo, estaba convencida de que para Pedro aquella huida representaba una liberación. Como lo había sido la muerte de Claude para Asun. Así lo había expresado su hija. Claude era un anciano con un cuerpo decrépito y débil, incapaz de ninguna pequeña proeza que reclamase un esfuerzo que superase mínimamente el umbral de la rutina diaria sin que mediase largo tiempo entre dos actos, le había dicho Asun. Y había añadido que tocaba y miraba con deseo, babeando, todo aquello que le habría gustado poseer más a menudo, pero que tenía que conformarse con acariciar e imaginar. Asun le había explicado con todo lujo de detalles cómo cerraba los ojos cada vez que aquellas manos arrugadas y frías se paseaban por su piel joven y fina y cómo, al sentir que atrapaban su entrepierna, volvía la cabeza y apretaba con fuerza los párpados para impedir que las lágrimas se le escapasen. No era mal hombre, decía, pero... tampoco era lo que ninguna chica soñaría.

—Ahora todo será diferente —le había dicho su madre, después del enfrentamiento con Domingo.

—No permitiré que mi padre vuelva a comerciar conmigo —había contestado ella, con decisión—. No soy su esclava.

María Luisa contempló a su marido inclinado sobre los libros. Si con Asun tenía las ideas claras y sabía muy bien lo que podía llegar a suceder, con su marido le era imposible predecir una reacción. Cuando Domingo perseguía un sueño, nada ni nadie podía detenerlo. Toda su vida constituía un largo sueño que nunca terminaba y que exigía que todos los que lo rodeaban participasen de su locura e incluso que actuasen según sus normas.

Y ahora perseguía otro delirio. Quizá el mayor de todos, si tenía en cuenta el esfuerzo y el tiempo que le estaba dedicando.

5 - LA ATLÁNTIDA

El conde Molé era un hombre alto y apuesto, elegante, con un caminar pausado, una mirada directa, como si otease el horizonte desde el puente de mando, el cabello abundante y moteado de hilos de plata y unos labios delgados que soportaban el peso de una nariz larga y afilada. La imagen contraria a la del duque de Decazes, ministro de la Policía. Cuando los veían juntos, hacían broma comparándolos con la esbelta letra l y el redondo punto.

Decazes llegó al despacho de Molé a media mañana, tal como habían convenido. El ministro de Marina tenía sobre la mesa la memoria que Domingo Badía le había enviado. Decazes había recibido una copia.

—Un plan muy osado —dijo Molé abriendo la memoria.

—De los planes más osados se han obtenido enormes beneficios —respondió Decazes con una sonrisa maliciosa y, más serio, añadió—: No olvidemos que la grandeza de Francia se debe en buena parte a que hemos sabido jugar bien nuestras cartas.

—Sí, pero lo que vos proponéis es complicado y difícil. Un viaje de esta envergadura es muy peligroso para cualquier hombre, aunque goce de notable experiencia, y Domingo Badía ya tiene cincuenta años —dijo Molé, mientras meneaba con la cabeza —. Y no es precisamente un hombre fuerte. ¿Habéis visto el color de su tez? Dicen que es del hígado y, según me han informado, a menudo cae enfermo.

—Es normal que de vez en cuando el cuerpo le pase factura. Abusa de los placeres —Decazes sonrió y adoptó un talante comprensivo—. Para un hombre que se ha mantenido tan activo, ha viajado tanto y ha conocido tantas cosas, París debe de matarle de aburrimiento y seguramente busca sensaciones fuertes para compensar. Claro que quizás se pasa de la raya y siempre acaba enfermo. Sin embargo, no podemos olvidar que él ya ha estado en la Meca y por aquellas tierras —Decazes respiró hondo. Tenía todos los argumentos bien estudiados—. Llegar a Constantinopla no es ningún problema para nadie; volver a entrar en la Meca con un disfraz será repetir un juego del que ya conoce las reglas; el mar Rojo, también lo ha cruzado; viajar en una caravana forma parte de su experiencia...

—Sí, pero adentrarse en el corazón de África... —dijo Molé.

—¿Por qué no? Para un hombre que ha hecho todo cuanto él dice que ha hecho, representaría una nueva aventura con muchas posibilidades de éxito, vistos los resultados de su viaje anterior. Tenemos frente a nosotros al único hombre que todos creen capaz de cruzar África de este a oeste, alcanzar el Senegal y embarcarse en Santo Luis para regresar.

—La imaginación popular concede a Badía el título de hombre ideal para esta misión, pero de aquí a suponer que existe un mar interior, que según él hallaremos en el centro del continente africano, basándose en una teoría que habla de la Atlántida y que dice que el Atlas es el resto de un imaginario continente que se hundió, que además dará con las fuentes del Nilo y que encima existe una ruta para llegar al océano Índico... —replicó Molé, con un gesto que dejaba bien sentado que le era muy difícil tragarse toda aquella historia—. ¿No os parece que en este aspecto también se ha pasado de la raya?

—Nadie sabe qué sorpresas nos deparará el continente africano porque nadie ha llegado tan lejos. De manera que su teoría es tan buena como cualquier otra. Los ingleses creen en Badía.

—¿Estáis seguro?

—¿Por qué, entonces, han puesto un hombre tras sus pasos? —dijo Decazes, y antes de que Molé pudiese responder, prosiguió—: La historia demuestra que no son idiotas y su agente Cobbett se ha convertido en la sombra de nuestro hombre y envía constantemente informes sobre todos sus movimientos. Incluso sabemos que tiene un contacto cerca de Richelieu que le informó de que me envió las memorias de Badía. ¿No tiene cosas más importantes que hacer? —abrió las manos para manifestar la evidencia de la respuesta—. América era un territorio inexplorado y ahora representa una fuente de ingresos que todos perseguimos como locos. Seguro que los ingleses están convencidos, y con razón, de que si Badía acierta y África cobija un mar interior, similar al Mediterráneo, quien primero llegue se lo quedará. Y, si tal como todo parece apuntar, hay espesas selvas, significa que dispondremos de suficiente madera para construir barcos y colonizarlo.

—¿No sería más adecuado que en toda esta historia participase el ministro de la Guerra, en lugar del de Marina? —Molé no daba su brazo a torcer. Era un hombre prudente y reflexivo.

—Cuantas menos personas estén al corriente del caso, tanto mejor, y sin duda vos sois un hombre reservado, capaz de guardar un secreto, mientras que, según quién, quizá habla demasiado —Decazes sonrió—. Por otro lado, vos sois un hombre inteligente capaz de descubrir las oportunidades, mientras que otros no ven más allá de sus narices. Pensad que yo, como ministro de Policía, no tengo ninguna competencia en materia de colonizaciones y poco o nada puedo hacer. Si estoy aquí, hablando con vos, es porque la idea ha sido mía. Pero vos, como ministro de Marina, gozáis de una autonomía envidiable que os permite enviar a cualquier hombre a cualquier parte del mundo. Podéis ordenar subvencionar una expedición que persiga hallar un nuevo mar. Nadie se extrañará, si hablamos de rutas marítimas. Podrían extrañarse si yo, ministro de la Policía, financiase esa expedición.

Molé se quedó pensativo. Decazes llegaba con la lección bien aprendida y tenía respuesta para todo.

—Evaluaré los riesgos y...

—¿Qué riesgos? Quien pondrá la vida en peligro será Badía.

—Lo que él propone es convertirse en un asesor y no en un explorador. No creo que sea tan loco como para ir personalmente. No goza de muy buena salud y representaría poco menos que un suicidio.

—Nunca sabemos de lo que es capaz de hacer un hombre desesperado. Y Badía está muy desesperado. No tiene dinero y cada día encuentra más dificultades para taparle la boca a sus acreedores, que ya empiezan a perder la paciencia.

—Eso significa que ahora nosotros pagaremos sus deudas y su viaje —replicó Molé.

—Los gastos serán mínimos. Le daremos un pequeño adelanto para que pueda hacer frente a sus deudas más inmediatas y le prometeremos el resto cuando regrese. Poco dinero, en definitiva. De manera que la inversión es mínima y, contando con la aprobación del rey, Richelieu tendrá que conformarse y callar —Decazes levantó una ceja y se quedó mirando a su interlocutor—. No cometeremos los mismos errores que Godoy. Esta vez tendrá que conformarse con un viaje de explorador y no de príncipe.

—Aún no ha aceptado —dijo Molé.

—Aceptará —respondió Decazes con una sonrisa—. Os lo puedo asegurar.

—Si tal como decís acepta, antes de tomar una decisión definitiva quiero un documento firmado por Richelieu conforme está al corriente y acepta el plan —dijo Molé—. Debo cubrirme las espaldas —añadió.

Era lógico que Molé procurase hacer las cosas bien y Decazes había previsto todas las eventualidades, pero llegar al extremo de pedir a Richelieu que firmase un documento en el que declaraba que estaba al corriente de aquel asunto... ya hablarían cuando llegase el momento. Aún así, asintió.

La conversación prosiguió por otros derroteros y se despidieron con un buen apretón de manos. Se comunicarían cualquier novedad.

Cuando Decazes entró en el coche que le había traído hasta allí, sonrió satisfecho. Molé entraría en el juego. Era demasiado ambicioso como para no participar en una aventura que significaría la creación de nuevas empresas, con la posibilidad de obtener unos beneficios incalculables.

*** ***

Claire, la única sirvienta que se había quedado con los señores Badía, acompañó al señor André Chabon hasta la sala, le rogó que esperase y se fue a avisar al señor de la casa. Subió las escaleras por quinta vez en menos de una hora y maldijo que se hubiesen mudado. La casa del número 25 de la calle de Grands-Augustins era mucho más pequeña, menos cansada e infinitamente más fácil de mantener. Más aún cuando todo el servicio había sido despedido y a ella la habían mantenido porque la tenían desde que llegaron a París. En aquel hotel a veces se asustaba porque no encontraba a nadie y juraría que en alguna ocasión había visto un fantasma que parecía el alma en pena del antiguo propietario, con aquella figura encorvada y vieja. En cuanto a la señora, estaba convencida, aunque nunca le había oído el menor comentario, de que tampoco le había hecho mucha gracia mudarse. Y la hija... Ésa no se privaba de repetir que si pudiese la vendería.

Llamó con los nudillos a la puerta de la habitación y esperó hasta que escuchó la voz del señor concediéndole permiso para entrar. Entonces empujó la puerta y descubrió al señor en bata y sentado en la butaca. Hacía días que no se encontraba bien.

—Ha llegado el señor Chabon —anunció.

Chabon ocupaba un puesto de secretario en el ministerio de Marina y le había enviado una nota para anunciarle que, si no tenía inconveniente, pasaría a visitarlo aquella mañana.

—¿Qué hora es? ¡Oh, las diez! Lo había olvidado. Tráeme la chaqueta —ordenó Domingo, mientras se levantaba y se desembarazaba de la bata.

Claire salió sin hacer ninguna reverencia. Si la señora le había dado al señor con la puerta en las narices y lo obligaba a dormir en la habitación de los invitados, significaba que no se merecía tanto respeto.

Poco después vio que el señor bajaba las escaleras y se dirigía a la sala. Al cruzar el vestíbulo se detuvo para mirar a través de la ventana. Su hija conversaba con Jean-Paul en el jardín. Claire ya los había visto hacía rato y sabía muy bien que aquel joven no gozaba de la simpatía del señor, a pesar de que, para ella, era un hombre muy apuesto y agradable. Sin embargo, desde aquella discusión que ella había podido seguir porque las voces se alzaron más que de costumbre, todo había cambiado en aquella casa y a nadie se le escapaba que el señor había perdido autoridad. Claire también había oído perfectamente que la señorita Asun había tenido la osadía de recordar a su padre que aquella no era su casa y él había argumentado que Claude había dejado escrito en su testamento que era el administrador. Sin embargo, su esposa y su hija cada día lo respetaban menos y cada día tomaban más decisiones sin consultarlo. Claire lo sabía porque alguna vez, cuando servía la comida, le había oído quejarse de que nadie le comunicaba nada y que la gente de la calle casi sabía más de su casa que él mismo. Naturalmente, la respuesta fue sonada: «Si estuvieses más tiempo en tu casa y menos en otras, quizás estarías al corriente», dijo la señora en un tono que dejaba muy claro a qué tipo de casas se refería.

En fin, que sólo José lo escuchaba. Asun había dejado muy

claro que se casaría con Jean-Paul. Domingo, cada vez que hablaba de Casel, lo despreciaba. Su hija era idiota y no veía más allá de sus narices, había repetido en diversas ocasiones, sin tener en cuenta que Claire estaba presente. «Que cada cual que se coma su guiso», decía la criada meneando la cabeza.

Domingo se apartó de la ventana y se palpó el vientre, que volvía a dolerle. Había ido al médico y tenía que volver para recoger el resultado del análisis. Respiró hondo, ensayó la mejor de sus sonrisas y entró en la sala.

—Buenos días, amigo Chabon —saludó con efusión y estrechó con fuerza la mano del hombre de unos cuarenta años y bien vestido que lo aguardaba—. Sentaos, os lo ruego. ¿Una taza de café? —ofreció, y tomó la campanilla.

—No, gracias —rehusó Chabon—. No puedo entretenerme. He de regresar al ministerio.

—¿De veras no tomaréis una taza de café? —insistió él.

—Sólo he venido para comunicaros que el ministro Molé ya ha tomado una decisión y que ahora todo depende de vos.

—¿De mí? —preguntó Domingo, extrañado.

—No os quiere como asesor —dijo Chabon y al ver la expresión del rostro de Domingo, prosiguió—: Una vez estudiado vuestro plan, está convencido de que sólo hay una persona capaz de llevarlo acabo: el gran Alí Bey.

Domingo escuchó aquella última frase y se quedó mudo.

—Meditadlo con calma y ya me daréis vuestra respuesta —dijo Chabon—. Y me voy corriendo, que me esperan.

¡Alí Bey!, exclamó Domingo cuando Chabon se hubo ido. No había considerado aquella posibilidad. Ni siquiera había imaginado que alguien pudiese creer que él... ¡Dios mío! Regresar a aquellas tierras, convertirse de nuevo en un príncipe musulmán, vivir aventuras, conocer gente nueva, viajar...

Aquella noche, como cada día, José acabó de cenar y se retiró a su habitación. Una vez desapareció el niño, el silencio se apoderó del comedor y, entonces, Domingo decidió que había llegado el momento de recuperar el respeto de su esposa y de su hija.

—El ministerio de Marina me ha pedido que conduzca una expedición al continente africano —anunció con voz firme.

—¿De veras? —María Luisa pronunció aquellas palabras sin levantar los ojos del plato.

Asun meneó despacio con la cabeza, también sin levantar los ojos. Resultaba harto evidente que estaba pensando que su padre volvía a inventar cuentos de hadas.

Domingo captó las reacciones y se quedó frío. ¿Hasta aquel extremo había perdido su respeto?

—Es una expedición muy peligrosa y secreta —dijo y, al ver que ni lo miraban, añadió—: Hoy ha venido André Chabon y me ha dicho que el ministro Molé cree que sólo yo puedo hacerlo. De manera que todo depende de mí. He de meditarlo con calma, porque se trata de cruzar toda África de este a oeste. Un proyecto altamente secreto. Pensad que hasta ahora nadie lo ha logrado y es un gran honor que el ministro esté convencido de que sólo hay un hombre capaz de hacerlo...

—¿Y si es tan secreto, por qué nos lo explicas? —lo interrumpió María Luisa, levantó el rostro y le dirigió una mirada que hablaba por sí misma: no creía ni una palabra.

Domingo miró a su hija, que exhibía un gesto aburrido. ¡Dios mío!, pensó. ¿Qué pretendía recuperar, si ya no le quedaba nada de nada?

—Por fin podréis libraros de mí. He decidido aceptar —exclamó Domingo, lanzó la servilleta sobre la mesa, se levantó y abandonó el comedor.

—Siempre he estado al servicio de Francia y si se me pide un nuevo sacrificio, podéis contar conmigo. Sin reservas — dijo una semana después, en el despacho de Chabon, en el ministerio de Marina.

—¡Excelente! —exclamó Chabon.

Y unos días más tarde, Domingo volvía a recibir la visita de aquel hombre que hasta entonces había sido su gran detractor y que ahora era su mejor valedor y defensor.

—El ministro Molé ha hecho llegar vuestra memoria al Instituto de Francia, que nombrará a un grupo de tres expertos para que emitan un veredicto sobre las posibilidades de llevar a cabo esta misión —explicó Chabon.

—¿Quiénes serán los expertos? —preguntó Domingo.

—Aún no han sido nombrados, pero todo apunta a que podrían ser Cuvier, Delambre y el tercero quizá Rochefort o bien Rossel.

—Mucho mejor Rossel —meditó Domingo en voz baja. Después alzó la voz—. Rochefort es un tanto especial y nunca se sabe por dónde saldrá.

—Cuvier es del mismo parecer. Y Delambre no mantiene buenas relaciones con Rochefort y siempre sintió un gran respeto por el señor de Lisle de Sales. Supongo que, si todo se confirma, querrán a Rossel por compañero de viaje —dijo Chabon.

—¿Cuándo lo sabremos?

—Pronto.

—Creo que lo mejor será hacer una visita a mis amigos Cuvier y Delambre.

—Podría resultar beneficioso —meditó Chabon, y asintió con ligeros movimientos.

—Me pondré manos a la obra. Os agradezco mucho vuestra información.

—Ya sabéis que siempre me tenéis a vuestra disposición.

Domingo acompañó a Chabon hasta la puerta, lo despidió y esperó hasta verlo desaparecer por el fondo del jardín. Entonces cerró la puerta y se quedó pensativo.

¿De veras era una buena idea?, meditó. ¡Por supuesto!, exclamó con entusiasmo. Al principio aquel hombre había intentado dejarle en ridículo delante de los miembros del Instituto de Francia y, de repente, había dado un giro de cien ochenta grados y se erigía en su mejor apoyo. Incluso se había desplazado para comunicarle personalmente la noticia. Era el milagro que esperaba. No le cabía la menor duda y ahora recuperaría el respeto de su familia, porque les demostraría que aún era capaz de hacer lo que nadie siquiera podía soñar.

*** ***

¿No estaría siendo víctima de la paranoia?, pensó Domingo cuando abandonaba la casa de Cuvier. Ya hacía algunos días que se había percatado que alguien lo seguía. Un hombre con bigote, más bien grueso y que vestía correctamente, con sombrero y bastón. ¿Por qué?

A partir de aquel día se fijó en todos los detalles. No, no se equivocaba. Aquel hombre lo seguía constantemente. Entonces decidió ir a ver Chabon y explicarle el hecho.

—¿Estáis seguro? ¿No será producto de vuestra imaginación? —preguntó Chabon.

—No. Vos mismo podéis comprobarlo —replicó Domingo, y señaló el hombre que podían distinguir desde la ventana, al otro lado de la calle—. Quizá deberíais detenerlo e interrogarlo.

—No nos precipitemos. Es mejor que antes averigüemos quién es y qué persigue. No olvidéis que vuestra misión es secreta —le contestó Chabon.

Un par de días después, se encontraron de nuevo en casa de Domingo.

—Tengo unos contactos en el ministerio de la Policía y me han informado de que se trata de un agente al servicio de Inglaterra —le explicó Chabon con total sinceridad—. Pero no debemos preocuparnos. No es peligroso y le tienen vigilado.

—¿Y por qué no lo detienen, si ya saben que es un espía? —preguntó Domingo, visiblemente extrañado.

—A la policía le es útil para pasar información interesada —respondió Chabon con una sonrisa—. No sé si me entendéis.

—¡Claro! —exclamó Domingo—. Sin embargo, si los ingleses se enteran, mi misión peligra.

—También hemos previsto esa circunstancia y ese

informador nos será de gran utilidad —respondió Chabon—. Elegid la fecha para partir y los despistaremos haciéndoles creer que aún estáis aquí. Y una vez hayáis emprendido el viaje, cambiaréis de identidad. No empleéis el nombre de Alí Bey. Es demasiado conocido.

¡Buena ocurrencia!, pensó Domingo.

Al día siguiente Molé comunicó a Decazes que todo iba según o previsto. Badía había visitado a sus amigos del Instituto de Francia, había descubierto que los ingleses le seguían, se había entusiasmado con el detalle, había empezado a pensar qué nombre emplearía en este viaje...

El ministro de Policía rió divertido. Cobbett enviaría su informe a Londres, Badía se imaginaría que despistaba a los ingleses y, mientras, ellos les harían llegar toda la información que fuera preciso. Sí, todo iba según sus planes.

*** ***

El consejo de ministros había acabado y todo el mundo abandonaba la sala. Richelieu agarró a Molé por el brazo y le retuvo.

—Me ha sorprendido mucho ese proyecto para descubrir un mar interior en África —dijo en voz alta—. Sin embargo, aún me ha sorprendido más que confiéis tan dura y delicada misión a Domingo Badía, un aventurero de quien yo no me fiaría lo más mínimo.

Algunos de los presentes se hicieron los remolones fingiendo que habían olvidado algo sobre la mesa para poder escuchar la conversación.

—Siento contradeciros, pero considero que es la persona ideal para una misión de tanta categoría. Tiene experiencia, coraje, imaginación... —respondió Molé.

—Sobre todo imaginación —lo cortó Richelieu con una

sonrisa burlona—. ¿No os ha propuesto conquistar un reino?

Molé se quedó mudo.

—Veo que sí, que os lo ha propuesto —Richelieu ensanchó su sonrisa—. ¿Puedo preguntaros qué ha logrado sacar de vos?

—Lo que es normal en toda expedición y que yo puedo concederle sin tener que pedir permiso a nadie —respondió Molé con el ánimo de no seguir dando explicaciones.

—¿De veras creéis que tiene alguna posibilidad de dar con ese mar interior, si es que existe? ¿Ya habéis tenido en cuenta que África ha acabado con la vida de muchos aventureros más jóvenes y más fuertes que él?

—Su Majestad lo ve como yo y también confía en las palabras del señor Badía —replicó Molé.

—¿Habéis osado implicar al rey en un asunto semejante? —Richelieu se puso tenso—. ¿Y si nos vemos envueltos en un conflicto? ¿Acaso no veis que todo el mundo culpará al rey?

—Es Su Majestad quien se ha interesado, tras leer las memorias de Domingo Badía. ¿Quizás os oponéis al deseo de Luis de Francia?

Richelieu apretó los labios con fuerza, hasta que fueron poco más que una línea.

—¿Cargaréis vos con las consecuencias para salvar a la Corona, si algo falla?

—Sí —respondió el ministro de Marina con energía.

Entonces, Richelieu recuperó las formas y sonrió.

—¿Seríais tan amable de permitirme que le eche un vistazo al documento que habéis firmado con el ge-ne-ral Domingo Badía? —preguntó, arrastrando cada una de las sílabas de la palabra general.

—Os haré llegar una copia hoy mismo y podréis comprobar que no hay nada fuera de lo habitual —asintió Molé.

—Os lo agradeceré infinitamente —se despidió Richelieu, y se marchó.

De repente, todos recuperaron el ritmo y abandonaron la estancia.

Decazes, que había oído la conversación, se acercó.

—Richelieu no aprueba esta idea de ninguna de las maneras — dijo Molé, con un deje de preocupación.

—El duque tiene sus manías y continúa sin dar crédito a las teorías de Badía. Pero eso no significa nada —respondió Decazes, sin darle mayor importancia—. No tendrá nada que hacer, si, además de contar con el apoyo del rey, el Instituto de Francia da su visto bueno al proyecto de Badía. ¿No pensáis como yo?

Molé asintió. El rey estaba por encima de Richelieu.

Aquella tarde, Decazes y Richelieu volvieron a verse.

—Todo va según lo acordado. He hablado con Molé y seguirá adelante pase lo que pase —dijo Decazes.

—Ha aceptado públicamente que cargaría con todo por salvar a la Corona. Si algo falla y hay la más pequeña posibilidad de que el rey pueda verse involucrado, yo le exigiré su renuncia. ¿Lo tiene claro? —respondió Richelieu.

—Por supuesto. Pero, si queremos engañar a los ingleses, tenemos que representar una buena comedia —replicó Decazes—. No olvidemos que los británicos fueron muy hábiles al aprovechar en 1810 la derrota de la Junta Central de Sevilla a manos de Napoleón para sublevar Argentina y lograr que declarase su independencia. Era evidente que, con tanto alboroto, las tropas realistas no recibirían ayuda de España. De manera que las derrotas de Tucumán y Salta acabaron con la presencia española en aquellas tierras. Ahora San Martín ha declarado la independencia de Chile y nuestros informes mencionan a un tal Simón Bolívar, que se está moviendo más de la cuenta. Si todo sigue así, España perderá todas sus colonias americanas. Nosotros también hemos perdido México y los ingleses han perdido casi todo el norte del continente americano, pero han sido muy hábiles con el comercio. Quieren hacerse los amos del mundo dominando la economía. Así que tendremos que distraerles como sea e impedir que construyan un inmenso monopolio. El Mediterráneo será nuestro y con él lograremos el Índico. Entonces las fuerzas estarán más equilibradas y podremos alcanzar las costas de Asia y navegar hasta Chile por el océano Pacífico con mayor facilidad. El juego es arriesgado, pero el premio vale la pena —Decazes soltó todo su discurso con una sonrisa, levantó su dedo índice y simuló que se batía a espada con Richelieu.

—Quizá tengas razón, pero me preocupa que hayas escogido a un loco. Badía no tiene ni un atisbo de cordura, es un soñador y nunca ha hecho nada de provecho. Si has leído sus memorias, deberías saberlo —Richelieu agarró con fuerza el dedo de Decazes—. ¿Seguro que son correctos? —preguntó, y al ver que su interlocutor no sabía de qué le hablaba, aclaró—: Me refiero a los cálculos de... de... ¿Cómo se llama ese joven que propone construir un canal para unir el Mediterráneo con el mar Rojo?

—Linant de Bellefonds. Un magnífico ingeniero —alabó Decazes, liberando su dedo—. Y un hombre muy discreto que, al contrario que Badía, se mueve sin hacer ruido. Me he puesto en contacto con los mejores topógrafos de Francia, han rehecho los cálculos y han hallado el mismo error que Bellefonds. Ahora estamos plenamente convencidos de que los topógrafos de Napoleón se equivocaron. El Mediterráneo y el mar Rojo están a la misma altura y es factible construir el canal sin necesidad de esclusas. Eso permitirá que los barcos crucen directamente y lleguen al océano Índico sin tener que rodear el continente africano.

—El gran sueño de Napoleón, que quería construir ese canal para asestar un buen golpe a la economía británica... —murmuró Richelieu.

—Y nosotros también. He hablado con el barón Portal, el Director General de Colonias, y ve factible enviar a ese joven a aquella parte de Egipto para que, con toda discreción, compruebe la veracidad de sus afirmaciones. Mientras, nuestros servicios diplomáticos harán lo que sea necesario para obtener de Mohamed Alí todos los permisos. Si, además, logramos que Alí Bey cabalgue de nuevo y utilizamos a este aventurero como una cortina de humo, los ingleses caerán de bruces en el engaño y no se percatarán de la jugada hasta que hayamos empezado a construir el canal —dijo Dezaces, y acabó abriendo los brazos como si acabase de pronunciar la mayor de las evidencias.

—Yo quedo al margen de todo, porque si hay un solo error y el honor de Francia queda en entredicho, haré rodar cabezas. La de Molé no me producirá el menor disgusto. Al contrario, ya hace tiempo que quiero desembarazarme de él. Sin embargo, no me gustaría que tú siguieses el mismo camino.

—No te preocupes. Lo tengo todo muy bien calculado.

Al día siguiente a primera hora, el duque de Decazes llamó a Charles Duvalier a su despacho para comunicarle que ya podía empezar el espectáculo cuyo actor principal era Domingo Badía.

Charles Duvalier era un hombre gris que podía pasar desapercibido en cualquier lugar y en cualquier circunstancia, detalle que aún lo hacía más valioso a los ojos del ministro Decazes, que le tenía absoluta confianza. De hecho, Duvalier había sido quien había puesto sobre aviso al ministro de Policía de la existencia de un estudio firmado por un joven oficial llamado Bellefonds, también había sugerido que empleasen a Badía para tapar este hecho y finalmente a él le debían el ingenioso plan para engañar a los ingleses.

Aquello sería un éxito de primer orden y un golpe certero y mortal a la economía del Imperio Británico, pensó Decazes satisfecho, cuando su subalterno abandonaba el despacho. Y, si algo fallaba... Richelieu se comería a Molé. ¡Qué le vamos a hacer!

*** ***

John Piech rompió el sello y abrió el sobre para extraer el largo documento procedente de París.

A medida que leía sus labios se alargaban para mostrar

una gran sonrisa de felicidad. Brenton no había dejado de repetir, hasta al día en que se retiró, que no deberían subestimar a Domingo Badía. ¡Y era muy cierto! Menos mal que cuando recibieron el informe de Cobbett en el que informaba de que el caso Badía estaba agonizante, se le ocurrió hablar con Young y hacerle ver que podía existir un engaño.

Se levantó y se dirigió al despacho de su superior, pero al llegar le dijeron que no estaba y que no regresaría en todo el día. ¡Ay! Young, desde que Badía no ofrecía ningún peligro, se tomaba demasiadas libertades y aquello quería decir que hasta lunes no podría hablar con él. Se rascó la cabeza. Las noticias eran demasiado importantes y no podía esperar hasta el lunes con una bomba como aquella sobre la mesa. Además, si alguien tenía que apuntarse el éxito, era él, y no Young. De manera que lo mejor era ascender un escalón en la escala de mando e ir a ver al director de gabinete. Salió, atravesó el largo pasillo, subió al piso superior y se dirigió a la mesa del secretario de Jeremy Barrow.

—Debo hablar con el señor Barrow — dijo.

—No tenéis cita concertada —replicó el secretario.

—Ya lo sé, pero es muy urgente. Acabo de recibir información de París que creo que el señor Barrow debe conocer inmediatamente.

—¿Por qué no habláis con el señor Young? —se extrañó el secretario.

—Está ausente y no regresará hasta el lunes.

—Pues, lo lógico sería esperar hasta el lunes —el secretario bajó la mirada y se centró en su trabajo.

—He dicho que es urgente. Si no avisáis al señor Barrow, hablaré con lord Parry y excuso deciros que cargaréis vos con la responsabilidad —dijo John, y apoyó los puños sobre la mesa.

El secretario alzó la mirada, John no se movió ni un ápice, el secretario perdió su seguridad y decidió que no quería jugársela. Aun así, se levantó despacio, con esfuerzo y con un suspiro, dejando caer los párpados. Quedaba claro que le hacía un favor.

John aguardó inquieto a que el secretario regresase. Quizá había ido demasiado lejos y estaba dando un paso equivocado.

La puerta situada detrás de la mesa del secretario, por donde había desaparecido, se abrió de nuevo. Le indicaba que podía entrar. John cruzó el umbral encogido.

—¿Qué es eso tan interesante que habéis recibido de París? —preguntó Barrow sin apartar la mirada de los documentos que examinaba.

—El Instituto de Francia ha aprobado un plan de Domingo Badía para atravesar África —dijo, y depositó el documento sobre la mesa.

Barrow desvió la mirada de los informes que estaba leyendo y la posó en John.

—El señor Young me había comentado que Badía tenía ciertos problemas con Richelieu —dijo Barrow, extrañado.

—Y es cierto, señor. Pero parece que nuestro hombre ha sido capaz de dar con un camino alternativo. Como ya apunté, su ingreso en la francmasonería ha resultado decisivo. Molé y Decazes apoyan su plan, que también ha sido avalado por el rey. Richelieu no ha tenido más remedio que aceptar y callar.

—¿Por qué venís a verme directamente? —Barrow aún se mostraba extrañado.

—El señor Young no regresará hasta el lunes —explicó John en tono de disculpa.

—Últimamente el señor Young tiene muchas ocupaciones fuera de su despacho —asintió Barrow—. Bien, habladme del plan de Badía.

—El Instituto de Francia ha aprobado un plan basado en tres puntos. El primero es emprender un viaje a través del continente africano de este a oeste entre los paralelos diez y quince, justo a la altura del Senegal, por encima de Nigeria. El segundo punto es que el viaje durará tres años y que incluye, en su primero tramo, la peregrinación a la Meca.

—¿Otra vez?

—Supongo que esa peregrinación persigue ocultar el

objetivo secreto y engañarnos.

—¡Claro! —exclamó Barrow—. Tiene sentido —afirmó repetidas veces con ligeros movimientos de cabeza—. ¿Y el tercer punto?

—El tercer punto es que Domingo Badía hará donación al gobierno francés de todos los papeles, mapas, dibujos y anotaciones que haga durante el viaje.

—¿Y Richelieu no dice nada? —pidió Barrow.

—Ha manifestado públicamente su rechazo, pero no tiene nada que hacer. El propio rey Luis apoya la iniciativa.

—Hay algo que no acabo de entender —dijo Barrow, rascándose la cabeza— ¿La travesía de un continente financiada por la Marina? ¿No sería más lógico que participase el ejército? —preguntó.

—Cobbett ha llevado a cabo un buen trabajo. Dentro del documento que nos ha enviado se menciona un mar interior que podría constituir las fuentes del Nilo —explicó John, mientras buscaba los párrafos concretos—. Aquí, en esta página, habla del desaparecido continente de la Atlántida y apunta que el Atlas podría ser un extremo de esa tierra mítica. De hecho el nombre de la cordillera y el del legendario continente parecen tener algo que ver. Badía, en su informe, hace referencia a un mar, posiblemente de dimensiones similares al Mediterráneo, completamente cerrado, que escondería riquezas incalculables. Si su teoría, avalada por los textos antiguos y por conversaciones que explica que mantuvo con gente de aquellas tierras durante su estancia en Marruecos, resulta cierta, podría existir una ruta, remontando el Nilo hasta alcanzar ese mar interior para luego descender por otro río. Así quedarían conectados el mar Mediterráneo y el océano Índico. Eso representaría no tener que navegar hasta el Cabo de Buena Esperanza y podríamos acortar considerablemente el viaje a la India, tal como yo había previsto en mi informe cuando el señor Mansfeld me ordenó cerrar el asunto Badía —John aprovechaba cualquier ocasión para machacar un poco más a su antiguo superior.

—¿Cuándo está previsto que parta?

—Seguramente esperará hasta la entrada de la primavera.

—Entonces disponemos de suficiente tiempo para prepararnos —Barrow se levantó, tomó los documentos que John tenía en las manos y leyó el contenido—. No podemos dormirnos.

—No, señor —exclamó John, muy satisfecho.

6 - ¿DÓNDE ESTÁ LA VERDAD?

Aquella mañana Domingo fue a visitar la universidad renacentista de Milán. Le gustaba aquella ciudad italiana de larga tradición, fundada por los celtas y convertida en Mediolanum por los romanos, bien situada para comerciar con los germánicos, y que los hunos del gran Atila saquearon y destruyeron hasta el punto que entró en un largo período oscuro del que no resurgió hasta la llegada de Carlomagno. Desde entonces había pasado por muchas manos, pero conservaba siempre el espíritu comercial y trabajador, detalle que influyó en la decisión de Napoleón de convertirla en la capital de la república Cisalpina, más tarde de la república italiana y después del reino de Italia. Ahora lo era del reino lombardo-véneto.

Domingo había quedado sorprendido por la vitalidad de aquella ciudad que le recordaba la Barcelona que él había conocido de niño. Durante el siglo XVIII Milán también había hallado un nuevo aliento en la industria manufacturera que ahora, en un paralelismo entre ambas ciudades, se convertía en la piedra angular de la naciente industrialización.

A primera hora de la tarde abandonó las habitaciones que

tenía alquiladas para ir a la consulta del doctor Piero Benigni, tal como habían quedado cinco días antes, cuando lo ingresaron de urgencia en una clínica porque parecía que el estómago le iba a estallar, y durante cuarenta y ocho horas estuvo entre pruebas y exámenes.

—Dentro de tres días podré comunicaros el diagnóstico —había dicho el médico—. Quiero estar seguro.

—¿Es grave? —había preguntado él.

—Os daré la dirección de mi consultorio particular. Allí podremos hablar tranquilamente. Durante estos tres días no comáis grasas ni toméis vinos ni licores.

—¿Puedo pasear?

—Moderadamente y sin cansaros demasiado.

¿Debía ir? Sí. Aquel dolor había sido demasiado intenso como para ignorarlo. Además, se había informado de que el doctor Benigni era uno de los mejores de Italia. Había tenido mucha suerte de caer en sus manos, le habían dicho. Ahora pensaba que tendría que haber vuelto a la consulta del médico de París, antes de partir. Por lo menos, para ver el resultado de los análisis, pero todo se había precipitado y tampoco tenía ganas de recibir una noticia que le impidiera emprender aquella misión. ¿Cómo habría quedado frente a todos los que confiaban en él, si hubiese tenido que aplazar o anular el viaje?

Paró un coche y ordenó al cochero dirigirse a la dirección escrita en un papel. Se trataba de una calle del casco antiguo, con un aire señorial y una fachada muy elaborada. El consultorio estaba en el primer piso, sobre el principal. Una enfermera le abrió la puerta y lo condujo hasta una sala con butacas de cuero marrón oscuro. No había nadie más. Unos minutos después, otra enfermera vino a buscarlo y lo acompañó hasta un elegante despacho de madera noble con lujosos muebles. Le rogó que se sentase y le informó de que el médico vendría enseguida.

Al poco se abrió la puerta y entró el doctor Benigni acompañado por otro hombre.

—Señor Badía, le presento al doctor Ponte. Le he rogado

que me acompañe porque es profesor en la universidad y necesitaba otra opinión —explicó el doctor Benigni.

Domingo miró al doctor Ponte. Mal asunto cuando se necesitan dos médicos, pensó.

Una hora después abandonó la consulta del doctor Benigni, detuvo un coche y regresó a la pensión. Ya lo había dicho él: ¡Mal asunto cuando se necesitan dos médicos!

Llegó a sus habitaciones. Se sentía cansado y el vientre seguía doliéndole. Tomó papel y pluma y se dispuso a escribir a María Luisa.

Hacía quince días que había abandonado París. Los últimos meses habían resultado nefastos con noticias que...

Suspiró y se frotó la cara. No podía dejar de pensar en lo que acababa de escuchar hacía poco más de una hora. Su memoria le trajo el recuerdo del último día de Navidad. El más triste de toda su vida. Su hijo Pedro, aunque él le había escrito una carta y le había rogado que regresara a casa, no pasó las fiestas en París y María Luisa le había hecho responsable de aquella situación. En fin, que la entrada del nuevo año lo había cogido en todos los aspectos con el paso cambiado y su ánimo andaba por los suelos. Sí, ésa era la expresión que más se ajustaba a la realidad. Se frotó de nuevo el rostro y notó que los ojos se le humedecían.

Se rascó la barba que había comenzado a dejarse a finales del verano. Necesitaba un cambio importante, encontrar en el espejo un rostro diferente y sentirse vivo. Una buena ocurrencia, casi una intuición, había exclamado cuando se enteró de que el Instituto de Francia había emitido un dictamen favorable sobre su proyecto. Ahora la barba ya tenía un aspecto respetable. Sólo que esta vez se había llevado una sorpresa al descubrir que gran parte nacía blanca. También fue consciente de que habían aparecido más arrugas y por si fuera poco se percató de que su cuerpo ya no tenía la misma agilidad. Posiblemente porque hacía años que no viajaba y había perdido el hábito, pensó. Sin embargo, había otro detalle que... El estómago, el hígado y los riñones. Ya hacía meses que no digería bien y que, a pesar de que ahora procuraba no excederse, y que se había aplicado todos los remedios que conocía, los intestinos no andaban bien. La inactividad se le había pegado al cuerpo, había concluido cuando Chabon le comunicó que Molé ponía como condición que el viajero fuese Alí Bey.

Suspiró, mojó la pluma en el tintero y escribió: Milán, 18 de enero de 1818. ¡Virgen Santísima! Tres dieciochos. ¡Demasiados dieciochos! Tres finales. ¡Demasiados finales! Y el mes de enero es un uno. Sí, tras los finales, comienza algo nuevo. Y aquel día se iniciaba la recta final tras un largo camino lleno de baches. ¿Tal vez la recta de la sinceridad?

No sabía cómo empezar. Echó una ojeada a la maleta que reposaba sobre una silla, se levantó, la abrió y buscó los dos documentos que guardaba en uno de los bolsillos laterales. Volvió a sentarse, eligió uno, dejó el otro a un lado, y lo leyó, otra vez. ¿Cuántas veces lo había leído? Quizás diez desde que abandonó París. Casi conocía su contenido de memoria, palabra por palabra. El problema radicaba en que no se sentía con ánimos para seguir adelante y cumplir con todo lo que decía en el primero de los documentos.

Aún no había leído cinco líneas cuando se frotó los ojos y lo dejó sobre la mesa. Su vista tampoco era la misma y tendría que hacerse unos anteojos nuevos. Apartó el documento. De sobra sabía que se trataba del acuerdo al que habían llegado el ministro Molé y él. Allí se especificaban los objetivos de la expedición y el material que necesitaría: un círculo reflectante, un telescopio acromático de tres pies, un sextante con horizonte artificial, otro telescopio de dos pies y uno de un pie, un cronómetro de bolsillo, dos relojes que midiesen segundos y una brújula. La misma petición que le había hecho a Godoy y que había obtenido muchos años atrás, cuando preparaba el viaje a Marruecos. Lo había planificado todo de idéntica forma, repitiendo todos los pasos, pero faltaba algo. Por primera vez en toda su vida iba a iniciar una nueva aventura en la que no creía, y este detalle lo trastrocaba todo.

Se frotó la cara y después se apretó los lacrimales con los dedos medio y pulgar. Quizá la luz del sol era demasiado clara o, tal vez, una lágrima amenazaba con escapársele. María Luisa, aquel día de fin de año, ¡fatídico día!, le había espetado que ya no podía creer en ninguna de sus palabras, porque toda su vida constituía una gran mentira. Y lo había dicho sin apenas levantar la voz, con los labios bien prietos y la rabia contenida de quien ya ha llegado a un extremo imposible de sostener. ¡Virgen Santa!, había exclamado él, fingiendo enfado y con teatrales gestos, en un nuevo intento por enderezar los entuertos. Pero ella, al contrario que en otras ocasiones, no le había prestado atención y había salido dándole la espalda. Asun y José habían abandonado la sala poco antes. Para ir a jugar, se había disculpado José. Y Asun lo había acompañado. La comida había sido silenciosa. José no había apartado los ojos del plato y sólo se atrevía a lanzar furtivas miradas, de reojo; Asun tampoco había despegado los labios, como no fuese para comer; María Luisa había hablado sólo con la sirvienta; y Domingo tampoco había mostrado el menor interés para entablar una conversación. ¡Y les habría podido decir tantas y tantas cosas! Ahora era consciente de ello.

Cuando se quedó solo en el comedor, jugando con la copa de vino, se percató de que sólo quedaba una solución. Se iría cuanto antes, decidió. El tiempo y la distancia remedian muchas cosas. O, por lo menos, permite que la gente olvide.

Lo habían dejado sólo, en el comedor. Ésta era una constante a lo largo de toda su vida: todos lo abandonaban. Todos le traicionaban traicionarlo.

Antes de tomar de nuevo la pluma y seguir escribiendo, respiró hondo. Necesitaba tomar fuerzas porque quería decirle... quería explicarle... quería... ¿Qué quería? ¡Ay!, suspiró. Ni él mismo lo sabía. Quería lo que siempre había querido: ser feliz. ¡Que todo el mundo fuese feliz! ¿Era, quizás, pedir demasiado?

¿Por qué no podía cada uno hacer lo que creía que debía hacer? ¿Por qué el aventurero tenía que encontrar problemas en todas partes? Él no pedía nada que fuese material, no pedía riquezas ni tierras. Era feliz viajando, hablando con la gente, descubriendo nuevos horizontes, nuevas culturas, nuevas costumbres, nuevas... Nuevos o viejos, según se mirase. Nuevos para él, viejos para la historia. En todo caso, sólo pedía que se reconociesen sus méritos. ¡Únicamente eso!

Tomó la pluma y la mojó en la tinta.

Había inventado mil historias. ¡Cierto! Sin embargo, lo había hecho para lograr viajar. ¡Lo había hecho obligado, evidentemente! ¿Acaso no veían que se había visto obligado a inventar todas aquellas historias? ¡Por supuesto que sí! A todos, quien más quien menos, nos gusta dejar volar la imaginación.

—De acuerdo —exclamó en voz alta, mojando de nuevo la pluma en la tinta—. Si quieres la verdad, la tendrás.

Tomó la pluma al papel y escribió: «Querida Mariquita». Y aquí se detuvo.

«¿Dónde está la verdad?», se preguntó.

Una pregunta muy simple de formular, pero difícil de responder. María Luisa lo había acusado de andar siempre con mentiras y le había dicho que ya era hora de poner al descubierto la verdad. ¿Qué verdad?, se repetía él, mientras su mano permanecía quieta y la pluma no acariciaba el papel. ¿Dónde se halla la frontera entre la verdad y la mentira?

¿Hasta dónde tendría que remontarse para encontrar el comienzo de la mentira?

Cuando era niño, en Barcelona, había oído hablar a sus padres. Él jugaba en un rincón de la sala y parecía no prestar atención, pero un niño siempre tiene el espíritu a punto para absorber el menor detalle y convertirlo en enseñanza, a pesar de que parece que no está. En aquel rincón, en silencio, comprendía perfectamente que de las palabras de su padre se desprendía que un secretario de alguien importante, y él lo era del conde de Ofalia, por aquellos días gobernador general de Barcelona, de vez en cuando tiene que mentir para proteger el honor de su señor. Y de aquí, a su corta edad, aprendió que mentir permite salvaguardar honores y alcanzar objetivos. Lo decía su padre, y Domingo era muy despierto para su edad. Y sus padres no eran conscientes y se permitían el lujo de hablar delante de él.

Más tarde, en la escuela de la Junta de Comercio, donde estudió hasta los trece años, aprendió que una cosa es lo que un maestro pretende enseñarte y otra muy distinta la realidad. Domingo había llegado a la conclusión de que algunos de sus preceptores tenían menos cerebro que un mosquito e intentaban disimularlo con mentiras e invenciones sobre estudios que no habían cursado y que posiblemente ni existían. No le habría resultado difícil desenmascararlos. De hecho, en alguna ocasión los había dejado casi en ridículo, porque él no se limitaba a escuchar las lecciones, sino que leía, recapacitaba y sacaba sus propias conclusiones. Sin embargo, enseguida descubrió que mandaban, mientras que él era un muchacho delgado y débil que no media más allá de dos cuartas. Y el verbo mandar marca la diferencia entre el poder de hacer cosas y el deber de conformarse con observar, obedecer y callar.

También descubrió que autoridad y mentira a menudo forman un binomio. El cura de la parroquia le enseñaba que en tocante a la caridad debía vigilar que la mano izquierda no supiese lo que hacía la derecha. Sin embargo, la gente tenía muy claro que la caridad bien entendida empieza por uno mismo. Eso también lo había oído en diversas ocasiones y, despierto como era, se percató de que allí había una contradicción y combinó ambas máximas, la sabiduría espiritual y la práctica, y sacó la conclusión de que la caridad empieza por uno mismo y que nadie debe saberlo. Es decir: la sinceridad es aquella virtud que más vale esconder para evitar la vergüenza de que todo el mundo sepa lo que haces para ti mismo. ¿Y qué mejor manera de esconder tus actos que con el disimulo, el engaño y la mentira? Así que resultaba evidente que, comenzando por su padre, todos los que pretendían educarle en el fondo le estaban mostrando, sin ser demasiado explícitos, que tenía que mentir constantemente para salvar la piel y lograr sus propósitos.

En muy poco tiempo se convirtió en un experto en la materia. Lo hacía tan bien que su padre, cuando ya se habían trasladado a Córdoba, pensó en él como su sucesor para el cargo de Contador del Partido de Vera. Puestas así las cosas, aún con mayor razón la mentira se erigía en virtud.

¿Y María Luisa hablaba de mentiras y de verdades?

—¿Cuántas veces mentiste para llamar mi atención, cuando nos conocimos? —exclamó Domingo, en París, aquel maldito día de Navidad.

—No mezcles las cosas. Ésas son otras mentiras.

—¿Cuáles son las mentiras aceptadas y las no aceptadas? ¿Dónde se encuentra la línea divisoria? —había preguntado Domingo con expresión de no entender nada.

—La diferencia está en el daño. Aquéllas que dañan no son buenas.

Las que dañan... ¿Lo ves? Únicamente las que hacen daño. Las otras no pueden considerarse mentiras. Y está claro que siempre queda la pregunta: ¿Cuáles son las que dañan y las que no? ¿Cómo se diferencian?

«Nos haremos ricos», vaticinó en Córdoba, cuando perseguía que despegase el globo. «Lograré un pedido del ejército para fabricar muchos y montaremos un gran taller», se había entusiasmado cuando explicaba a María Luisa sus sueños y sus planes. Ella, en aquellos días, creía en él y lo escuchaba embelesada.

Lo intentó, pero... los vientos no le fueron favorables y menos aún su padre, que en Madrid removió cielo y tierra para abortar el segundo intento, argumentando que se dejaría el pellejo y el dinero.

Su padre nunca había creído en él. ¡Jamás! Desde muy temprano ya decía que no sacarían nada de provecho de aquel niño enclenque que caía enfermo a las primeras de cambio.

—Es como tú —repetía su padre constantemente a su

madre cuando se enfadaban—. ¡Débil! —exclamaba con voz recia.

En el aspecto físico tenía que darle la razón. Cuando iba a la escuela y había pelea, ya sabía quién recibiría el primero; no tenía los brazos fuertes; se resfriaba enseguida; las indisposiciones que para otros eran normales, para él constituían auténticos dramas; y después, cuando fue mayor, la enfermedad se convirtió en una constante que le perseguía por todas partes. En Madrid, en Córdoba, en Granada, en Tánger, en Marrakech, en Túnez, en... Ni los cambios de aires ni las hierbas ni las medicinas ni las purgas... Nada lograba alejar el peligro de una nueva enfermedad. En Marrakech estuvo a punto de morir. Claro que también tenía que confesar que se había pasado de la raya. Mezclar drogas, alcohol y mujeres en orgías interminables, para un hígado tan delicado como el suyo, fue una temeridad.

Pero que el físico sea débil no significa que la mente también lo sea o que la voluntad no exista. Eso su padre no lo entendió nunca. Domingo tenía una voluntad de hierro. Durante su infancia y su adolescencia aprendió a hacer de tripas corazón y a disimular todas sus debilidades, para que su padre no continuase diciendo que era un niño desvalido. Cuando regresaba de la escuela, tras haber recibido una paliza, se tapaba las señales de los golpes; aunque le costase levantarse por la mañana porque su frente ardía, era capaz de aplicarse compresas frías para hacer bajar la fiebre e iba a la escuela; y aprendió a soportar el dolor y a mentir para evitar las miradas y las palabras de reproche de su padre. Sí, enfermo y con fiebre era capaz de seguir leyendo, estudiando y tomando notas o, más tarde, cuando ya fue adulto, nada ni nadie le impidió viajar. Lo había demostrado de sobras en Marruecos. Ni el viento ni la lluvia lo detuvieron.

¿Por qué había hecho todo aquello? ¿Por él? ¡No! Para servir a los demás. ¿Acaso sus mediciones no habían corregido errores en los mapas? ¿No era aquello el ejemplo más evidente de que deseaba servir a la humanidad?

Que tu cuerpo sea pequeño y sin fuerza no significa nada, había constatado en más de una ocasión. La técnica puede suplir muchas faltas. Siempre lo había dicho: él demostraría que era capaz de lograr lo que otros mucho más dotados ni siquiera podían llegar a soñar. E intentó volar. Estaba más que convencido de que lo conseguiría. Y todos pudieron contemplar boquiabiertos que aquella cesta se elevaba. ¡Solamente un metro, pero había volado! Los hermanos Montgolfier lo habían logrado en París. Por lo tanto, era posible. Y él tenía muy claro que también lo lograría, a pesar de todos los tropiezos y a pesar de haber perdido un globo. Construiría otro y nadie le detendría, decidió.

Sin embargo, llegó la contraorden del ministerio. El experimento no podía repetirse. Pero ¿qué decían aquellos desgraciados? ¡Estaban ciegos! Si lograse construir un segundo globo, con toda la experiencia acumulada, lo conseguiría, había gritado. Pero nadie lo escuchó. Su padre había movido hilos muy poderosos. Siempre la omnipresente figura paterna, con aquellos ojos que lo miraban y le hacían sentirse culpable. ¿Culpable de qué? De haberlo decepcionado, de no ser un hombre fuerte del que se sintiese orgulloso, de perseguir sueños de locura y de todo en general. ¡Culpable! Y Domingo sólo imploraba que su padre lo mirase y lo tratase como a un hijo. Únicamente como a un hijo.

Regresó a Madrid hecho una furia y reclamó el dinero que le habían prometido, pero no existía ningún documento firmado y las palabras se las lleva el viento: el mismo viento que había hecho caer su globo.

Aquellos desdichados, políticos y funcionarios de mierda, lo dejaron en la estacada y cada vez que reclamaba lo envolvían en intrigas, sonrisas hipócritas, medias verdades y cortinas de humo que tapaban los chanchullos que les proporcionaban dinero fácil. Alguien cobró la indemnización pactada. De eso no le cabía la menor duda, pero ahora nadie quería saber nada de él; nadie le recibía; nadie se acordaba de lo prometido. Y por si fuese poco, también perdió su cargo. Dedicó tanto tiempo y esfuerzo al globo que descuidó su trabajo y lo habían sustituido. ¡Menuda lección!

Durante un año se paseó por todos los ministerios implorando caridad. Ni Godoy quería recibirle y se escudaba en un secretario que recogía sus escritos y le hacía saber que ya recibiría respuesta. ¡Mentira! Jamás recibió respuesta. Ahora la historia se repetía. Richelieu era la última prueba. Otro político que también empleaba idénticas palabras: ya recibiréis respuesta.

¡Dios mío! Las deudas derivadas de aquella aventura del globo, que alguien comparaba con los molinos de viento del Quijote, en clara y burlona referencia a la aerostática, eran tantas que no tuvo más remedio que aceptar un trabajo en la biblioteca del príncipe de Castelfranco. Para Domingo, acostumbrado a ocupar cargos en la administración, fue una ofensa. Pero de algo tenían que vivir. Sin embargo, como reza el dicho: no hay mal que por bien no venga. Allí, enterrado entre documentos y libros, tuvo la inspiración que por fin lo sacaría del anonimato y le abriría de nuevo la puerta del despacho de Godoy. Entre aquella montaña de libros y de mapas se produjo el momento mágico que puede cambiarlo todo.

Fue como una revelación. Lo había tenido delante de los ojos todo el tiempo, pero no se había dado cuenta hasta aquel instante. Todos deseamos que nos mientan, que nos hagan vivir un mundo de fantasía, porque la realidad es cruda, dura y difícil. Sin embargo, no queremos vivir una mentira cualquiera, sino que necesitamos creer firmemente en ella y lograr que nos haga sentirnos importantes. De manera que tiene que ser una gran, grandísima, inmensa, inmensísima y genial mentira.

¡África!, exclamó con los ojos fijos en aquel mapa. ¡África! El continente inexplorado que ofrece la posibilidad de vivir aventuras, de azuzar nuestra imaginación y de crear la gran mentira.

Sus sueños de niño retornaban y se veía ataviado como un príncipe musulmán, cabalgando por las llanuras desérticas que había visto en algún dibujo y llegando al oasis donde le aguardaba su palacio lleno de sirvientes.

Aquello que había comenzado como un sueño, poco a poco se convirtió en algo real y factible. Relató a amigos y conocidos historias que había imaginado, pero que él hacía pasar por aventuras reales de otros exploradores. La gente lo escuchaba embobada. A partir de entonces, páginas y más páginas escritas a lo largo de semanas, pensando en los detalles, solucionando los problemas, creando la gran... Iba a decir mentira, pero era falso. ¡No era la gran mentira, sino la gran aventura!

Finalmente, envió un informe a Godoy. Tenía el presentimiento de que esta vez había acertado plenamente. Y así fue.

¡Virgen Santa! ¡Menudo éxito!

—Me voy a París y a Londres —anunció a María Luisa, en Córdoba, cuando regresó de Madrid—. Una misión extremadamente delicada que me ha encomendado el mismísimo Godoy.

—¿Cuánto de tiempo estarás fuera?

—Un mes, como mucho —contestó él.

Evidentemente no dijo que se iba para preparar otro viaje mucho más largo. ¿Había mentido? Hombre... depende de cómo se mire. Ya le comunicaría el resto cuando regresara. Las mujeres siempre hacen un drama del más pequeño de los detalles.

—¿Y cuánto tiempo estarás fuera, esta vez? —le preguntó María Luisa, cuando le anunció que tenía que partir para Marruecos.

—Algunos meses —mintió por segunda vez—. Con eso habremos pagado todas nuestras deudas y podremos empezar de nuevo.

María Luisa no tenía por qué preocuparse. Le dejaba una renta para que pudiesen mantenerse ella y sus hijos. No les faltaría de nada.

¿También había mentido ahora? Por lo que respecta a pagar las deudas, no había mentido ni un ápice. Quizás con la duración del viaje no había sido muy preciso. Él sabía que aquel proyecto duraría unos tres años. Incluso más. Sin embargo, tres años son, en realidad, algunos meses. ¿Dónde estaba, pues, la mentira?

—¿Es peligroso? —fue la siguiente pregunta.

—No —Domingo había sonreído—. Es una expedición científica para estudiar las plantas y los minerales.

¿Había mentido aquí? Hombre... ¿Cómo podía saber si sería peligroso o no? Sólo conocía lo que había leído en los libros y, la verdad, no se fiaba demasiado. Menos aún tras haber descubierto que su amigo Rojas Marcos le había mentido haciéndole creer que hablaba árabe. ¡Menudo desastre! Y allí nació una mentira mayor que las anteriores. El objetivo del viaje era militar. ¿Militar? ¡A él le importaba un bledo toda aquella historia de conquistar Marruecos! Sin embargo a Godoy lo colmaba de satisfacción. El descubrimiento hecho en la biblioteca del príncipe de Castelfranco era la mayor de las verdades. Las pequeñas mentiras y los embustes no van a ninguna parte y queda demostrado que cualquiera está dispuesto a tragarse una mentira, siempre que sea lo suficientemente grande. Evidentemente resulta cierto que los extremos se tocan.

¿Y su estancia en Marruecos? ¡Aquello fue... increíble! Vivir durante años acomodado en la mentira, confortablemente sentado en el trono de la fantasía, había resultado una experiencia impagable. La gente lo saludaba, lo reverenciaba, y él repartía dinero y dádivas que deberían haber servido para pagar a los rebeldes. Allí le ofrecían todo lo que en Madrid le negaban: honores, respeto, simpatía, amores, placeres, servicio... ¿Quién no habría hecho lo mismo? ¿Quién no se habría sentido en la gloria? ¿Alguno de los funcionarios estúpidos o de los malditos políticos de turno? ¡Hipócritas! ¡Ellos aún lo habrían hecho peor!

Durante aquella estancia en el norte de África tuvo un pensamiento interesante. ¿Y si resultaba que los orientales tenían razón y que vivimos más de una vida? Si existe la reencarnación, significa que en otras vidas hemos sido otras personas. ¿Y si, tal como dicen los orientales, llevamos en nuestro interior, aunque escondido, el recuerdo de esas otras vidas y alguien las puede llegar a ver...? ¿Y si en otra vida fue un príncipe musulmán? Eso explicaría su piel morena y su cabello negro. También explicaría que aquella gente lo tomasen por un verdadero musulmán, porque él cobijaba en su interior otra vida pasada. Y, con mayor razón, explicaría su deseo de viajar, su inspiración en la biblioteca del príncipe de Castelfranco, que Godoy lo escuchase, que... ¡Claro! Todo era producto del destino. Aquello no era un engaño, sino la necesidad de reencontrar vidas pasadas. ¡Por supuesto! Los propios musulmanes cuando viajan pueden tomar el nombre de un hijo suyo. Es una costumbre que él había aprendido por aquellas tierras. Aquella gente poseía una sensibilidad exquisita y especial, tal como él había podido comprobar, y seguramente veían dentro de su alma el germen de uno de los suyos.

De manera que siguió mintiendo a todo el mundo, a los marroquíes y a Godoy, pero de buena fe. Quería vivir entre los suyos, porque aquella gente lo trataba bien, como a un igual, como a un amigo y como a un hermano. No como su padre o como los idiotas de los ministerios, que no le profesaban el menor respeto. ¿Y Godoy...? Era un interesado que sólo procuraba por él mismo y que soñaba con construir un nuevo imperio donde nunca se pusiera el sol. Y él, naturalmente, sería su emperador. ¿Qué tenía que hacer con aquel bobo hambriento de poder y de gloria? Pues, mantenerlo contento y sacarle todo el dinero que pudiese para repartirlo entre sus hermanos musulmanes. aquellos eran sus hermanos de veras y eran agradecidos. Así que ellos se lo merecían.

¡Alá es grande! Y Alá lo protegía. Cuando escribía una carta a Godoy, a cada mentira añadía un nuevo detalle, que también era mentira. Una mentira hecha de mentiras que crecía gracias a nuevas mentiras con las que alimentaba al gran monstruo. Pero lo más curioso era que cuanto mayor resultaba la mentira, con mayor facilidad se la creían. E hizo otro gran descubrimiento: si todo el mundo se traga una mentira, significa que ya no es mentira, sino verdad, porque es imposible que todos estén equivocados. Éste era uno de los argumentos que el cura de la parroquia de Barcelona había esgrimido para demostrar la existencia de Dios. Decía: como resulta imposible que todo el mundo se equivoque y como todo el mundo siempre ha creído en la existencia de Dios, evidentemente Dios existe. Un argumento irrebatible. De manera que a partir del instante en que todo el mundo creía en su historia, lo que había empezado como una mentira se convertía en su gran verdad.

Sólo hubo un momento en que las dudas lo asaltaron, justo antes de que lo expulsaran de Marruecos. Fue horrible. Ya se creía muerto. Sin embargo, ahora estaba convencido de que su sangre fría lo había salvado. Le habría encantado que su padre hubiese podido verle. ¡Nunca más habría dicho que era un niño débil! Se había enfrentado con la muerte cara a cara. ¿Acaso su padre se habría atrevido? ¡Nunca!

De aquella aventura sacó otra lección: cuanto mayor es el peligro, con mayor vehemencia hay que negar todas las evidencias, aunque parezcan irrefutables. Hay que hacerlo con tanta energía que a los ojos de los demás dejen de ser evidentes y se siembre la duda. Éste era su segundo gran secreto. Negar siempre y no dejar de hacerlo por más que los demás griten. Otra máxima que había aprendido en Barcelona: si tienes razón chilla, y si no la tienes grita aún más. Porque la mentira es la negación de la verdad y ambas andan de la mano. En Larache hubo días en que ya se veía muerto, pero de repente, inexplicablemente, el sultán le perdonó la vida y lo expulsó. Nunca había sabido qué hizo cambiar de parecer a Suleimán, pero estaba convencido de que algo había tenido que ver su firmeza de voluntad.

¡Lástima! Si se lo hubieran permitido, se habría quedado, porque al fin y al cabo él amaba aquella gente. Al bueno de Hasim, que no entendía nada. ¡Qué recuerdo tan tierno guardaba de él!

¡Oh, Mohanna! Divina criatura que lo había hecho tan feliz. ¡Cómo le habría gustado conocer a su hijo! Tuvo noticias de su nacimiento cuando se encontraba en Egipto gracias a un viajero que lo reconoció. Si hubiese podido, se habría llevado a María Luisa a Marruecos. Estaba seguro de que ellas se habrían entendido y se habrían hecho muy buenas amigas. No podía ser de otra forma, porque aquellas dos mujeres eran idénticas. Cuando regresó a España, su Mariquita había sido capaz de hacerle todo lo que le hacía Mohanna y había entendido que un hombre necesita nuevas experiencias. ¡Oh, Dios! ¡Oh, Alá! Dos cuerpos como aquellos en su cama. ¿Qué más podría pedir? Dos mujeres a su servicio en todo momento. Cuando la naturaleza impidiese gozar de una de ellas, la otra la supliría. Y su presencia masculina y principesca las haría felices. Porque él no querría tener tantas esposas, tantas concubinas y tantas esclavas como Suleimán ni como su hermano Abd-as-Salam. Con dos tendría suficiente. Una de cada religión y una de cada continente. Así podría abrazar su pasado y su futuro a través de su presente, sus creencias heredadas y las adquiridas, porque, después de todo lo que había pasado, de su extraordinaria experiencia al poner los pies en la Meca y después de haber pisado el Santo Sepulcro, algo había cambiado en su interior. ¿Hay mayor mentira que creerse en posesión de la verdad? ¿No eran todos una pandilla de mentirosos? Cristianos, judíos, musulmanes... ¡Todo mentira!

Después regresó a Europa. Se le había acabado el dinero y ya no recibía más. Al llegar se encontró con que todo había cambiado. Los reyes ya no eran reyes, sino ciudadanos; España ya no era España, sino un apéndice de Francia; él ya no era un príncipe, sino que volvía a ser un pobre funcionario en busca de un destino; los liberales ganaban la partida a los monárquicos, pero tenían que continuar siendo monárquicos porque Napoleón les imponía un nuevo rey; muchos españoles se convirtieron en afrancesados para poder sobrevivir; otros para enriquecerse; Europa ya no era Europa y el mundo dejaba de ser el mundo que él había conocido. Pero lo más divertido de todo era oír hablar de patria, de ideales, de libertad, de fraternidad y de lealtad.

¡Había para echarse a llorar o a reír!

¿Alguien, entre tanto desatino, tenía claro el concepto de patriotismo? ¿Alguien podía tragarse todas aquellas patrañas? Tonterías, había exclamado él, después de entrevistarse con Carlos IV en Bayona, después de que aquel rey títere firmase cuantos documentos le ponían por delante, después de presenciar las estúpidas discusiones entre Carlos IV y Fernando VII, entre padre e hijo, ambos abdicados y destronados, mientras España cambiaba de manos.

Tras la experiencia de Marruecos, con un Godoy ambicioso que deseaba conquistar un territorio que no tenía nada que ver con él, Domingo daba la razón a Abu Ashi, el nómada que conoció en el desierto, cerca del mar Rojo, en un campamento perdido dónde había ido a parar escapando de una infernal tempestad de arena bajo el disfraz de Alí Bey. Aquel patriarca le ofreció cobijo, comida y un lugar donde descansar.

¡Qué noche tan larga! Permanecieron despiertos hasta la madrugada. La compañía era agradable y la conversación interesante.

—No somos nosotros quienes hacemos las guerras —le había dicho aquel nómada de rostro arrugado y mirada oscura—. Mi casa, mis hijos, mis nietos y mis esposas son más importantes que un trapo de colores que identifica a un país o a un señor.

—¿Un trapo de colores? —se asustó Domingo en aquella ocasión.

—He de seguir viviendo y he de unirme a vosotros, mis hermanos, y apoyaros en todo lo que esté en mi mano, porque vosotros vivís junto a mí. Practico la caridad y ayudo a quien lo necesita. Pero no me pidas que me crea todos esos cuentos de territorios y de conquistas —exclamó Abu Ashi.

Domingo lo miraba sorprendido, incrédulo. Cuentos de territorios y conquistas. ¡Eso había dicho Abu Ashi! ¿Pero... qué decía aquel nómada ignorante de la realidad? Ahora mismo le respondería que él y muchos otros estaban luchando por la seguridad del mundo y le explicaría que...

Iba a pronunciar la primera palabra, pero Abu Ashi, sin apartar la mirada del fuego que crepitaba, siguió hablando como si no hubiese nadie más e hizo reflexiones en voz alta.

—Nos pasamos el día planificando y olvidamos vivir la auténtica realidad —Abu Ashi removía las brasas con un bastón—. Somos nosotros los que educamos a nuestros hijos. Mi territorio es lo que ocupa esta tienda. Hoy estoy aquí y mañana estaré allá. El cielo es el mismo para todos. Y mi única conquista es ver que mis hijos crecen. Poco me importa dónde vivo hoy, siempre que podamos vivir en paz, porque la paz es la única condición que pido. En una guerra todos sufrimos, los soldados se van al frente para luchar y las mujeres se quedan en casa, pero todos sufren —detuvo un instante el movimiento del bastón—: Sin embargo, para algunos no es más que un juego —respiró hondo, suspiró y siguió removiendo las brasas.

—Los hombres se unen y forman pueblos y ciudades —dijo Domingo—. El mundo árabe y el mundo cristiano construyen países.

—Turquía, Egipto, Arabia, Inglaterra, España, Francia, Marruecos, Portugal, Bélgica... no son más que palabras que no dicen nada —respondió Abu Ashi con una sonrisa—. Mi casa es mi casa y yo te habría ofrecido abrigo aunque fueses francés y cristiano.

—La patria...

—¿Patria? —exclamó Abu Ash—. He viajado mucho, he servido a diversos señores, he luchado en algunas guerras y, al final, he regresado, he comprado una tienda, me he casado y he fundado una familia. ¿Acaso no ves que la única patria que conozco es la paz? Fuera de aquí, todo son trapos de colores. ¿Conoces algún patriota de veras? Tú eres un príncipe y también has viajado mucho, has hablado con gente y te has entrevistado con altos dirigentes. ¿Qué buscan esos grandes hombres que mandan sobre los demás y deciden la guerra? Su satisfacción personal. Elige uno y obsérvalo. Si en lugar de haber nacido aquí, hubiera nacido en la otra punta del mundo, pero tuviese poder, seguiría enviando gente a la muerte —dijo con energía, apretando los puños—: ¿Quién piensa en nosotros y en todos los que queremos la paz? Nadie. No interesamos a nadie, porque no somos nadie. Mientras, ellos deciden destruir nuestras tiendas, quemar los oasis y matar a nuestros animales, porque ellos se imaginan que son alguien. Sin embargo, solos tampoco son nadie. Son alguien cuando otros los apoyan y entonces crean el caos y siembran la muerte.

—Por esa misma razón los hombres nos unimos y alguien tiene que mandar para que haya orden y podamos defender nuestra tierra —intervino Alí Bey.

—La tierra no es de nadie. Nosotros no la poseemos. Ella nos deja vivir sobre su piel. Si los hombres no tuviésemos tanta ambición, nadie tendría que defender nada. Los hombres del desierto viajamos constantemente. Cuando llegamos a un lugar desconocido, enseguida hacemos amistades con los vecinos, enseguida preguntamos y obtenemos respuestas. Tú has llegado aquí con hambre y yo he compartido contigo lo que tengo. No miramos a nadie con recelo. Los hombres de la ciudad tienen una casa fija y aquellas paredes los atrapan y los convierten en esclavos. Se ven obligados a defender un territorio que han conseguido después de luchar para conquistar un pedazo de tierra. Yo cada noche tengo una casa distinta.

—Nunca habría imaginado que se pudiera vivir con esas ideas tan sencillas... —exclamó Alí Bey.

—Sí, ya veo que te has quedado boquiabierto —dijo Abu Ashi, que no dejaba de sonreír—. Y no hay para tanto. Háblame de cosas sencillas y te entenderé. Háblame de cómo educar y criar a los hijos, háblame de verduras, de frutas, de sol, de juegos, de la vida, del amor, del trabajo, de los animales y de cosas cotidianas y seré feliz, porque son cosas que puedo entender y sentir. Explícame las razones que conducen a la guerra, y yo te escucharé con respeto, porque tú crees en ello, pero sabes muy bien que la guerra es un desastre, el mayor fracaso del hombre y su ruina. Cuando callan las palabras, hablan las armas. Pero su lenguaje es muy limitado. Sólo conocen tres palabras: destrucción, dolor y muerte. El resto no saben ni que existe. Por eso es bueno hablar. Incluso cuando no se pronuncian palabras, que es lo que sucede cuando dos hombres comparten en silencio el mismo techo y el mismo fuego.

Hablar. Éste era el secreto de Abu Ashi. Éste y su

honestidad. Aquel hombre siempre decía lo que llevaba en su corazón. Tal vez él, ahora, tendría que hacer lo mismo y verter todo lo que guardaba en su interior.

Su mano empezó a escribir: «La única verdad es que todo lo he hecho por ti, todo lo he hecho por vosotros, por todos aquellos que amo y que...».

De nuevo se detuvo. ¿Qué había sucedido hacía pocos meses? Su última mentira. Siguiendo las indicaciones de Cuvier, había ido a ver Chabon. ¡Menuda sorpresa! De repente, aquel hombre que casi lo despreciaba había decidido ofrecerle consejos y ayuda. E incluso vino un día a su casa. ¡Qué cambio!

Después llegaron otras sorpresas. Molé estaba encantado con su plan, siempre que él fuese el ejecutor, y lo colmaba de halagos. Discutieron las condiciones. Más que discutir, el ministro las impuso. No quería ni oír hablar de regalos para los musulmanes. Domingo había intentado hacerle comprender que los regalos en aquellas tierras eran muy importantes, pero Molé se negó. Demasiados gastos inútiles, decía. Domingo guardó silencio y aceptó todas las condiciones. Necesitaba dinero y necesitaba recuperar el respeto de los suyos. Nadie lo detendría. Ni siquiera el médico que acababa de consultar apenas unas horas antes.

—Un hombre como vos, que ha sufrido muchos ataques de disentería, que ha estado expuesto a tantas vicisitudes, que ha estado enfermo del hígado y que ha gozado de la mesa como vos habéis hecho, no es de extrañar que tenga las paredes de los intestinos tan delicadas que puedan esconder un tumor. En semejantes circunstancias resulta normal que sufráis de diarrea crónica y de esas flatulencias que amenazan con reventaros los intestinos —le había explicado el doctor Benigni—. Necesitaré hacer más pruebas para saber hasta qué extremo está afectado todo el sistema digestivo, pero me temo... —mientras, había mirado a su colega, que asentía lentamente—. En resumen: no os esconderé que el hecho de que estéis perdiendo peso no contribuye precisamente al optimismo.

—¿Tan grave es? —había preguntado Domingo.

El médico había arqueado las cejas y había torcido ligeramente la cabeza hacia un lado, mientras apretaba los labios. Aquello bastaba para dar una respuesta.

—¿Qué posibilidades tengo? —la voz de Domingo denotaba cansancio, más que preocupación.

—Si guardáis reposo absoluto, seguís una dieta estricta y...

Decían que era un de los mejores médicos de Italia. Domingo lo había observado. Tenía que serlo porque su mirada lo decía todo, sin palabras: debería de haber acudido antes a la ayuda de los facultativos, esas cosas no se pueden dejar pasar...

—¿Qué sucedería si tuviera que realizar un viaje que me es imposible aplazar?

—¿Muy largo?

Domingo había asentido sin despegar los labios y el médico había negado despacio.

—Mi consejo es que regreséis a París y que os repongáis junto a vuestra familia. Si el viaje es por tierras donde existe la posibilidad de padecer diarreas, ni lo intentéis. Las consecuencias son imprevisibles.

De regreso a la pensión había calculado sus posibilidades. En Marruecos ya había estado a un paso de la muerte por causa de su hígado y se había librado sin ayuda de nadie. Sin embargo aquel médico parecía muy convencido de lo que decía y no andaba muy errado porque tras atravesar Francia, una parte de Italia e ir camino de Venecia, había sufrido aquel dolor tan agudo que creyó que iba a perder el mundo de vista. Por otro lado, ya hacía meses que el estómago le recordaba demasiado a menudo su presencia y cada mañana sus intestinos se descargaban sin ninguna clase de esfuerzo. Eso es debido al agua, no había dejado de repetirse desde que había salido de París. «Y está claro que, además, mi ánimo tampoco es lo mejor del mundo», había recapacitado también. Quizás una circunstancia va de la mano de la otra, había querido engañarse. ¡Los médicos siempre se imaginan lo peor!, había concluido tres días atrás, pero la expresión en el rostro del doctor Benigni...

¿Regresar a París? ¡Ni hablar! ¿Qué haría? ¿Explicar a todo el mundo que la vida se le escapaba de las manos y...? ¿Y quién lo creería? ¿María Luisa? ¿Tal vez Molé? ¿O Decazes, que le había ofrecido una cena el día 3 de enero, justo antes de partir? La recordaba como una cena memorable. El ministro de Policía había alzado la copa en tres ocasiones para brindar por el éxito del proyecto.

—¡Por un hermano! —había exclamado. Ambos eran miembros de la francmasonería.

Si lograse que el ministro de Marina lo condecorase y que Francia le concediera una pensión vitalicia, él sería un héroe.

¡No! Aquello era soñar con un imposible. Ya lo había intentado en diversas ocasiones y siempre había fracasado. Renunciar a aquel viaje sería tanto como admitir su derrota y perder la última oportunidad de rehacer su economía y de recuperar el respeto de su familia. Richelieu se partiría de risa.

Dos horas después de haberla iniciado, acabó la carta, la metió en el sobre y garabateó la dirección. Cuando su esposa recibiese aquel escrito, él ya estaría camino de Oriente. Y que fuese lo que Dios quisiera.

Después escribió la segunda carta. Ésta para el notario Guy Monforte con una petición, y le adjuntaba el segundo documento firmado por el conde Molé, el que hacía referencia a las condiciones para aceptar el viaje.

*** ***

La doncella, al ver quien acababa de llegar, subió deprisa las escaleras para avisar a María Luisa, que dejó lo que estaba haciendo y echó a correr.

¡Dios mío! Era él. ¡De veras! Pedro estaba allí, en el vestíbulo, de pie, con los brazos abiertos, esperándola. Y se echó en sus brazos con lágrimas en los ojos, mientras lo besaba y lo besaba sin parar, en una mejilla, en la otra, en la frente... y lo estrechaba hasta casi impedirle respirar.

—¡Pedro! —se oyó que gritaba la voz de Asun.

María Luisa se apartó un poco y Asun también se añadió al abrazo, mientras sumaba sus lágrimas a las de su madre.

—Vamos a sentarnos. Claire, trae algo de comer —ordenó María Luisa—. Estás más delgado y tienes aspecto cansado. Seguro que llegas famélico —dijo con cierto escalofrío—. ¡Claire, espabila! —gritó.

—No os preocupéis, madre, estoy bien —sonrió Pedro.

—¿Cómo es que has vuelto? —preguntó Asun cuando se dirigían hacia la sala.

Caminaban los tres juntos. Pedro en el centro y con una mujer colgada de cada brazo.

—Hace unos días recibí una carta del Ministerio de Marina francés. En ella me comunicaban que están buscando gente con experiencia para la marina y se habían enterado de que yo sirvo en un barco mercante, pero que soy teniente de artillería. Hoy he ido y me han ofrecido entrar en la marina con el mismo grado y arma que tenía en España. No es preciso ni que pase por la academia. Ya soy teniente de artillería del ejército francés y mañana he de presentarme en intendencia del Ministerio de Marina para recibir el uniforme y para que me comuniquen mi destino.

—Seguro que tu padre, antes de partir, ha hecho alguna gestión... —a María Luisa se le iluminó el rostro.

—No, madre —la interrumpió Pedro—. Es lo primero que he preguntado cuando me he presentado al capitán. Si llegan a decirme que él tenía algo que ver, habría rehusado.

—Bien, lo importante es que estás aquí, en casa, con nosotros —María Luisa abrazó a su hijo.

¡Qué lástima! Por un momento había creído que Domingo...

Al día siguiente Pedro fue al Ministerio de Marina y recibió el nombramiento, el uniforme y la orden de incorporarse a su destino el jueves de la semana siguiente. Sólo estaría en casa un fin de semana.

—Me envían a Calais —anunció al regresar a casa.

—¿Dónde está eso? —se interesó José.

—Al norte de Francia, en el canal de la Mancha, junto a Bélgica.

—¿No resultará peligroso? —se asustó María Luisa.

—No, madre —rió él—. Estamos en paz con Inglaterra y con Bélgica.

—Y así hemos de continuar —sentenció ella.

El fin de semana transcurrió en un santiamén, pero María Luisa lo recordaría siempre. Había sido una estancia corta, aunque muy intensa.

Pedro se marchó el lunes. El viaje era largo. José lo abrazó. Tenía un padre general y un hermano teniente, no cesaba de repetir, orgulloso y satisfecho. Asun también lo abrazó, con lágrimas en los ojos, y María Luisa le dio las últimas instrucciones.

—Procura comer y abrígate. Ten presente que en el norte siempre hace frío. Procura no mojarte la ropa, y si te mojas cámbiate, que la humedad no es buena para el cuerpo...

—Si, madre —aceptó Pedro, y la abrazó.

—Y procura no ponerte en peligro —exclamó ella, justo cuando él ya subía a la diligencia.

—No te preocupes, madre.

La diligencia arrancó y las lágrimas inundaron los ojos de ambas mujeres, mientras José agitaba con energía la mano y no dejaba de hacerlo hasta que el carruaje hubo desaparecido engullido por las calles de París.

Llegaron a casa justo en el momento en que el cartero dejaba un sobre que iba dirigido a María Luisa. Ella lo cogió y José subió corriendo las escaleras para jugar con el barco que Pedro le había regalado el sábado y que se había convertido en su juguete favorito. Cuando fuese mayor, él también sería teniente de marina.

—Es una carta de tu padre, desde Milán —informó María Luisa, mientras rompía el sello y abría el sobre.

Asun se quitó el sombrero y se quedó junto a ella. No es que sintiese demasiado interés por recibir noticias de su padre, porque los recuerdos de los días de Navidad y de fin de año permanecían vivos y presentes.

María Luisa empezó a leer. En aquellas líneas Domingo se expresaba con una gran tristeza: «Escribiendo en este papel, que me ha costado algunas lágrimas y un notable esfuerzo, me parece que os tengo frente a mis ojos, que os ven por última vez». En fin, los mismos argumentos, idénticas palabras y el mismo tono que había empleado cuando tuvieron la discusión de Navidad. Después seguía explicando cosas de Milán y de cómo lo estaba preparando todo para partir hacia Oriente y acababa diciendo: «Todo lo he hecho por vosotros». Sí, todo lo había hecho por ellos: casar a Asun una vez, intentar casarla por segunda vez, que Pedro huyese, engañarla a ella con todas las mujeres que se le habían puesto por delante, dilapidar una fortuna, robar, falsificar, estafar... Todo por ellos.

Parecía mentira que después de todas las lágrimas que había derramado por la marcha de su hijo, hacía poco rato, aún le quedase todo aquel raudal. ¡Pero es que lo había amado tanto! Sí, a aquel hombre que engañaba, estafaba y, si era necesario, robaba. Aquel hombre había sido capaz de transportarla con palabras a los confines del universo y extender a sus pies una alfombra de estrellas. ¡Claro que lo había amado! ¡Tanto como ahora lo odiaba! Y aquel cambio no era otra cosa que el reflejo de la imagen de su marido, la gran contradicción: el día y la noche, la luz y la penumbra, el sol y la luna, la verdad y la mentira... Domingo era todas las contradicciones, excepto una: nunca había sido frío. Siempre se movía con el fuego de la pasión. Pasión en todo lo que hacía, en todo lo que pensaba, en todo lo que sentía, en todo lo que comunicaba... Junto a él cualquier mujer que aceptase el engaño no se sentiría abandonada, a pesar de que él desapareciese durante años enteros, porque al regresar la envolvería en palabras perfectamente escogidas y la haría sentirse única. Su habilidad por convertirse en el centro de todas las discusiones, las celebraciones y de cualquiera acto no tenía parangón. Nunca se quedaba solo ni apartado. Su sola presencia llenaba cualquier espacio. Sin embargo, una vez quedaba al descubierto su verdad, ¡la única verdad!, aparecía la gran mentira: el hombre de los mil rostros. Uno para cada ocasión, para cada circunstancia, para cada mujer, para cada amigo, para cada... ¡El mayor mentiroso de todos los tiempos! ¿Cómo no podía odiarlo, si lo había amado con locura?

Asun vio que su madre se sentaba en la silla del recibidor, con la carta en las manos y los ojos inundados de lágrimas.

—¿Qué sucede, madre? —preguntó asustada.

—Nada —respondió María Luisa.

Se levantó despacio, mientras dejaba la carta sobre la silla y se dirigió al comedor. Era la hora de comer y la vida continuaba.

7 - DE NUEVO HACIA ORIENTE

El duque de Decazes apartó los ojos de la carta de Domingo Badía, procedente de Venecia, que le había enviado el conde Molé y se quedó pensativo. ¡Este hombre es increíble!, exclamó perplejo.

Domingo Badía, tras agradecer con una muy cuidada retórica que el ministro de Marina hubiese obtenido para él el apoyo del rey de Francia, detalle que le permitía vencer (o mejor dicho: anular) la resistencia que Richelieu ofrecía a su proyecto, mencionaba una y otra vez la importancia de sus ideas políticas respecto al continente africano, reclamando la atención del gobierno de Luis XVIII sobre que aquello constituía un asunto de primer orden para el Estado y para la economía de Francia. Volvía a insistir en hacer del continente africano una colonia francesa. Y eso después de que se le hubiese explicado claramente que lo único que se le pedía era que atravesara África de este a oeste y encontrase el mar interior.

¡Increíble!, repitió Decazes.

Pero lo mejor de todo era el párrafo que decía: «No es el interés lo que me dicta sobre esta cuestión. Si mi alma fuese capaz de una acción tan vil, ya hace once años que estaría al frente del gobierno de África Septentrional, o cuando menos, haciendo caso de los deseos de Carlos IV, ya hace trece años que estaría en Europa y que sería inmensamente rico». Y acababa recordando que Francia era la patria de sus antepasados.

¡Patético! Decazes meneó la cabeza. ¡Y los idiotas del Instituto de Francia siguen creyendo en este hombre!, exclamó. Cuanto mayor es una mentira, más gente acaba tragándosela. ¡Increíble!, exclamó por tercera vez. El mentiroso profesional es mucho más convincente con la mentira que con la verdad. Aun así... ¿Cómo un grupo de científicos, algunos de los cuales habían viajado y conocían las limitaciones del ser humano, no se habían percatado de que Badía era un hombre de cincuenta años, cansado, enfermo y sin la menor posibilidad de éxito? Decazes se echaba las manos a la cabeza. Como buen ministro de Policía, había buscado información sobre Badía y la lista era abrumadora. Aquel hombre había tenido problemas con la justicia española; había huido con los bolsillos llenos; había perdido todo el dinero que trajo de Madrid con una chulería que dejaba boquiabierto al más pintado; había casado a su hija de diecinueve años con un viejo decrépito, que la había dejado viuda; había intentado vender la colección de libros de su yerno; había exagerado sus aventuras en el norte de África hasta extremos impensables; había engañado a medio París con historias que harían palidecer de envidia a Scheherezade y sus cuentos de las mil y una noches; se había inventado unos antepasados franceses; había intentado conseguir que su hijo entrase en el ejército; había... ¡Dios mío!

Hubo un momento en que Molé decidió rebajar sustanciosamente las peticiones del viajero, que más parecían las de una reina caprichosa que las de un explorador científico. No se concedería ni uno de los numerosos y costosos regalos que Badía solicitaba para los diferentes personajes que visitaría. Aquello era excesivo, determinó Molé sin consultar con nadie, y le escribió una carta al viajero. Cuando Decazes se enteró, imaginó que Badía se mostraría ofendido y que plantearía su renuncia a protagonizar la expedición. Habría sido lo más natural en una persona con el talante de aquel personaje, tan grandilocuente y teatral. No obstante, ante la sorpresa general, Badía aceptó las condiciones de Molé.

—Es tan grande su deseo de regresar a aquellas tierras y vivir como un príncipe, que ha aceptado ir sin ningún regalo —había dicho Molé con un deje de burla.

—Yo diría que está desesperado. Su economía está tan maltrecha que ni siquiera se ha atrevido a protestar —había replicado Decazes, y se había quedado pensativo.

Un hombre desesperado puede resultar muy peligroso. ¿Y si Badía les estaba engañando a todos y resultaba que trabajaba para los ingleses o para los españoles?, había llegado a imaginar. Quizás muy complicado. ¡Pero, de Badía podía esperarse cualquier cosa! Y ordenó a Duvalier que considerase aquella posibilidad.

—Imposible, señor ministro —le respondió Duvalier una semana más tarde—. Estoy convencido de que Domingo Badía es sincero. No dispone de recursos económicos, sus deudas cada vez son más importantes, las relaciones familiares, con su esposa y su hija mayor, están muy deterioradas y su hijo mayor ha huido de casa y no quiere ni oír hablar de él.

Bien, el tema era que todo seguía adelante y que los ingleses, según sus informes, ya habían empezado a moverse. No podía ser de otra forma porque, tal como decía Duvalier, Badía era el cebo ideal: engreído, con deseo de notoriedad y dotado de una imaginación capaz de arrastrar a medio mundo. Sólo imaginar la cara que pondrían los británicos cuando Badía visitase de nuevo la Meca y después se adentrase en África, Decazes se reía. Todos echarían a correr tras él, mientras otros harían el trabajo y nadie repararía en un joven oficial francés que había ofrecido el barón Portal a Mohamed Alí. Linant de Bellefonds era de otra pasta y de él sí que podían esperarse brillantes resultados.

Últimamente los británicos no andaban muy acertados en política exterior, y había que aprovechar esa circunstancia. En 1803 Mohamed Alí fue reconocido bajá de El Cairo por el sultán Selim III y dos años después se convirtió en virrey de Egipto, justo antes de que Selim III fuese destronado por la sublevación los jenízaros. Ahora Mohamed Alí era el hombre fuerte de todo aquel territorio, había iniciado la modernización del país, había plantado cara a los turcos y amenazaba el Sudán, Siria y Creta. Y ahí se producía una situación absurda: los ingleses luchaban junto a los turcos y no aceptaban la primacía del virrey. Por fortuna Francia había aprendido a tratar con el nuevo dirigente y tenía muy claro dónde estaba Suez.

Decazes dejó la carta sobre la mesa, respiró hondo y llamó a Duvalier. No hay nada mejor para convencer a los ingleses que un buen intercambio de correspondencia que sea interceptada convenientemente.

—Tomad nota de unas cartas que deben seguir el conducto habitual. Ya me entendéis —dijo, mientras entornaba los párpados y meditaba cada palabra—:Querido conde Molé... no dudéis que... No, no —negó con la cabeza—. Borrad eso y poned: El inestimable servicio que nuestro hombre puede hacer a Francia...

A partir de ahí todo fueron elogios para el viajero y, una vez concluida, dictó otra. Esta vez dirigida al barón Portal.

—Querido barón Portal... nuestro hombre ya está en camino y debéis prepararos...

Cuando las cartas estuvieron terminadas, Duvalier se levantó, sonrió divertido, asintió y salió.

—Los británicos quedarán bien servidos —murmuró Decazes.

*** ***

—¿Os dais cuenta del desastre que significa? Badía ya nos lleva una considerable delantera. Estamos en marzo y, según las últimas noticias, el 23 de enero pasó por Venecia, a pesar de que vos, cuando hablasteis con el señor Barrow dijisteis que esperaría a la primavera para ponerse en camino. En lugar de tomar la iniciativa de ir a hablar con el señor Barrow, deberíais haber esperado al lunes y haber hablado primero conmigo.

Young, de pie frente a la mesa de John Piech, soltó todo aquel discurso sin una sola pausa. Cuando acabó, su rostro había enrojecido y tuvo que respirar hondo, momento que John aprovechó para meter baza.

—Para el primer viaje, el que hizo a Marruecos, eligió el mes de junio —se defendió—. De manera que lo más lógico era suponer que volvería a elegir la primavera. Además...

—Siempre os he dicho que tenemos que deducir y no especular. Para alguien como vos, que no ha viajado nunca, quizás lo más lógico sería partir en junio, pero para alguien con la experiencia de Alí Bey, que conoce todo el Mediterráneo y todo el norte de África como la palma de la mano, no —lo interrumpió Young—. Es evidente que se ha puesto en movimiento ahora para llegar a Arabia a comienzos de la primavera. Así cuando se inicie el calor del verano su cuerpo ya estará acostumbrado. ¿Comprendéis?

—Sí, claro —John asintió. Después negó—. No obstante, a comienzos de la primavera aparece el Hansim, el viento cálido del desierto que levanta tormentas de arena...

—No sabía que fueseis un experto en viajes —lo interrumpió Young burlón.

—Lo pone en los libros —se excusó Piech.

A John le resultaba evidente que Barrow había tirado de las orejas a Young y ahora se producía el efecto cascada. El problema era que por debajo ya no quedaba nadie más y, por lo tanto, él tendría que pagar los platos rotos. Tendría que haber esperado al lunes en lugar de hablar con Barrow, pensó. A Young no le había hecho ninguna gracia y ahora se desquitaba.

—Tenemos que recuperar el tiempo perdido. Id al ala este, hablad con el señor Crown y que busque la manera de seguir los pasos de Badía y de no perderlo de vista. Si os pone algún impedimento, decidle que son instrucciones directas de lord Parry. ¿He hablado claro? —acabó Young, y abandonó el despacho sin esperar a que John respondiese.

¡Uf!, exclamó John, y se quedó sentado. Respiró hondo y

soltó todo el aire de los pulmones. Por más que Young dijese que Badía actuaba en función de la experiencia, él seguía pensando que la decisión de emprender el viaje en invierno era absurda. Todos los libros lo decían muy claro: llegaría a tierras de Arabia en primavera, justo cuando se levanta el viento del desierto y empiezan las tormentas de arena y haría todo el viaje durante el verano, cuando el calor resulta más sofocante. Lo más lógico, no dejaba de repetirse, era haber esperado hasta la primavera, llegar en verano y empezar la travesía del desierto en otoño, cuando la temperatura desciende y ya no hace viento.

No obstante, tenía que darle la razón a Young en un punto: el viajero ya estaba en camino y todos aquellos razonamientos no servían para nada. Las últimas noticias lo situaban en Venecia, pero de eso ya hacía un mes. ¿Cuál era su destino? Buscó el mapa. ¿El Cairo...? ¡Bien! Hablaría con la gente del ala este, que era como llamaban a los que se ocupaban de Oriente Medio, y establecerían un plan. Como decía lord Parry: si no disponemos de nadie con bastante experiencia y conocimientos para explorar aquellas tierras y encontrar el camino, lo mejor es seguir a Alí Bey y después adelantarnos.

*** ***

El 19 de marzo, día de san José, Constantinopla se había despertado radiante, anunciando una primavera agradable. El invierno había resultado crudo durante el mes de enero, pero luego fue suave.

Mucho antes de entrar en el puerto los navegantes ya vislumbraban la silueta inconfundible de Santa Sofía, la basílica que en 1453, con la conquista por parte de Mohamed II, se había convertido en mezquita.

La embajada francesa se encontraba en el barrio de la Pera, en la ribera asiática, lugar acomodado de la que había sido durante mil años la capital del imperio bizantino, y que ostentaba el nombre del gran emperador Constantino, el último de los más grandes, que le había conferido todo su esplendor. Desde la terraza del edificio de la embajada se distinguía claramente la corriente de agua que baja desde el mar Negro hasta el mar de Mármara y que incluso forma remolinos e impide que las pequeñas barcas puedan remontarlo sin la ayuda de las sirgas de las que tiran los hombres desde tierra.

Arístides, el secretario particular del marqués de la Rivière, embajador francés, entró en la sala y anunció la llegada del viajero Hadj Alí Abu Othman. El embajador dejó la taza de café sobre la mesita y asintió. Lo recibiría allí mismo.

El secretario regresó poco después acompañado de Domingo Badía, que lucía una bien poblada barba y un turbante, aunque el resto de su ropa era de corte occidental. El embajador se dirigió hacia él y alargó la mano para recibir el apretón del viajero.

—Encantado, señor Abu Othman. El ministro Molé ya me ha anunciado por carta vuestra llegada y me ha dado instrucciones precisas —dijo el marqués de la Rivière.

—Es un placer conoceros, señor marqués —respondió Badía—. Si el conde Molé ya os ha escrito, significa que os ha explicado el motivo de mi viaje.

—Evidentemente, señor Abu Othman —el embajador asintió e indicó con la mano que se sentase—.¿Os apetece una taza? El café turco es muy aromático y agradable.

—Siempre que no lo apuremos y acabemos tragándonos los posos —respondió Abu Othman.

—Veo que conocéis Turquía.

Se sentaron y, mientras una criada les servía una taza de café, el viajero hizo un relato de su estancia en aquella ciudad durante su viaje anterior. Había paseado por los suburbios que convertían el canal en una calle de agua y había llegado hasta la embocadura del mar Negro, donde se levantan los dos castillos, uno a cada orilla, y la torre de Leandro, construida sobre el islote que hay en medio del estrecho y que permitía defenderlo de cualquier ataque por el norte. Después había descendido hasta las baterías de cañones que cerraban la entrada por el mar de Mármara y que presenciaron en 1359 la terrible batalla entre Venecia, Cataluña y Aragón por un lado y Génova por el otro, de resultado incierto, pero que permitió a los genoveses firmar un acuerdo que cerraba todos los puertos bizantinos a venecianos, aragoneses y catalanes. También estaba al corriente de que el puerto era uno de los mayores del mundo, con un calado que permitía que un barco de tres puentes pudiese atracar sin que la quilla rascase el fondo e hizo una descripción pormenorizada del arsenal, donde habitualmente se podían contemplar más de una docena de buques perfectamente dispuestos para zarpar.

—¿Estuvisteis mucho tiempo? —preguntó el embajador, sorprendido por los conocimientos de aquel hombre.

—No todo el que hubiera deseado. Constantinopla es una ciudad que requiere una larga estancia para visitarla y yo sólo estuve de paso.

Durante dos horas hablaron de todo y de nada. El marqués de la Rivière estaba fascinado por aquel hombre pequeño y delgado que era un pozo inagotable de anécdotas y de conocimientos sobre todo lo que se refería a aquellas tierras y al carácter musulmán. Incluso le relató que él había establecido una teoría, que había dejado escrita, haciendo referencia a que seguramente existía una corriente submarina que llevaba agua salada desde el mar de Mármara hasta el mar Negro, detalle que explicaría que el agua continúe siendo salada a pesar de la gran aportación de agua dulce procedente de todos los ríos que desembocan en Mármara y que circula en dirección al mar Negro.

El embajador se quedó boquiabierto. Molé le había pedido que le diese su opinión sobre las posibilidades que tenía el viajero de llevar a buen puerto una misión tan compleja, delicada y peligrosa como era cruzar África, porque el cónsul francés en Milán le había escrito que Domingo Badía había llegado enfermo, había sido hospitalizado un par de días y se había marchado enfermo. Sin embargo, el marqués, después de aquella larga conversación había cambiado su opinión inicial, cuando vio entrar por la puerta a un hombre que tenía todo el aspecto de estar cansado y débil. Conforme hablaba, el viajero se transformaba, sus ojos se encendían y desprendían una luz difícil de describir, mientras que todo él respiraba una pasión que contagiaba a cuantos lo escuchaban. Parecía un milagro.

Cuando se despidieron, el marqués le confesó que había pasado una de las mejores veladas de su vida y lo invitó a visitarlo al día siguiente.

Durante los días sucesivos las conversaciones se multiplicaron y el embajador descubrió que los conocimientos de aquel hombre superaban con creces todos los que él había llegado a acumular durante años de estancia en aquellas tierras.

Por su lado, Domingo fue asumiendo su nueva identidad de Hadj Alí Abu Othman, compró la ropa que necesitaba, estudió la ruta de Alepo, siguiente etapa de su viaje, y volvió a visitar la ciudad, esta vez con calma y tomando muchas más notas que en el viaje anterior. ¿Por qué lo hacía?, se preguntó una tarde. Para no pensar en nada más, para no recordar las palabras del médico y para no caer en la desesperación de quien descubre que ya no dispone de más oportunidades. Ya se había torturado bastante durante el viaje desde Venecia a Constantinopla. Había dedicado cada minuto a repasar su vida, a recordar todas las desgracias y a quejarse de todo y de todos. Hubo un instante en que estuvo tentado de dar media vuelta y regresar a París, porque se sentía tan derrumbado que sólo mirar adelante ya le cansaba. ¿Cómo logró llegar a Constantinopla? Ni él mismo podía responder a esa pregunta. Era consciente de que ya no había futuro para él. Únicamente había un final. El doctor Benigni no se había andado por las ramas. Mejor dicho: su mirada había resultado sumamente esclarecedora. Demasiado como para no tenerla en cuenta.

Afortunadamente, como si se tratase de un pequeño milagro, el estómago había dejado de dolerle apenas llegar a Constantinopla y eso le había permitido recuperar su capacidad seductora. La prueba era que el marqués de la Rivière le tenía por un gran explorador. Incluso, en una de las conversaciones que tuvo con el embajador, el marqués lo había mirado fijamente y le había preguntado:

—¿No seréis vos aquel a quien llaman Alí Bey?

Domingo sonrió y no contestó. ¡Qué gran habilidad, la suya! El marqués comprendió de inmediato que no convenía plantear aquella pregunta y que bien podía suponer la respuesta. Una misión especial. Ése era el mensaje. A partir de aquel instante la opinión que el embajador tenía del viajero, que ya era alta, aún se incrementó más. Había leído las obras del intrépido explorador y conocer personalmente al autor de aquellas aventuras lo llenaba de orgullo. Tanto que, unos días después, el 26 de marzo, escribía a Molé una carta en la que decía que no tenía que preocuparse por nada, los conocimientos y la inteligencia del viajero suplían sobradamente todas las carencias físicas que pudiera tener.

—¿Cuándo tenéis previsto partir? —le preguntó una tarde, en abril.

—A finales de mes. He contratado los servicios de un guía que puede conducirme hasta Alepo o, si nos ponemos de acuerdo, hasta Trípoli.

—¿Lo tenéis todo a punto? ¿Necesitáis alguna cosa más? —insistió el marqués de la Rivière. Había recibido órdenes de París de proporcionar al viajero todo cuanto figuraba en la lista, pero estaba dispuesto a excederse en las instrucciones y colmar todos sus deseos.

—Dispongo de bastante dinero para llegar hasta San Juan de Acre, donde me pagarán los veinte mil francos convenidos con el conde Molé —respondió Domingo.

El viajero dedicó los días siguientes a descansar y a visitar la ciudad. A pesar de que era musulmana, en materia de mujeres tenía unas costumbres más relajadas que las ciudades más adentradas, aunque había que distinguir entre las mujeres de familias acomodadas, que no podían salir solas a la calle ni pasearse mostrando el rostro, y las de las capas más bajas de la sociedad que salían en cualquier momento del día e incluso de la noche. Para él resultaba evidente que el hecho de que la ciudad tuviese un puerto tan concurrido y que fuese una encrucijada entre oriente y occidente constituían dos importantes motivos para que las líneas divisorias se desdibujasen cuando se llegaba a las capas más bajas de la sociedad. Él ya lo había comprobado durante su primera estancia en aquella ciudad, cuando regresaba de su largo viaje por todo el norte de África. Recordaba que allí se había recuperado de sus numerosas indisposiciones y que bien había podido gozar de la compañía de algunas de las mujeres que se mezclaban entre los hombres sin demasiada vergüenza. Quizá podría probarlo de nuevo, pensó divertido, porque si el estómago había dejado de molestarle, quizá fuera porque el doctor Benigni había sido demasiado contundente en su diagnóstico o que el régimen estricto al que se había sometido, junto con las purgas y las lavativas, había obrado un prodigio. Sonrió. Las mujeres habían significado una muy buena experiencia durante su anterior estancia. Sólo que ahora las perfumaría antes de meterse en la cama, porque su olor le recordaba vagamente el de la piel de Shara. ¡Dios mío, qué pedazo de mujer! ¡Lástima del olor! Sin embargo, tras meditarlo un poco, convino en que no era buena idea. Estaba demasiado cansado y su pasión, empobrecida. Poco podría hacer con una mujer, excepto tocar. Si además le faltaran los dientes, de los que ya había perdido un par, casi parecería Claude. No. Tenía que ser realista y aceptar que todo aquello constituía más un recuerdo y un deseo que una posibilidad real. De manera que empleó su tiempo en descansar y prepararse para el viaje.

El 26 de abril, tal como estaba previsto, Domingo Badía, después de haber dejado en la embajada toda su ropa occidental y todas las pertenencias que podían relacionarlo con Francia, y tras haberle rogado al marqués de la Rivière que lo enviase todo a París, a su casa, atravesó el Bósforo para adentrarse en el continente asiático.

El embajador fue a despedirlo y lo abrazó. La gran aventura había comenzado.

*** ***

Peter Solomon tenía treinta años, la piel morena y el pelo negro, herencia de su padre que había sido descendiente de judíos, a pesar de que sus antepasados se habían establecido en Londres hacía un par de siglos y poco a poco su pasado judío se había diluido hasta quedar únicamente el nombre, después de que las sucesivas generaciones fueron casándose con mujeres de aquellas tierras. Su madre pertenecía a una familia católica irlandesa y, al casarse, había dejado muy claro que no renunciaría a sus creencias y que educaría a sus hijos en la religión de sus padres. El matrimonio se celebró y nadie se opuso. De manera que sus hijos, tres en total, habían sido bautizados según el rito de la Santa Iglesia Católica, Apostólica y Romana. Y Peter hacía dos años que se había casado con Lisa, miembro de la Iglesia Anglicana. Por lo tanto, sus hijos aún tendrían la sangre más diluida.

De lo poco que había conservado de su padre tenía que contar con el conocimiento de la lengua y las costumbres del pueblo de Israel y una buena educación. Dos elementos que le habían permitido entrar a trabajar como funcionario en el ministerio de Asuntos Exteriores poco antes de que su padre muriese. De eso hacía algunos años y había logrado escalar peldaños hasta llegar a lo que todos llamaban el ala este. Su bagaje judío le confería dignidad para ocupar una mesa y esperar la gran oportunidad de realizar un servicio digno de sus méritos. Porque él estaba seguro de que nadie había reparado aún en su talento.

—Nos han pedido ayuda en el último instante —le explicó Jeremy Crown, responsable del ala este—. Conozco a Barrow y es peligroso. Si ha convencido a lord Parry para hacernos participar, significa que se está cubriendo las espaldas y que quiere disponer de una cabeza de turco para cargarle el muerto, si algo falla. ¿Entendéis lo que quiero decir?

—Debemos ser cautos, señor —había respondido Peter Solomon.

—Debemos ser hábiles para devolverle la jugada.

Peter asintió y se retiró. Había entendido perfectamente lo que quería decir el señor Crown.

Aquella mañana Peter subió la escalera y enfiló con paso rápido el pasillo que conducía a la puerta de la sala de reuniones. Justo al poner la mano sobre el pomo, se detuvo un instante, cerró los ojos, respiró hondo para eliminar el último vestigio de tensión, hizo girar el pomo y empujó la puerta con decisión. No tenía la menor duda de que por fin había llegado la gran oportunidad que tanto había anhelado e implorado en silencio.

Dentro de la sala estaban todos: lord Parry, sentado a la cabecera de la mesa, Barrow ocupando su derecha, Young su izquierda, Jeremy Crown sentado junto a Barrow y, finalmente, John Piech sentado junto a Young. ¿Y dónde se sentaría Peter? Lord Parry le indicó el asiento que había al otro extremo de la mesa.

—¿Qué noticias tenemos? —preguntó Crown.

—Parece que ha surgido alguna pequeña dificultad —respondió John. Era preciso hacerse el interesante y dejar claro que la tarea encomendada no era tan sencilla como parecía a primera vista.

—¿En qué sentido? —Lord Parry abrió los ojos y fijó sus pupilas en el joven.

—Hemos perdido a Alí Bey —Peter soltó aquella frase y aguardó la reacción de los cinco hombres presentes. Lo tenía todo bien estudiado.

Lord Parry parpadeó, incrédulo; Barrow puso unos ojos como platos; Young se quedó blanco como la cera y dejó de respirar; Piech intentaba mantener las formas y se llevó la mano a la boca para no reírse; y Crown lo miró con interés y le envió un mensaje muy claro: ve con ojo con lo que dices, porque nos jugamos mucho.

—¿Qué significa que hemos perdido a Alí Bey? —preguntó

lord Parry—: ¿Y entonces, qué pasa con Domingo Badía?

John Piech tuvo que hacer esfuerzos para no reírse. Aquel Solomon era un idiota, pero lord Parry no le iba a la zaga, pensó. Si no fuese porque la situación tenía tintes de dramatismo, se lo habría pasado en grande. Si habían perdido a Alí Bey, también habían perdido a Domingo Badía. ¿O tal vez lord Parry no sabía que se trataba de la misma persona?

—De hecho, no es que hayamos perdido completamente la pista, sino que tenemos una duda —contestó Peter con absoluta tranquilidad—. No sabemos si está en El Cairo o si va camino de Oriente Medio, aunque yo me inclinaría por la segunda opción.

—¿Seríais tan amable de explicarnos la situación sin convertirla en una historia de misterio? —intervino Barrow.

—Sí, señor Barrow —respondió Peter, y abrió la carpeta—. Su pista es clara hasta Venecia, pero a partir de ahí se pierde. Ningún viajero que responda al nombre de Domingo Badía abandonó el puerto ni salió de viaje. Y ningún viajero con el nombre de Alí Bey ha abandonado la ciudad, ni por tierra ni por mar. Sin embargo, Domingo Badía abandonó el hotel hace unos cuantos días y nadie sabe dónde se encuentra ahora.

—¿Se lo ha engullido la tierra? —preguntó lord Parry casi gritando.

—Es evidente que ha cambiado de identidad —respondió Peter. Había llegado el momento de hacer una demostración de sus dotes, y añadió—: No puede viajar a Oriente como un occidental y con su nombre verdadero, y no puede regresar a aquellas tierras con el nombre de Alí Bey, si lo que pretende es llevar a cabo una misión secreta. Es demasiado conocido.

—¿Entonces? —exclamó Young, que hasta el presente había permanecido callado, pero que no pudo contenerse. El razonamiento era sensato, lord Parry había asentido con la cabeza y él se olió un peligro inminente.

—He pedido a todos nuestros consulados y embajadas que nos informen sobre cualquier viajero oriental que haya salido de Venecia por las fechas en las que desapareció Badía —explicó

Solomon, sacando un montón de cartas y mostrándolas—. Hay dos respuestas que podrían referirse a nuestro hombre. Una habla de un tal Mohamed ben Serrai, que embarcó camino de Egipto y que responde a la descripción de Alí Bey, y otra se refiere a Hadj Alí Abu Othman, que también responde a su descripción y que ha viajado a Constantinopla y ahora va camino de Alepo.

—¿Por qué habéis dicho que vos os inclinaríais más por la segunda opción? —preguntó Barrow.

—Si analizamos los nombres, Hadj Alí Abu Othman contiene dos que son muy representativos. Por una parte Alí forma parte de Alí Bey y, por otra, Othman es el nombre que le pusieron a su hijo, si damos crédito a lo que él mismo escribió en sus memorias —siguió explicando Solomon—. Los musulmanes, cuando viajan, pueden emplear el nombre de un hijo suyo, habitualmente el primogénito. Lo hacen para continuar teniendo un lazo con su hogar. De manera que no sería descabellado imaginar que Domingo Badía, también conocido como Alí Bey, ahora se haga llamar Hadj Alí Abu Othman. Y más aún teniendo en cuenta que Abu significa padre. Por lo tanto, Abu Othman quiere decir padre de Othman. Y ése es el que ha salido camino de Constantinopla, desde donde he recibido una carta de nuestro embajador que explica que va camino de Alepo. De hecho todo concuerda, porque desde Alepo puede dirigirse al sur y alcanzar Arabia, pasando por Jerusalén.

—¿Por qué Jerusalén? —preguntó Young, que cada vez veía peligrar más su prestigio.

—Si quiere adentrarse en África, lugar lleno de peligros, no es ninguna tontería pensar que intente visitar el Santo Sepulcro para pedir la intercesión divina.

—¿Y la peregrinación a la Meca? —apuntó Barrow.

—Tampoco resulta difícil de explicar —asintió Peter—. Estará en territorio musulmán. Por lo tanto, la visita a la Meca es para conseguir que todos lo ayuden como a un hermano, y la visita al Santo Sepulcro es para pedir la protección de Dios. Él, aunque bajo un disfraz, continúa siendo cristiano.

—Una explicación lógica —Lord Parry se puso en pie y se dirigió a la ventana. Todos lo miraron. Contempló la calle, se rascó la barbilla y preguntó—: ¿Hemos enviado a alguien tras él?

—Hemos enviamos a un agente nuestro, que debe de haber llegado a El Cairo, tal como nos pidió el señor Piech —explicó Peter.

—¿He de suponer que nosotros hemos enviado a nuestro hombre a El Cairo y resulta que Alí Bey o Hadj... y no sé qué más va camino de Alepo? —preguntó lord Parry, mientras se volvía hacia Peter Solomon, que asentía en silencio. Entonces, el secretario de Estado enrojeció de rabia y miró a John Piech—. ¿Y dónde narices está Alepo? —gritó.

—En Siria, señor —respondió Peter, y puntualizó—: Sobre el paralelo 36 y entre los meridianos 37 y 38, justo pasada la frontera con Turquía.

—Me trae sin cuidado entre qué paralelos se encuentra Alepo. Lo que quiero saber es qué distancia hay entre El Cairo y Alepo —exclamó lord Parry, y siguió mirando a John Piech.

John, que hasta entonces se había mantenido al margen, pero que hacía rato que se veía venir encima el problema, se dio cuenta de que podía salir muy mal parado.

—Considerable —respondió con timidez, mientras pensaba qué salida podía encontrar ante el desastre que se avecinaba.

—¡Fantástico! —Lord Parry aplaudió y asintió varias veces —. ¿Sois vos quien dijisteis que lo más seguro era que se dirigiese a El Cairo? —preguntó mirando a John con unos ojos que parecían puñales.

—Lo único que aseguré es que visitaría la Meca y dije que teníamos que localizarle y seguirlo —cogió la carpeta que tenía ante sí, la abrió y extrajo unos documentos—. Es lo que hay escrito en el informe, en la segunda página, tercer párrafo. Podéis comprobarlo —señaló el punto concreto del escrito—. Si alguien ha decidido adelantarse...

—¿Y ahora qué podemos hacer? —Lord Parry miró a Crown, quien miró a Peter.

Peter Solomon tragó saliva. ¡Qué cabrón! John había sido muy hábil, diciendo una cosa y escribiendo otra en su informe. Si no daba con una salida, la patata caliente sería para él.

—Me he tomado la libertad de escribir a nuestro cónsul en Alejandría para que le haga llegar el mensaje a nuestro embajador en El Cairo de que cuando llegue nuestro agente, lo retenga.

—¡Fantástico! —repitió lord Parry por segunda vez, y se palmeó las perneras del pantalón—. Hemos escrito a Alejandría para que hagan llegar a El Cairo el mensaje de que si llega nuestro agente, se lo queden. ¿Quizás como un recuerdo?

—Domingo Badía pasará por El Cairo —replicó Peter.

—¿Seguro? —exclamó lord Parry mirando a Barrow y a Crown.

—Necesitará provisiones para proseguir su camino hacia el sur y El Cairo es la última ciudad importante antes de iniciar la gran aventura —respondió Peter.

—¿Y mientras, qué haremos?

—He escrito a todas las embajadas y consulados de Oriente Medio para que estén pendientes de la llegada de nuestro hombre, que lo sigan y que nos informen por correo diplomático urgente.

Lord Parry se quedó en silencio, meditando. Todos lo miraban.

—Máxima prioridad para este asunto —soltó de pronto—. Señor Crown, vos seréis el nuevo responsable. Es vuestro territorio y el señor Solomon ha demostrado que es capaz de manejar este asunto.

Una hora después, Peter entraba en el despacho de Crown, que sonreía.

—¡Excelente, Solomon! Habéis hecho un buen trabajo y espero que le coronéis con éxito.

Peter abandonó el despacho satisfecho. Aquella era la oportunidad que tanto había esperado. ¡Sin duda!

Por su parte, John también abandonó el despacho de Young, pero con un tirón de orejas.

—Hemos quedado como idiotas —le había dicho su superior.

La misma frase que Young acababa de escuchar de labios de Barrow.

—Quiero un informe detallado sobre todo el trabajo que hemos llevado a cabo a lo largo de estos últimos meses y procurad que todo sean aciertos. En caso contrario, ya sabéis cuál será vuestro destino. ¿Me he explicado con claridad?

Éstas también habían sido, poco más o menos, las palabras de Barrow. ¡Uf! La vida bajo las órdenes de Mansfeld era dura, pero más tranquila, meditó John. Solomon era judío y éstos no son de fiar. Si no se espabilaba, aquel desgraciado se lo comería crudo.

8 - CAMBIO DE RUMBO

El objetivo era Alepo, pero había preferido descansar en Adana, capital de la región del mismo nombre, situada en Turquía, junto al río Seyhan, y que constituía el centro comercial de Cilicia.

Bien, no es que hubiese preferido descansar, sino que su cuerpo se lo había impuesto. Había abandonado Constantinopla con el optimismo de quien cree que ha recuperado buena parte de su salud, pero tras atravesar toda la península de Anatolia había chocado de nuevo con la realidad. No había sido fácil soportar el esfuerzo, a pesar de que la temperatura a mediados de mayo y en aquellas tierras aún se mantiene en límites tolerables. Si todo seguía igual, cada vez resultaría más difícil seguir avanzando y llegaría un momento en el que se vería obligado a detenerse e incluso a dar marcha atrás. Esperaba poder llegar a Jerusalén. Aquello ya justificaría el viaje y podría regresar a París y seguramente Molé lo condecoraría, tal como le había prometido. No dejaba de ser curioso que siempre había perseguido una condecoración y nunca la había conseguido. ¡Y mira que se la merecía! Regresó a España cuando todo andaba patas arriba y se olvidaron de él, sirvió a José I, hizo de Córdoba una ciudad diferente, pero el envidioso de Goudinot, que veía que su prestigio mermaba frente al del prefecto, conspiró contra él. Pero esta vez la condecoración sería suya. Entonces, Richelieu no se opondría a la concesión de una pensión. Además, habría pasado por San Juan de Acre y tendría veinte mil francos. Con ellos pagaría las deudas pendientes y recuperaría el respeto de su familia.

No resultaría fácil viajar hasta Jerusalén, meditó una tarde en que, con la excusa de tomar datos y medidas de latitudes y longitudes, había ordenado al guía detenerse para descansar y pasar la noche. No podía dejar a un lado que tenía dos factores en contra. Primero: el verano se acercaba y, por lo tanto, la temperatura subiría con rapidez. Y segundo: se dirigían al sur, con lo que el aumento de temperatura aún sería mucho más acusado y vendría acompañado de la sequía extrema del desierto que contribuiría a la deshidratación, ya bastante acusada por culpa del mal funcionamiento de sus intestinos. Tendría que meditar mucho cada paso que diese para no perder ni una sola oportunidad.

En Constantinopla había alquilado los servicios de un tártaro de nombre Mustafá Agha. Era un buen hombre que se había tragado toda la historia que él le había explicado sobre su procedencia y viajaba convencido de que era el guía de un príncipe marroquí, un verdadero sabio que quería peregrinar por segunda vez a la Meca.

Abu Othman sonreía cada vez que le venían a la memoria algunos detalles divertidos de las conversaciones con Mustafá. Bajo el disfraz del gran señor que provenía del Marruecos, sabía cómo ganarse a la gente, cómo engañar a todo el mundo y cómo lograr que le recibiesen con todos los honores. Era su gran especialidad, practicada durante años, casi desde que nació. Y sus experiencias entre aquella gente, sus conocimientos del árabe, limitados pero disimulados con la excusa de que formaban parte de un dialecto marroquí, y los recuerdos en materia de costumbres y de religión le permitían pasar por un hermano procedente del extremo más occidental de África. Si a todo ello sumaba los instrumentos que empleaba para dejar boquiabierto a cualquiera, no era de extrañar que lo agasajaran como a un gran hombre y que Mustafá sintiese un profundo respeto por su personalidad, hasta el extremo de que se había convertido en su principal embajador. Hay que saber utilizar a la gente y conocer sus debilidades, recapacitaba Abu Othman con una sonrisa. Mustafá era un buen hombre, pero le gustaba darse importancia. De manera que, cuando llegaban a una población, se adelantaba y hablaba con todos para comunicarles que conducía a un hombre sabio y gran conocedor de la religión que, además, se ocupaba de las estrellas. Y eso mismo hizo nada más llegar a Adana.

Una tarde, dos días después de haber llegado a aquella ciudad y habiendo sido recibido por las autoridades con todos los honores, Abu Othman se encontraba descansando en su habitación. Cada día le era más penoso recuperar las fuerzas, su respiración resultaba más pesada y ya le habían salido bolsas bajo los ojos que le proporcionaban una medida del deterioro de sus riñones, y que él procuraba disimular como podía. Si los riñones fallan el cuerpo pierde energía, había leído en alguna parte. Aquel día se había retirado después del almuerzo con la excusa de que había comido demasiado. Sin embargo, ni era cierto que hubiese llenado en exceso el estómago ni lograba conciliar el sueño.

Si su cuerpo no reaccionaba e iniciaba una, aunque fuese ligera, recuperación, no llegaría ni a Damasco, no dejaba de pensar, y se sentía con el ánimo tan decaído que cada vez estaba más convencido de que todo aquello era una locura: aceptar la propuesta de Molé, el viaje, el proyecto, haber desoído el consejo del doctor Benigni y haber continuado el viaje... Sí, quizás se había equivocado, pero es que, tras la última conversación con María Luisa, no había otra solución. Richelieu no quería concederle una pensión, no le quedaba ni un franco y recuperar el respeto de su familia representaba un imposible si no lograba demostrar que los amaba de veras. ¿Cómo podía negar que por su culpa Pedro había huido de casa? ¿Cómo podía seguir tapando que había utilizado a su hija para rehacer la economía familiar, tan maltrecha también por su culpa? Sacrificar, había dicho María Luisa, y no utilizar. Tampoco podía negar la exactitud del verbo. Aquello había sido un verdadero sacrificio, y habría habido un segundo sacrificio si no llegan a detenerlo. ¡Dios del cielo! Cada vez que miraba atrás no veía más que desastres.

Cuando escribió la última carta, desde Milán, había estado recapacitando sobre la mentira y había llegado a la conclusión de que el mundo desea creer mentiras, porque la verdad no gusta ni es bonita ni tiene nada especial. ¿Qué tiene de interesante saber que ya vas camino del punto final? Ahora se daba cuenta de que, quizás, el error se halla no tanto en explicar mentiras sino en llegar a creérselas. Siempre había tenido problemas: con el globo, con el plan para invadir Portugal, con sus estudios para crear un banco, con... Pero nunca había perdido ni el norte ni el rumbo. Sin embargo, cuando estuvo en Marruecos, hubo un momento en que se creyó de veras un príncipe musulmán e incluso llegó a olvidar su vida pasada, su familia y su mundo para sustituirlos por otro mundo. Habría deseado quedarse. Ya contaba con una nueva familia e iba a tener un hijo de Mohanna, a quien amaba con locura. Era tan hermosa, tan seductora y tan tierna... Ella le hizo olvidar buena parte de otros placeres, que no habría vuelto a probar si no hubiese sido por Abd-as-Salam, que le ofrecía una buena pipa de hachís, unos vasos de vino, un cuerpo envuelto en un velo transparente, unas manos que se paseaban por encima de su piel, una voz que le susurraba tiernas palabras al oído como la más hechicera de las serpientes, mientras otros labios, más de un par, buscaban los suyos u otras partes de su cuerpo y le excitaban todos los sentidos. ¿Quién podía resistirse a entrar en el universo misterioso que envolvía a aquel ejército de esclavas educadas y entrenadas para ofrecer placeres sin límite?

¡Lástima que finalmente llegó el desastre y se quedó sin nada! ¿Por qué lo echaron de Marruecos, si él no conspiraba contra nadie? Él engañaba a Godoy y siguió haciéndolo, hasta que en Jerusalén se quedó sin dinero y tuvo que regresar a España.

¿Y María Luisa? ¡Oh, ella era su otro universo! Se enamoró de ella en Granada, cuando la conoció. No podía olvidar aquellos ojos oscuros y aquella mata de pelo que brillaba a la luz del sol, aquel cuello esbelto, el mismo que lucía Asun, la nariz pequeña, ligeramente hacia arriba, y los labios carnosos... ¡Cómo se había enamorado! Y aún lo estaba más cuando se casaron. Cuando nació Pedro, el corazón casi le estalla bajo las costillas. Habría deseado que el mundo se detuviese y quedarse para siempre jamás a su lado. Pero la vida y el destino toman sus decisiones y él tenía una misión que cumplir. Tenía que dejar algo tras de sí, cuando muriese, una herencia, y demostrar que su padre estaba equivocado y que él era... era... ¡Dios mío! ¿Qué era? No tenía la menor importancia saber quién era o quién dejaba de ser, sino quién tenía que ser, porque Domingo Badía, el pobre niño débil y enfermizo, sería alguien a quien el mundo recordaría eternamente. Así lo juró una noche, en Granada, cuando aún era un muchacho que buscaba su lugar en este mundo. ¿Lo había logrado?, se preguntaba ahora, en la penumbra de aquella habitación. No, no había conseguido su objetivo, a pesar de que toda Europa ya hablaba de Alí Bey, del gran explorador que había viajado por todo el norte de África, del primer occidental que había entrado en la Meca, del príncipe que habría podido reinar en Marruecos, del hombre que...

De pronto sonaron unos golpes en la puerta y sus pensamientos se desvanecieron. Era Mustafá.

—Señor, alguien quiere conocerte. Alguien que es muy importante —anunció el guía.

Abu Othman se revolvió en la cama. Le costaba moverse, los riñones le recordaban constantemente su presencia y el estómago les hacía la competencia. No era momento oportuno para molestarlo, pero su guía había dicho que era alguien importante. Se levantó despacio, se puso el turbante y abrió la puerta.

—Perdona que te moleste, señor, pero he encontrado a mi hermano Gentch Alí, que acompaña a un conde occidental que, cuando ha oído hablar de ti, ha dicho que quería conocerte. Tiene un nombre muy difícil de pronunciar y me lo ha escrito para ti. Está abajo, en la sala, y te espera —explicó Mustafá con grandes ademanes.

Abu Othman tomó la tarjeta y leyó conde Henrik Rzewuski. No le sonaba de nada, pero por el apellido debía de ser polaco.

—¿Qué hace aquí este hombre? —preguntó.

—Mi hermano lo acompaña para comprar caballos.

—Bien. Lo recibiré —dijo Abu Othman, y cerró la puerta para vestirse.

Quizá le vendría bien una visita. Hablar con gente lo animaba, porque le parecía que el contacto con los demás hacía fluir un caudal de energía que lo reavivaba. Descubrió esta sensación en casa del marqués de la Riviére. Hablar con él distraía su cabeza de pensamientos absurdos y le permitía recuperar el aliento.

Henrik Rzewuski era un hombre alto, fuerte y moreno, con unos ojos expresivos y vivos. Abu Othman le calculó unos treinta y cinco años. Su porte era elegante y su mirada directa y sincera. Abu Othman lo saludó con una ligera reverencia y lo invitó a sentarse en el sofá. Después dio orden a los criados para que preparasen café.

—¿Puedo preguntaros si sois vos el famoso Alí Bey? —dijo el conde en voz baja, y en francés, una vez los criados se habían alejado.

Abu Othman se sorprendió. No esperaba aquella pregunta tan directa. Hizo un gesto con la mano para dar a entender a su guía que quería quedarse a solas con su invitado y Mustafá le dedicó una reverencia y abandonó la estancia. Lo mismo hizo el conde Rzewuski con Gentch Alí, que también desapareció.

—¿Por qué pensáis que puedo ser Alí Bey? —preguntó Abu Othman.

El conde Rzewuski le explicó que había leído con mucho interés el libro de viajes de Alí Bey e hizo un gran elogio del personaje y de la obra, que calificó de única en el mundo. Abu Othman escuchó en silencio y con atención.

—¿Sólo por eso ya me atribuís su identidad? —preguntó Abu Othman, con una sonrisa divertida.

—Hay otro detalle que me ha hecho pensar que Alí Bey podría viajar por estas tierras camino de Egipto —respondió el conde—. Porque vos vais camino de Egipto. ¿No es cierto?

—Tengo intención de pasar por allí —Abu Othman asintió despacio, sin dejar de observar a su visitante—. ¿Cuál es el detalle que os ha hecho pensar en mí?

—Os aseguro que todo ha sido fruto de la casualidad. Hace unas semanas me visitó un gran amigo. Su nombre es Philippe Ducrest y es miembro del Instituto de Francia. ¿Quizá habéis oído hablar de él?

—Es geógrafo, si la memoria no me falla —respondió Abu Othman.

—¡Exacto! —Rzewuski levantó el dedo índice y apuntó a Abu Othman, como si le disparase—. Philippe me explicó que hace unos meses unos ingenieros y topógrafos estudiaron con mucho cuidado unos documentos presentados por un tal Linant de Bellefonds, un joven oficial que parece que ha llegado a la conclusión de que es posible que los topógrafos de Napoleón se equivocasen al medir los niveles del mar Mediterráneo y del mar Rojo —Rzewuski miró significativamente a Abu Othman—. ¿Habéis oído algo en ese sentido?

Domingo negó con la cabeza.

—Lo que sí supongo que sabéis es que hace unos años los ingenieros de Napoleón determinaron que no podía hacerse un canal que uniese el Mediterráneo con el mar Rojo sin construir esclusas —dijo el conde y arqueó las cejas. Abu Othman asintió y Rzewuski prosiguió—: Ese joven oficial afirma que, en contra de lo que todo el mundo cree, ambos mares se hallan al mismo nivel. Si resultase cierto, y según me dijo Philippe parece que todo apunta a que lo es, significaría tanto como decir que es factible construir un canal desde Port Said hasta Suez que una el Mediterráneo con el mar Rojo sin esclusas y sin excesivo gasto. Este proyecto se lleva con gran secreto porque todos creen en lo que dijeron los ingenieros de Napoleón y nadie piensa construir ese canal. ¿Comprendéis por donde voy? —Rzewuski miró a Abu Othman, que continuaba impasible, e interpretó que iba por buen camino. De manera que se sintió animado a seguir su razonamiento—: Mohamed Alí, el hombre que manda en Egipto, está enemistado con los ingleses, que apoyan a los turcos, mientras que Francia mantiene buenas relaciones con él. Quien obtenga permiso para construir ese canal es quien lo gestionará. Por eso es tan importante mantener el secreto y por eso había que enviar a alguien de la talla de Alí Bey, que es quien viajó por estas tierras, que las conoce perfectamente y que logró que Napoleón fuese bien recibido en Egipto. ¿Voy por buen camino?

—Sois un hombre terriblemente perspicaz —exclamó Abu Othman—. Lo único que puedo aseguraros es que mi nombre es Hadj Alí Abu Othman y que me dirijo a la Meca —entonces calló un instante, sonrió y añadió—: Después, es posible que me dirija a Egipto y es posible que me detenga para conversar con Mohamed Alí. Y ya no puedo deciros nada más.

—Con lo que me habéis dicho, ya tengo suficiente —el conde sonrío complacido—. Conozco la costumbre árabe de viajar empleando el nombre del hijo primogénito. Incluso he de decir que en alguna ocasión me he movido por estas tierras disfrazado de musulmán, siguiendo las enseñanzas de Alí Bey, y he empleado el nombre de Abu Assad, que quiere decir padre del león. Mi hijo se llama León. Así que puedo suponer, y no es preciso que me respondáis, que vos sois el padre de Othman, que, curiosamente y según los escritos de Alí Bey, es el nombre de su hijo.

—No puedo negar que todo encaja, pero quizás sólo en vuestra imaginación —replicó Abu Othman con una carcajada—. Y no puedo añadir nada más —repitió.

—Os he comprendido perfectamente. No os preocupéis, que

no revelaré ni vuestro nombre ni el motivo de vuestro viaje.

Siguieron hablando un rato más, pero la mente de Domingo ya se había puesto a trabajar y la pregunta resultaba más que evidente: ¿Por qué Molé simulaba que creía en su plan de buscar las fuentes del Nilo y el mar interior de África para llegar al océano Índico, si ya sabía que era posible construir un canal en Suez?

Una hora después los dos hombres se despidieron con un abrazo y el visitante se fue en compañía de Gentch Alí.

—¿Qué? ¿Es tan sabio como dice mi hermano? —preguntó Gentch Alí, cuando cerraba la puerta de la calle.

—Lo es —respondió el conde con un asentimiento—. ¡Incluso más! —exclamó—. Y hemos quedado que mañana volveremos a vernos. No sabes hasta qué punto agradezco que el destino me haya ofrecido la oportunidad de conocer a semejante personaje.

Desde la ventana, Abu Othman contempló cómo se alejaban los dos hombres y Mustafá se le acercó por la espalda.

—Un gran tipo —exclamó Abu Othman—. Mañana, en cuanto llegue, avísame. Tengo que hablar de muchas cosas con él.

—A tus órdenes, príncipe —respondió Mustafá satisfecho por el servicio que le había prestado a su señor.

Sin embargo, Mustafá aún estaba más satisfecho. Había quedado como un gran guía ante su hermano y a partir de aquel día podría decir que él había conducido y servido a Abu Othman y todos querrían que él fuese su guía.

Sí, un gran tipo, pensó Abu Othman. Sincero, culto, amable, simpático, buen conversador, intrépido, noble y portador de una noticia que podía cambiarlo todo.

Dos días después se separaron. La caravana del conde Rzewuski partía, mientras que Abu Othman aún se quedaría unos días más.

—¿Nos veremos en Damasco? —preguntó Rzewuski.

—Es posible —respondió Abu Othman.

Se abrazaron y el conde se marchó. Damasco, en principio, no entraba en su ruta, pensó Abu Othman, porque él tenía que dirigirse a San Juan de Acre, situada en la costa, y el camino más conveniente y más corto era pasar por Trípoli, Beirut y Nahariya, pero en aquellas tierras nunca se sabe qué puede llegar a suceder y qué nos depara el futuro inmediato. Por ello, cuando alguien te pregunta si te verá en un lugar determinado, la respuesta siempre tiene que ser: es posible.

*** ***

¡Maldito estómago!, exclamó Abu Othman cuando ya se distinguían las murallas de Trípoli. Era el 9 de junio de 1818 y el viaje desde Alepo hasta allí había resultado agotador, a pesar de que él había hecho de tripas corazón y había disimulado tanto como había podido, pero Mustafá parecía haberse percatado y había empezado a hacer preguntas sobre su estado de salud. Eso no era bueno, pero tampoco tenía que preocuparse demasiado. Al llegar a Trípoli se despedirían y ya no volverían a verse. Éste era el trato: Mustafá regresaría a Constantinopla y él se quedaría unos días en casa de su buen amigo Regnault, el cónsul francés, a quien había conocido en el anterior viaje por aquellas tierras. Abu Othman le había escrito anunciando su llegada y la respuesta fue que ya tenía dispuesta una habitación para él.

La segunda estancia en Alepo, ciudad que ya había visitado durante el primer viaje, fue calcada de la primera. No pudo ver prácticamente nada porque, al igual que diez años atrás, se pasó todo el tiempo enfermo. Decían que era una ciudad tan conocida que parecía europea. Eso era debido a la cantidad de occidentales que la visitaban para comerciar. ¡Qué lástima!, pensó. Él se la perdía por segunda vez.

Por contra, su paso por Hamá y por Homs no le recordaron el viaje anterior. Las costumbres seguían siendo las mismas y sus habitantes hacía más vida fuera que dentro de las casas. Algunas mujeres fumaban en pipa y llevaban el rostro descubierto, pero él casi no las miró y menos aún las tocó. ¡Todo eso pertenecía al pasado! Un pasado que se presentaba en orden inverso, despacio, recuperando las imágenes que habían quedado grabadas en su memoria. Recordaba haber escrito que en su viaje anterior, allí, en Hamá, vio a una joven de dieciocho años. Con cara de ángel, habían sido las palabras que había escrito en su libro de viajes. Sin embargo, no había contado que pudo ver aquel cuerpo, también de ángel, y que gozó de él durante toda una tarde después de que su guía conviniese un precio que a él le pareció excesivo, pero que pagó porque el deseo era mayor que la capacidad de razonar, aunque ya andaba más que corto de dinero.

Esta vez, durante todo el viaje, no había dejado de pensar en lo que le había explicado el conde Rzewuski y llevaba días y días confuso. ¿Por qué nadie le había dicho nada de la posibilidad de construir un canal en Suez? ¿Por qué Molé seguía insistiendo con entusiasmo en la posibilidad de dar con las fuentes del Nilo y el mar interior?, no dejaba de preguntarse. Sólo había una explicación lógica: el ministro de Marina lo estaba utilizando como cortina de humo para tapar el tema del canal de Suez. Todo concordaba. Chabon había pasado, de la noche al día, de ser su detractor a convertirse en su mayor defensor; Richelieu había dicho que puesto que el rey lo quería...; Molé se había entusiasmado en un santiamén con una historia basada en la mitología griega que no tenía el menor fundamento científico; los ingleses lo habían seguido en París; el gobierno francés le había concedido todos los permisos y nadie había manifestado nada en contra cuando había planteado la posibilidad de cambiar las fechas y adelantar su salida, sin tener en cuenta que era diciembre y él hablaba de iniciar el viaje en enero; incluso el duque de Decazes le había ofrecido una magnífica cena, digna de un rey; en Constantinopla el marqués de la Riviére lo había acogido con gran despliegue de medios, como si quisiera que todos se enterasen de su paso por la ciudad...

Si todo eso era cierto... ¡Santos del cielo!, exclamó

estremecido. Significaba que Francia no tenía la más leve intención de agradecerle sus servicios. Ni de condecorarlo ni de pagarle una pensión, ni nada de nada, y la ceremonia, privada naturalmente, en la que le nombraron mariscal no pasaba de ser una pantomima. Mariscal... Menudo hartazgo de reír se habrían hecho. ¡No era más que un cebo! Si regresaba a París, no le darían nada, no sería ningún héroe, sino un fracasado y el hazmerreír de todos. Seguramente, igual que había sucedido en Madrid, los documentos de su nombramiento se perderían y entonces su familia... María Luisa... todos sus amigos y conocidos lo verían también como un idiota que ha caído de cuatro patas. De manera que su plan de proseguir hasta Jerusalén y regresar a París resultaba absurdo porque lo perdería todo.

Ahora lo veía claro. ¿Y qué podía hacer? ¿Seguir adelante? ¿Hasta dónde, si ya no le quedaban fuerzas?

¡Oh, Señor! El gran mentiroso había sido engañado. Ésta era la triste realidad, exclamó, y la memoria rescató del olvido el recuerdo de su primer viaje, cuando estuvo en Londres y descubrió que Rojas Marcos lo había engañado y que no entendía ni pizca de árabe. Allí se le ocurrió la brillante idea de inventar a Alí Bey. Pero ahora todo había cambiado. Ya no era joven, nadie creía en él y no tenía suficiente fuerza mental para buscar una alternativa ni para crear un nuevo personaje ni para engañar a nadie más, como no fuese a un pobre crédulo como Mustafá o a un inocente como el conde Rzewuski. El doctor Benigni tenía razón. Debería haber dado media vuelta y haber regresado a París para pedir perdón a todos y morir, cuando menos, tranquilamente, porque la dignidad ya la había perdido por completo.

¡Qué idiota había sido!, exclamó, furioso. ¿Cómo se le había ocurrido pensar que todo... desde el cambio de actitud de Chabon, pasando por la aceptación por parte de Molé y llegando al informe favorable del Instituto de Francia... que todo era el producto de un milagro?

El mundo tenía que recordarle como el gran Alí Bey y no como a un embaucador, y así su familia le guardaría el respeto que le debía. Pero aquello no pasaba de ser otro sueño, como todos los que había tenido, que ni el más grande de los milagros de este mundo podría convertir en realidad.

El hombre que salió a recibirlo a las puertas de Trípoli era Regnault, sin duda, pero había cambiado considerablemente. Había perdido pelo, había engordado y andaba apoyado en un bastón y con dificultad. No obstante, su sonrisa seguía siendo la misma y agitaba las manos con idéntica elegancia que cuando lo conoció.

Se abrazaron con alegría y Regnault ordenó a los criados que cargasen todo el equipaje de su visitante y amigo. «Con mucho cuidado», gritó cuando uno de los criados tomó una maleta con cierto ímpetu.

—¿Acaso no os he dicho que Abu Othman lleva instrumentos muy delicados? —dijo, y miró a Abu Othman que lo confirmó con un asentimiento.

Evidentemente, Regnault ya estaba al corriente de la nueva identidad del viajero.

—Os veo cansado, buen amigo. ¿Os encontráis bien? —preguntó Regnault cuando subían al coche.

—Estoy algo cansado, pero nunca me he sentido mejor —respondió Abu Othman con una sonrisa—. Regresar a estas tierras, hablar con amigos y recordar viejos tiempos me rejuvenece.

—¡Ay, sí! —Regnault asintió varias veces, con energía. Después levantó el bastón como si mostrase un trofeo, y dijo—: Hace un par de años sufrí una herida en esta pierna y no he logrado recuperarla completamente. De manera que podemos creer que rejuvenecemos, pero el tiempo pasa inexorablemente.

—No para un espíritu joven —sentenció Abu Othman—. Sentí mucho la muerte de vuestra esposa —cambió de conversación.

—Casi treinta años juntos. No ha resultado fácil prescindir

de su compañía. Os aseguro que no pasa día sin que la encuentre a faltar. No es lo mismo tener un mayordomo que se hace cargo de todo, que contar con el toque tan personal de sus delicadas manos —respondió Regnault con un deje de tristeza.

—Es difícil aceptar que la gente que nos rodea puede desaparecer. Yo he casado a una hija y tengo un hijo que sirve en la marina. A veces creo que los he perdido y que ya no me pertenecen. ¿No habéis pensado en casaros de nuevo?

—¡No! —exclamó Regnault, abriendo los ojos y arqueando las cejas—. Si pierdo su respeto, lo habré perdido todo. Entonces, ¿qué valdrá mi vida?

—Ella ya no está aquí, con vos —replicó Abu Othman.

—¡Claro que sí! Cada noche sueño con ella —dijo Regnault, hizo un corto silencio y movió la mano por delante de sus ojos, como si espantase una mosca o tal vez una imagen—. Sin embargo, dejemos de hablar de cosas tristes. Tenéis que explicarme cómo va todo por París. Hace muchos años que no voy. ¿Sigue tan alegre y bulliciosa?

—La noche y el día se confunden y las calles que vos ya sabéis se llenan de alegría cuando las otras ciudades duermen —explicó Abu Othman con una sonrisa de complicidad.

—¿Y el teatro y la ópera? —se interesó Regnault.

—¡Sublimes, amigo mío! Durante estos años he gozado de un palco sobre el escenario y os puedo asegurar que las actrices y las cantantes me mostraban su... palco... con toda la generosidad de que eran capaces —rió Abu Othman.

—He de ir —dijo Regnault con una chispa de envidia en los ojos.

—¿Y qué dirá...? —Abu Othman apuntó con el dedo índice hacia el cielo.

—Eso no se lo contaré —respondió Regnault, soltó una carcajada y añadió—: Cuando la tenía conmigo, tampoco se lo explicaba todo.

Al llegar a casa del cónsul, les aguardaba el servicio para conducir a Abu Othman a la habitación que los criados habían limpiado y preparado, donde depositaron el equipaje del viajero. El cónsul lo dejó para que se lavase y se cambiase. Lo esperaría en el comedor con una buena cena.

Abu Othman descansó un rato. Necesitaba ordenar las ideas y recuperar la paz de espíritu. Las palabras de Regnault lo habían hecho recapacitar. «Si pierdo su respeto, lo habré perdido todo. ¿Entonces, qué valdrá mi vida?». Domingo Badía lo había perdido todo. ¿Qué valía, entonces, su vida? Nada, absolutamente nada. A menos que... Y aquella imaginación prodigiosa se puso de nuevo en marcha. ¡Volvía a estar en la tierra de las grandes aventuras y él no era Domingo Badía, sino Alí Bey! ¡Y el gran Alí Bey nunca había tenido miedo de nada y, además, habría sido capaz de sacrificarlo todo para alcanzar la gloria!

¡Rzewuski!, casi gritó en su habitación. En un estallido de luz se le acababa de ocurrir la genial idea que podía obrar el milagro. No tenía más que cambiar de rumbo y el curso de la historia le seguiría. Regnault tenía razón: ¿Qué vale la vida sin el respeto de los tuyos? ¡Nada! Ahí se encontraba la respuesta que había buscado durante tantos días.

—Me he puesto contacto con lady Stanhope, tal como me pedisteis, y espero respuesta. Debo advertiros que Yunin es un lugar inhóspito y difícilmente accesible —explicó Regnault cuando ya estaban sentados a la mesa.

—La caravana no partirá hacia Damasco hasta dentro de unos días —meditó Abu Othman—. Si la respuesta llegase pronto, podría desplazarme y visitarla antes de proseguir mi camino.

—Pero vos tenéis que ir a San Juan de Acre, que se encuentra al sur y no al este —le corrigió Regnault—. Si queréis viajar a Damasco tendréis que daros prisa para llegar a San Juan de Acre, porque después deberéis volver aquí.

—Cierto, y es un problema. En Damasco tengo grandes amigos que pueden ayudarme en mi viaje, pero si he de ir a San Juan de Acre, después no podré retroceder y dirigirme a Damasco.

Perdería demasiado tiempo —dijo Abu Othman en tono de queja, como si aquella idea se le acabase de ocurrir en aquel preciso instante—. No obstante, no tengo más remedio si quiero cobrar los veinte mil francos y proseguir mi viaje. El pagaré sólo lo harán efectivo allí —acabó su razonamiento, y se quedó en silencio.

—Un momento —exclamó Regnault—. Vos tenéis un pagaré del gobierno francés, que tiene que hacerse efectivo en San Juan de Acre. Yo he de ir dentro de unas semanas. Puedo adelantaros el dinero, vos me endosáis el pagaré y yo lo haré efectivo cuando vaya. Eso os permitiría dirigiros directamente a Damasco y entrar en contacto con vuestros amigos. ¿Qué os parece?

—¡Oh, sería magnífico! Y representaría un gran servicio a Francia.

—Mañana tendré el dinero. Extenderé un pagaré para que lo podáis hacer efectivo aquí, en Trípoli, y os lo cambiaré por el vuestro.

Abu Othman agradeció aquella deferencia y siguieron hablando de los recuerdos y de los viejos tiempos.

—¿Es tal como dicen? —preguntó Abu Othman—. Lady Stanhope —aclaró.

—Es una mujer increíble. Puedo jurarlo. Los habitantes de la zona la respetan como si fuera un rey. ¡No una reina, sino un rey! Viste como un hombre y cabalga mejor que muchos de sus soldados. Dispone de un pequeño ejército que daría la vida por ella y su fama llega hasta Trípoli, donde las autoridades también la respetan —explicó Regnault con entusiasmo.

—Ella ha logrado a pequeña escala lo que yo pude obtener en Marruecos, donde habría sido rey si Carlos IV de España hubiese tomado las decisiones adecuadas en el momento oportuno —se quejó Abu Othman.

—Quizá deberíais haber hecho como ella y tomar vos mismo las decisiones.

—Tenéis razón. Las decisiones debe tomarlas uno mismo. Esperar a los demás es perder el tiempo, la paciencia y las mejores oportunidades. Si lo hubiese hecho, ahora no estaría aquí, sino en lo alto del gobierno de un país rico y poderoso —Abu Othman asintió, y añadió—: Nunca más permitiré que nadie tome otra decisión por mí. Pero, como vos habéis dicho, dejemos de lado los tristes recuerdos y brindemos por el futuro.

—¡Por el futuro! —Regnault alzó la copa.

—¡Por la gloria! ¡Que la muerte nos la otorgue y nos la respete! —brindó Abu Othman.

Pasada la medianoche, tras haber recordado mil y una anécdotas, se retiraron a descansar.

¡Oh, el estómago! El muy desgraciado no podía quedarse quieto ni un solo día, exclamó Abu Othman cuando se quedó solo en su habitación. Sin embargo, no era momento de pensar en aquella parte de su cuerpo. Alargaría su estancia en Trípoli para poder visitar a lady Stanhope, y al acabar se dirigiría a Damasco, donde encontraría al conde Rzewuski, si todo iba como estaba previsto. Después, ya no haría falta que el destino interviniese, porque él, tal como había dicho, tomaría sus decisiones.

La respuesta de lady Stanhope llegó una semana más tarde, ya casi rozando el 20 de junio. Tendría sumo placer en recibir al viajero, un hombre de quien había oído hablar. Regnault le había escrito y le había comunicado que quien deseaba conocerla era Alí Bey, sólo que ahora viajaba bajo otro nombre.

¡Qué lástima! Abu Othman respondió a la carta diciendo que tendrían que esperar a otra ocasión. Tenía que partir hacia Damasco con una caravana de peregrinos que no podía desviarse de su camino. Aun así, le rogaba que continuasen manteniendo correspondencia, porque había detectado que eran dos almas gemelas.

El 29 de junio Abu Othman escribió otra carta al conde Molé para quejarse del cambio que le habían aplicado los banqueros de Trípoli, que lo habían estafado y le habían cambiado los francos franceses aplicando un valor erróneo. El problema, consignó en aquella carta, era que ya no disponía de tiempo para presentar una reclamación y que tendría que renunciar a recuperar las tres mil piastras turcas de diferencia.

Y el 30 de junio Regnault y el viajero se despidieron y Abu Othman salió camino de Damasco.

9 - CAMINO DE LA MECA

El viaje de Trípoli a Damasco duró cinco infernales días que hicieron que Abu Othman llegase el día 4 de julio exhausto, con fiebre, un dolor de estómago insoportable y una descomposición que amenazaba con dejarlo en la piel y los huesos. Además, había empezado a expulsar sangre y mucosidades. Indudablemente el doctor Benigni era un gran médico porque sus predicciones se cumplían con una precisión matemática.

Confiaba que en Damasco encontraría al doctor Chaboceau, a quien ya conocía del viaje anterior y a quien había escrito desde Trípoli para anunciarle su llegada, pero el médico no estaba en casa. Hacía días que había salido y aún no había regresado y lo atendió su esposa, una vieja bruja que seguía siendo tan poco hospitalaria como diez años atrás.

—¿Cómo es posible? —gritó Abu Othman—.Le escribí para que me buscarse una vivienda digna de mi persona!

Aquella mala bruja lo echó de casa. Cansado y enfermo, tuvo que buscar albergue en una casa de peregrinos que resultó ser un refugio para gente de pocos recursos. Si se hubiese encontrado bien habría buscado otro lugar, pero la cabeza se le iba y necesitaba imperiosamente descansar y rehacerse.

Durante una semana se hinchó de comer arroz y tomó las medicinas que se había traído de Milán, las que le había recetado el doctor Benigni para cuando se encontrase mal. Sin embargo no conseguía reponerse de ninguna de las maneras y los medicamentos se agotaban. Entonces se acordó de que en Marruecos se utilizaba el hachís para levantar el ánimo, compró y fumó. Cuando menos, la euforia le hacía imaginar que el dolor disminuía. Cuando se sintió un poco repuesto, salió a la calle e indagó en la embajada francesa para saber qué había sucedido con el doctor Chaboceau.

—Tenemos noticias de él —le explicó un funcionario—. El doctor Chaboceau es un hombre de setenta y nueve años, y la naturaleza no hace milagros. Le llamaron para atender a un enfermo que se encuentra a unas treinta leguas de la ciudad. Fue a caballo, porque el terreno es accidentado, y cuando regresaba su montura tropezó y él cayó sobre unas piedras. De eso hace casi un mes y, según hemos podido saber, no le queda más remedio que guardar reposo durante cuarenta días. Siento no poder ayudaros, pero si os encontráis enfermo y necesitáis un médico, os puedo recomendar uno muy bueno. Es egipcio y...

—No es necesario, gracias —respondió Abu Othman, cortando aquel discurso.

—¿Seguro que no? No tenéis muy buena cara, si me permitís la observación.

—Me encuentro perfectamente, gracias.

¡Mala suerte!, pensó Abu Othman. Contaba con Chaboceau para poder aguantar, porque el conde Rzewuski aún no había llegado a Damasco. No confiaba en ningún médico de aquellas tierras. Eran sucios, ignorantes y estúpidos. El problema era que el funcionario de la embajada seguramente informaría a sus superiores sobre su estado de salud, y éstos escribirían a Molé. Más valía adelantarse a los acontecimientos.

La noche del 23 de julio escribió una larga carta a Molé para informarle de los progresos de su viaje y aprovechó para explicarle su enfermedad. «He pagado el tributo debido al brusco cambio de temperatura entre el invierno de París y el calor de estas tierras. Sufrí diarrea y después una disentería de proporciones alarmantes, pero afortunadamente me he repuesto gracias a las medicinas que traigo y sin la ayuda de nadie, porque el único médico de Damasco en quien puedo confiar se halla fuera».

El 25 por fin recibió una noticia importante: Chaboceau había regresado a Damasco. Lo había hecho en una litera y aún se vería obligado a guardar cama unos cuantos días más. Lo visitaría al día siguiente, decidió.

No obstante, al día siguiente se levantó con la sensación de que se sentía morir. Perdía la vista, todo su cuerpo ardía en fiebre y se le había inflamado la lengua. Con las pocas fuerzas que le quedaban y con mano temblorosa escribió una nota que ordenó le hiciesen llegar enseguida al médico.

Cuando el doctor leyó la nota y vio la letra temblorosa, se percató del estado de aquel viajero y decidió levantarse e ir a verle.

—¡No te puedes levantar! —gritó su esposa—. Tienes que guardar reposo.

—¿Sabes quién es ese hombre? —contestó el doctor—. Uno de los más grandes exploradores que nunca haya conocido. Déjate de historias y prepárame la ropa. Puedo asegurarte que me necesita de veras.

Aún tuvo que discutir un buen rato para conseguir que el criado le obedeciese y dejara a un lado las protestas de su esposa. Con notable esfuerzo, se levantó, el criado lo vistió y lo ayudó a subir al coche que lo esperaba a la puerta, mientras su esposa seguía protestando.

—¡Oh, Señor! —exclamó al ver el lugar donde vivía Abu Othman—. Os había buscado una casa digna de vos y ahora mismo os llevaremos. Os pido mil excusas. No había dejado instrucciones porque pensaba regresar a casa antes de vuestra llegada, pero el accidente de caballo...

—No os preocupéis —lo interrumpió Abu Othman con una

sonrisa que le costó esfuerzo esbozar—. Lo importante es que vos estáis bien y que habéis venido. Nada más veros, ya me siento mejor.

El criado ayudó a cargar todo el equipaje y a subir a aquel pobre hombre que había perdido el color y que tenía unos pómulos marcados y los ojos vidriosos y encendidos.

Desde el 26 de julio hasta el 1 de agosto, a pesar de sentirse débil y ser un anciano, el doctor Chaboceau lo atendió y no se quedó tranquilo hasta que no le vio comer y beber como Dios manda.

—No podéis proseguir el viaje. Tenéis que regresar a París —le dijo, cuando ya lo vio con suficientes fuerzas.

—¡Imposible! He de cumplir una misión.

—No estoy seguro de que se trate sólo de disentería. Ni los medicamentos ni las lavativas logran eliminarla, sino que se esconde y cuando dejamos de tratarla persiste —dijo Chaboceau, mostrando preocupación—. En este estado no podéis cumplir con vuestra misión y si seguís adelante con el viaje, me temo que os dejaréis la piel. No, no, no —negó con energía—. Ésta no es una disentería normal y deberíais trataros convenientemente, en una clínica moderna y bajo la guía de médicos expertos. Me conocéis bien y sabéis que cuando hablo de enfermedades no me ando por las ramas. Así que, os guste o no, he de deciros que no descarto la existencia de un tumor que os lleve a la mesa de operaciones. O a la tumba, si no os apresuráis. Hace muchos años que ejerzo la medicina y las he visto de todos los colores.

—Os lo agradezco y os prometo que en cuanto acabe lo que he venido a hacer, regresaré a París, seguiré vuestros consejos y me pondré en manos de vuestros colegas de allí —respondió Abu Othman.

—No os retraséis. Si podéis partir dentro de una semana, no esperéis.

Posiblemente, cambiar de residencia y gozar de mayores comodidades había contribuido a reponerle, porque al día siguiente, domingo 2 de agosto de 1818, en pleno verano, Abu

Othman se sintió con ánimos para salir y visitar la ciudad. Quizás Chaboceau había exagerado, pensó al ver que recuperaba las fuerzas, y ordenó a uno de los criados que le acompañase.

Damasco no había cambiado y los días siguientes los dedicó a revivir experiencias pasadas. Recordaba que al llegar por primera vez se quedó extasiado ante la extensión de pequeñas cúpulas que coronaban las casas de los suburbios de la ciudad, justo antes de las murallas, y que servían para preservarlas de las abundantes lluvias del invierno. También se acordaba de aquellas calles empedradas, con aceras anchas y flanqueadas de casas de ladrillo de dos a tres plantas de altura.

A la semana ya podía andar hasta la mezquita. Así que entró para rezar las oraciones. Era sábado. ¡Bien! Rezaría en sábado, que es la fiesta de los judíos, lo haría en una mezquita, que es el lugar sagrado de los árabes y emplearía oraciones cristianas. Así nadie quedaría excluido y nadie podría sentirse ofendido, bromeó para sí.

Era maravilloso ver que el tiempo parece detenerse para las grandes construcciones, mientras que para nosotros cada día transcurre más rápido, meditó. Sí, todo seguía igual. Lo recordaba de la misma forma. Cruzó el gran patio rodeado de arcos que descansan sobre columnas de base cuadrada y contempló la fuente que hay en el centro. Allí se detuvo y respiró el aire cálido. Después entró en una de las tres naves principales de cuatrocientos pies de largo y siguió hasta alcanzar el centro, donde ordenó al criado que extendiese la pequeña alfombra. Diez años atrás también había desplegado otra pequeña alfombra, se había arrodillado y había tocado el suelo con la frente. Ahora seguramente le costaría un poco más, pero tenía que hacer un esfuerzo y doblar la espalda. ¡Qué más da que sea Dios o Alá quien te escuche!, exclamó.

Una vez acabadas las oraciones, saludó a los doctores de la ley y se hizo pasar por un príncipe marroquí que estaba de paso y que un día los invitaría a tomar un té y a conversar. Después, una vez fuera de la mezquita, respiró hondo. Si bien no se sentía completamente repuesto, notaba que el estómago había dejado de molestarle y que los intestinos, a pesar de que continuaban descargando abundantes mucosidades, ya no sangraban. Aquel era un buen día para pasear y hacer ejercicio, pensó, y decidió darse una vuelta por el mercado, uno de los mejor surtidos de Oriente, que sería la envidia de los de Fez o El Cairo. Según explicaban Damasco contaba con más de cuatro mil fabricantes de tejidos y podían encontrarse toda suerte de telas, desde la seda al algodón, pasando por el lino, que no era muy abundante.

Abu Othman se paseó por las paradas y revivió sensaciones del pasado, ahora encerradas en sus libros, respirando el aire cálido del día, que los habitantes de aquellas tierras combatían cubriendo las calles con cañas y hojas. Por esta razón Damasco y muchas ciudades del mundo árabe no disponían de calles anchas que pudiesen compararse a las avenidas de las ciudades europeas ni contaban con plazas espaciosas, porque no permitían ser cubiertas.

A media mañana se sintió cansado. Para ser el primer día que daba un paseo, tras casi toda una semana atado a la cama, había resultado un esfuerzo excesivo. Lo mejor sería regresar a casa y descansar.

Justo cuando llegaba, un criado salió a recibirlo para comunicarle que tenía visita.

—Un occidental, señor —dijo el criado—. Con un nombre muy extraño.

Abu Othman sonrió. Únicamente podía ser el conde Rzewuski, pensó enseguida. Y no se equivocó. Rzewuski lo aguardaba en el recibidor de la casa.

Entró, abrió los brazos y avanzó hasta el conde para recibirlo como al mejor de sus amigos.

—¿Cuándo habéis llegado?

—Ayer —respondió Rzewuski, feliz por aquella acogida.

—Deseaba tanto poder gozar de una conversación inteligente, que he pensado en vos en no pocas ocasiones. ¿Cuánto tiempo os quedaréis?

—El 17 partiré hacia el sur, camino de Jerusalén — respondió Rzewuski.

—¡Fantástico! —exclamó Abu Othman—. Viajaremos juntos, porque es cuando tenía previsto proseguir mi viaje. ¿Quién será vuestro guía?

—Ibrahim al-Bajal, el jefe de los árabes beduinos. Si queréis, puedo hablar con él y decirle que os haga un hueco en la caravana...

—Ya me gustaría, pero debo ir con los peregrinos de occidente si quiero llegar a la Meca —respondió Abu Othman—. Sin embargo, eso será dentro de dos semanas. Mientras, podemos hablar y visitar la ciudad. Os espero a la hora de cenar.

El conde se despidió hasta la tarde y Abu Othman lo acompañó hasta la puerta. ¡Un día magnífico!, dijo cuando cerraba. El mejor de todos, sin duda. Había logrado recuperar las fuerzas y Rzewuski estaba en Damasco. Alá es bondadoso y magnánimo.

Aquel día cenaron juntos y Abu Othman volvió a explicarle un montón de anécdotas a su invitado.

—Veo que no coméis mucho — dijo Rzewuski.

—No es extraño en mí —respondió Abu Othman con una amplia sonrisa—. Me pasa a menudo, que pierdo el apetito cuando me encuentro inmerso en un estudio importante. Después, cuando viajo, el cuerpo, que es muy inteligente, se ocupa de recordarme que he de alimentarme como es debido.

El conde no volvió a insistir en la cuestión porque la velada resultó muy entretenida.

Cuando se despidieron, Abu Othman se dirigió a su habitación, entró, la cerró y se tendió en la cama. Aquella recuperación había sido temporal e ilusoria. El dolor volvía a aumentar y aquella tarde había sangrado. Eso significaba que Chaboceau tenía razón, que el tiempo se agotaba y que tendría que darse prisa si quería llevar a cabo su plan.

Al día siguiente Abu Othman fumó hachís para levantar el ánimo y aprovechó el mejor momento del día, justo cuando los intestinos parecían responder, para enterarse de quién estaba al frente de la caravana de peregrinos magrebíes, negociar con él y pagarle el precio del viaje. Ya había llevado a cabo la primera parte de su plan.

El tercer día, por la mañana, Abu Othman se dirigió a la mezquita y volvió a hablar con los doctores de la ley para invitarlos aquella misma tarde a tomar café en su casa. Después envió una nota al conde Rzewuski y lo invitó a comer. El resto del tiempo descansó lo mejor que pudo y fumó hachís.

El conde Rzewuski llegó puntual y se sentaron a la mesa a la hora prevista. Comieron y hablaron de todo un poco, hasta que concluyeron los postres.

—Ahora os comunicaré un descubrimiento que he hecho y que aún no sabe nadie —dijo Abu Othman, bajando la voz, mientras un criado retiraba los platos—. He realizado mis observaciones y he descubierto que la mezquita de Damasco está desplazada veintitrés grados respecto a la dirección que apunta a la Meca, hacia donde los fieles tendrían que mirar cuando rezan.

—¡Virgen María! Si eso es cierto, habrá que derribarla, y con ella buena parte de las casas de los alrededores, y reconstruirla de nuevo, porque la gente de esta ciudad es muy fanática.

—También podría suceder que el pueblo se levantase contra los doctores de la ley por haber cometido un error tan grave y que los matara —dijo Abu Otman arqueando las cejas.

—Entonces, lo mejor será no decir nada, porque podríamos asistir a un baño de sangre —meditó Rzewuski.

El criado regresó y preguntó si podía servir el café. En aquel preciso instante entró otro criado y anunció la llegada de unos imanes de la mezquita que venían para hacer una visita de cortesía. Abu Othman había acertado plenamente la hora a la que se presentarían sus invitados; sabía que dirían que venían para hacer una visita de cortesía, porque las normas de educación impedían que dijesen que habían sido invitados; y Rzewuski, desconocedor de esta norma, se lo tomaría como una muestra de la ascendencia del señor de la casa. ¡Perfecto!

Llegaron doce imanes. Un número ideal, pensó Abu Othman. Parecía la Última Cena.

Una vez servido el café y tras las frases de cortesía habituales entre los musulmanes, Abu Othman creyó que había llegado el gran momento y tomó la palabra refiriendo que hacía poco rato había explicado a su amigo que sus observaciones determinaban que la mezquita de Damasco estaba desviada veintitrés grados respecto a la dirección de la Meca.

La reacción fue espectacular. Los doce doctores de la ley se miraron estremecidos y el conde Rzewuski se quedó blanco como la nieve.

—De hecho la mezquita se construyó en la buena dirección —dijo el conde, que había sido capaz de reaccionar enseguida y ahora adoptaba un tono conciliador—. El problema es que con el paso de los siglos y con los equinoccios se ha producido una desviación, pero estoy más que convencido de que los que la construyeron lo hicieron orientándola escrupulosamente. Más aún teniendo en cuenta que Damasco, la pura y santa Damasco, fue una de las ciudades más amadas por el Profeta, que tenía un pie dentro de sus muros y el otro en el cielo. Creo que bastaría con determinar la buena dirección actual y situar una columna del más hermoso de los mármoles para orientar la oración. Con eso Alá se sentiría satisfecho.

Ante un discurso de aquellas proporciones, todos se quedaron boquiabiertos. Incluso Abu Othman, que no había previsto aquella reacción. Los presentes, sin excepción, loaron aquella iniciativa y Rzewuski aprovechó para realizar algunas preguntas sobre la religión musulmana e ir desviando la atención de un tema tan delicado.

Finalmente, cuando los doctores de la ley se despidieron, el conde se quedó sólo con Abu Othman.

—No se lo han tragado —dijo Abu Othman con una sonrisa divertida, y miró al conde—. Que los equinoccios hayan producido una desviación de veintitrés grados —aclaró—. Os habéis mostrado muy osado.

—A mí me ha parecido que sí, que se han marchado convencidos —respondió Rzewuski.

—Os aconsejo que no los toméis ni por ignorantes ni por idiotas. No hay nadie con dos dedos de frente que pueda creer una explicación tan fantasiosa. Sería tanto como aceptar que la tierra se ha fracturado y que un pedazo ha girado hacia la derecha, el otro hacia la izquierda y después se han vuelto a unir —Abu Othman rió.

—¿Qué queríais que hiciese? Ya habéis visto sus caras. Juraría que más de uno mostraba intenciones de asesinaros.

—No dudéis que lo harán, si tienen la ocasión. Ahora tienen un buen pastel entre las manos. ¿Qué hacer? ¿Explicarlo a sus fieles, no decir nada o adoptar la solución de situar una columna en la buena dirección?

—Entonces, ¿por qué no habéis guardado silencio? —preguntó Rzewuski, que ya hacía rato que deseaba formular la pregunta.

Resultaba más que evidente que se trataba de una peligrosa indiscreción. Más aún cuando no hacía ni una hora que él ya se lo había advertido.

—La verdad no puede permanecer siempre escondida. Es necesario que todos la conozcan y que actúen en consecuencia.

—Si tal como decís, no se lo han tragado e indagan y descubren que es cierto, significará que tienen que derribarla. Antes de hacerlo, evidentemente os matarán para evitar que propaguéis la noticia —de pronto se quedó callado, con unos ojos como platos—. ¡Y eso me incluye a mí!

—Dentro de poco nos iremos. No hay de qué preocuparse.

—De acuerdo, pero os ruego encarecidamente que, hasta que no hayáis abandonado Damasco, no aceptéis comer nada ni tomar ninguna bebida en casa de nadie —dijo el conde—. Yo haré otro tanto.

Abu Othman asintió y le dio las gracias por el consejo. No se había equivocado con el conde. Era muy noble.

Cuando se despidieron, Rzewuski repitió sus recomendaciones y su anfitrión se quedó con una sonrisa en los labios.

Todo había salido mucho mejor de lo que Abu Othman había planeado y el conde era una persona tan buena que podría jugar con él como quisiera. Casi quince años de diferencia de edad eran muchos como para no prever las reacciones del conde y saber emplearlas convenientemente. Ahora sólo necesitaba esperar la ocasión propicia y concluir el plan.

Dos días después, el misericordioso Alá lo dispuso todo de la mejor manera posible. Abu Othman había ido a la mezquita para rezar y cuando regresó a casa dos de sus criados, Yasim e Ibrahim, lo aguardaban a la puerta.

—Señor, tenemos que darte una mala noticia —dijo Ibrahim, adelantándose— Yaser, el criado que contrataste hace un par de días, ha huido y se ha llevado la bolsa del dinero que guardabas en tu habitación.

Abu Othman subió las escaleras y entró en su habitación. ¡Maldito!, exclamó al ver el cofre roto y abierto. Allí guardaba tres mil doscientas piastras. Salió furioso. Iría a denunciar el hecho al *cadí* de la ciudad y después a casa del *mullah*, el jefe religioso.

En aquellas tierras una denuncia también era un acto social. Más aún si quien presentaba la denuncia era una persona de relevancia. De manera que tanto el *cadí* como el *mullah* lo recibieron con grandes muestras de afecto, lo invitaron a sentarse y le ofrecieron café, mientras lo escuchaban con mucha atención. En casa del *cadí*, Abu Othman observó la taza de café y recordó las palabras del conde: no bebáis ni comáis nada de lo que os ofrezcan. Y sonrió.

—Alá es bondadoso y protege a los que persiguen la justicia —dijo, y se tomó dos tazas.

Y lo mismo hizo en casa del *mullah*. Si no había rechazado uno, tampoco podía rechazar el otro o se ofendería.

Una vez de regreso a casa, lo aguardaba el conde Rzewuski, que se había enterado del robo.

—Lo atraparán —anunció Abu Othman—. El *mullah* me ha tratado con mucha consideración y lo mismo ha hecho el *cadí*. Bien puedo decir que hoy ya he sobrepasado con creces mi dosis de café.

—¿Habéis tomado café? ¿En casa del *cadí* y del *mullah*? —se estremeció Rzewuski—. ¿No habíamos quedado en que no probaríais nada de lo que os ofreciesen?

—Podía haberme negado, evidentemente, pero todos saben que soy buen bebedor de café. Si lo hubiera rechazado, se lo habrían tomado como un desprecio.

—¿Y si el café contenía veneno? ¿Es más importante la educación que la vida? —preguntó Rzewuski—. ¿Os encontráis bien?

—Sí, pero esta noche estaré alerta y, si noto la menor molestia, avisaré al doctor Chaboceau, que conoce todas las hierbas y todos los remedios de estas tierras —dijo Abu Othman para tranquilizar al conde.

Comieron, conversaron toda la tarde y Rzewuski no apartó ni un instante la mirada de su anfitrión, buscando alguna señal de malestar, que no se produjo.

Por la tarde se despidieron y el conde se retiró más sosegado. Abu Othman lo vio marcharse y entonces respiró hondo. Soportar aquel dolor de estómago, durante toda la tarde, sin perder la sonrisa y buscando cincuenta mil anécdotas para llenar el tiempo, no había resultado sencillo.

Se retiró a su habitación, pero no se acostó, sino que tomó tinta, pluma y papel.

«Querida lady Stanhope...», empezó la carta.

Media hora después tomó un sobre y metió dentro la carta que acababa de redactar y un par de sobrecillos de ruibarbo torrefacto que había recibido de manos del doctor Chaboceau. Lo cerró y escribió la dirección.

Después tomó otra hoja.

«Querido amigo...», escribió. Esta era para Regnault, y también adjuntó un par de sobrecillos de ruibarbo.

Al día siguiente, a primera hora, dio orden a un criado para que enviase aquellas cartas. En pocos días partiría hacia el sur, camino de Jerusalén y después hacia la Meca. El escenario estaba montado y no había más que representar la obra.

*** ***

El 17 de agosto de 1818, el doctor Chaboceau contemplaba la gran cantidad de peregrinos que ocupaban el llano a las puertas de Damasco con la intención de dirigirse al sur, a la Meca. Allí se habían concentrado con muchos otros grupos que tenían otros destinos.

Chaboceau negó despacio con la cabeza mientras alzaba la mano para despedir a Abu Othman, que iba a lomos de un camello que formaba parte de la larga fila de peregrinos procedentes del Magreb que ya se había puesto en marcha y que se perdía en el horizonte. Sus pertenencias y todo su equipaje, así como la tienda, viajaban sobre dos camellos más, mientras que sus criados Yasim e Ibrahim lo seguían a pie.

Abu Othman, Alí Bey o Domingo Badía, pues él conocía muy bien las tres identidades del mismo personaje, no había querido escucharlo.

—No podéis arriesgaros —le había dicho—. No llegaréis ni a Jerusalén. Hacedme caso y quedaos. Estoy seguro de que no se trata de disentería. O, en todo caso, hay algo más. Habría que hacer análisis y...

—He de ir.

—¿Qué hay más importante que la vida? ¿Dónde creéis que tenéis que ir? —había insistido Chaboceau.

—A la búsqueda de mi destino.

—¿Y quién cuidará de vos durante el camino? ¿Vuestros criados? Yo no puedo acompañaros.

—Por fortuna la caravana de los beduinos árabes se une a

la nuestra y allí viaja mi buen amigo el conde Rzewuski—explicó Abu Othman con una sonrisa—. Él cuidará de mí.

Chaboceau no había conocido en toda su vida un hombre como aquél, pequeño, delgado y enfermizo pero con un valor incuestionable. Por más que buscase en su memoria, no encontraría nadie con una fuerza de voluntad como aquélla, capaz de enfrentarse al desierto y reírse de los peligros.

Quiso insistir, pero la mirada de Alí Bey se lo impidió. Con este nombre lo había conocido muchos años atrás y con este nombre quería recordarlo, porque ya no volvería a verlo. Y Alí Bey lo sabía. Éste era el mensaje que llevaba escrito en los ojos. Chaboceau había dado en el blanco. Alí Bey sabía que aquello no era una simple disentería.

Cada hombre escoge su destino. O, cuando menos, debería elegirlo, y Alí Bey había tomado su decisión y nada ni nadie lo detendría.

Poco a poco la figura del viajero se hizo más y más pequeña y los ojos de Chaboceau dejaron de distinguirlo. ¡Adiós, amigo!, exclamó el doctor por última vez, bajó la mano y decidió que debía regresar a casa.

Alí Bey no le había hecho caso, volvió a negar con la cabeza. Quizá había elegido acabar en el desierto. No era ningún desatino. Él, a sus casi ochenta años, ya hacía días que meditaba sobre cuál sería el mejor lugar para morir. ¡Damasco, naturalmente! Él, al igual que Alí Bey, también amaba aquella tierra como si fuese la cuna que lo vio nacer.

10 - LA SOMBRA DE ALÍ BEY

Pronto llegaría la primavera y París se llenaría de colores y de flores, pensó Duvalier cuando se levantaba de su mesa y recogía todos los papeles que constituían el informe definitivo, si es que no aparecía otra novedad, que Dios no lo quisiera, porque... ¡Menudos meses!, exclamó y frunció los labios. ¡Sí, qué meses había vivido! Revueltos y tempestuosos, que habían concluido, por el momento, con la sustitución del conde Molé por el barón Portal en el cargo de ministro de Marina. Bien, sustituir era el verbo más suave que podía encontrar para dar una idea de lo que había sucedido. Richelieu se lo había comido entero durante un consejo de ministros. ¡Oh, Señor! ¡Qué berridos daba el primer ministro! Se podían oír desde fuera de la sala como si las puertas estuviesen abiertas. Después de cargar contra Domingo Badía y contra un plan que nunca había recibido su beneplácito, que había acabado en desastre y que amenazaba con echar por los suelos el honor de Francia y del rey, le había dicho de todo, lo había insultado, lo había dejado hecho un guiñapo y le había exigido la dimisión.

Duvalier enfiló el pasillo con el informe bajo el brazo.

—Quiero saber qué ha sido de Alí Bey y no quiero veros la

cara hasta que vengáis con una conclusión que se sostenga en pie. ¿Queda claro? —había dicho el duque de Decazes, el día después de la dimisión del conde Molé.

Tan claro como que Richelieu no había pedido también la cabeza del ministro de Policía porque eran amigos, pero lo haría si lo duque no le proporcionaba una salida que permitiese salvaguardar los honores de Francia y del rey.

A partir de aquel instante, Duvalier trabajó día y noche y se convirtió en la sombra de Alí Bey. Mejor dicho: la sombra del fantasma de Alí Bey, que, por las repercusiones que estaba teniendo, bien podía decir que el fantasma tenía una sombra muy larga, mientras que a Duvalier no le cabía la menor duda de que, antes de que rodase la cabeza del ministro, caerían otras, y seguramente la suya sería la primera. De manera que durante casi dos meses había estudiado todos los documentos, todas las cartas y todas las declaraciones, había escuchado a un montón de testigos, se había puesto en contacto con los consulados y las embajadas francesas de Milán, Venecia, Constantinopla, Trípoli y Damasco, le había dado vueltas y más vueltas y no había quedado satisfecho hasta que ninguna pregunta quedó sin respuesta. El problema era que había llegado a una conclusión que era increíble, pero es que no había otra, a menos que considerase seriamente la posibilidad de que Alí Bey se hubiera vuelto completamente loco. Sin embargo, decir simplemente que se trataba de un loco resultaría demasiado fácil y el duque no lo aceptaría. ¡Ni el duque ni nadie!

Llamó a la puerta y esperó hasta oír la voz del ministro que le daba permiso por entrar. Entonces respiró hondo, cerró los ojos y sopló con fuerza para acabar entrando con decisión. ¡Que sea lo que Dios quiera!

—¿Habéis acabado vuestra investigación? —preguntó Decazes, nada más ver asomar la nariz de Duvalier.

El subordinado asintió, avanzó con timidez y dejó sobre la mesa la carpeta, casi como si se le escapase de las manos.

—Ahorradme la lectura y decidme la conclusión a la que

habéis llegado. No dispongo de mucho tiempo. ¿Quién lo asesinó? —preguntó Decazes, y se quedó mirando a su subordinado.

—Nadie lo asesinó, señor —respondió Duvalier, encogido y con las manos cruzadas sobre el pecho.

—¿Ah, no? —se extrañó Decazes, y soltó una sonora carcajada—. ¡No me vais a venir con la historia de que murió de muerte natural! Pensad que no estoy para bromas.

—Se suicidó, señor.

Si en aquel momento hubiese caído una pluma de ave al suelo, el estruendo habría resultado espantoso, porque acababa de producirse un silencio sepulcral.

—¿Ésa es la conclusión de toda vuestra investigación? —preguntó Decazes, incrédulo, y se quedó boquiabierto. Podía haber esperado cualquier otra explicación, pero aquélla...

—Sí, señor. No hay otra —respondió Duvalier, y negó repetidas veces con la cabeza.

—¿Me habéis tomado por idiota?

—No, señor ministro. Nunca me atrevería a hacerlo.

—¿Entonces? —exclamó el duque, y alzó las cejas invitando a su interlocutor a hablar, pero aún añadió una advertencia—: Id con tiento y meditad bien las palabras que pronunciéis.

—Lo que no soy capaz de decir con exactitud es si ya salió de París con un plan premeditado o si lo concibió cuando iba camino de su destino, aunque tengo mi teoría —dijo Duvalier, y alargó ligeramente el dedo índice, pero sin separar las manos de su pecho—. Veréis: si abrís por la página dos, encontraréis señaladas dos de las peticiones que hizo antes de aceptar la misión. Concretamente, la que hace referencia a que su hijo Pedro entrase al servicio de la marina con el grado de teniente de artillería y...

—¿Qué tiene de extraño esa petición?

—En sí misma, nada. Pero, si recordáis, solicitó expresamente que su hijo no supiera que era gracias a él que había obtenido el puesto. Eso únicamente lo haría alguien que sabe con certeza que, si quien obtiene el favor conoce la procedencia, no lo aceptará, y desea que lo acepte.

—¿Y...? —dijo Decazes, con una expresión que daba a entender que aquello carecía de importancia.

—Si tenéis un poco de paciencia... —respondió Duvalier

—De acuerdo —aceptó Decazes—. ¿Y la segunda petición?

—Es la que dice que, en caso de producirse su muerte, su esposa recibirá una pensión anual de tres mil francos y que, a la muerte de su esposa, la pensión pasará a su hijo José, de por vida.

Decazes leyó este punto.

—Sí, pero aquí también dice que durante el viaje su esposa cobrará ese dinero. Es decir: mientras él estuviese fuera, su esposa cobraría — constató Decazes— ¿Adónde queréis ir a parar?

—Cierto, señor ministro —Duvalier asintió, pero inmediatamente negó con la cabeza—. Sin embargo, he de haceros notar que, si él regresaba, esos pagos anuales de tres mil francos se acabarían. Y recordad que era un hombre sin recursos y con un montón de deudas. Por otro lado, negoció que se le adelantarían diez mil francos antes de partir en concepto de su salario del primer año, que empleó para enjugar una parte de sus obligaciones, y como que el viaje duraría tres años, se las ingenió para que le pagásemos los salarios de los dos años siguientes al llegar a San Juan de Acre. No obstante, nunca llegó a San Juan de Acre, sino que convenció al cónsul de Trípoli para que se los pagara allí mismo.

—Porque quería dirigirse a Damasco. Además, cambió los francos por piastras. Está la carta que escribió a Molé quejándose del cambio que le habían aplicado —dijo Decazes.

—Sí, señor. Dejo constancia de ello en la página tres. Sólo que el señor Regnault, cónsul de Trípoli y amigo de Alí Bey, declaró al vizconde de Marcellus que su amigo no cambió todos los francos, sino una parte, y que el resto lo envió a su casa en París. Es lo que descubrió cuando fue a quejarse a los banqueros.

—Eso no lo sabía —dijo Decazes, y se quedó pensativo.

—Alí Bey escribió una carta a su familia, desde Milán, que, si la leéis, parece premonitoria —Duvalier volvió a levantar el dedo índice, también sin separar las manos del pecho—. Página cuatro, al final. En ella dice que nunca más volverá a verlos. Conseguí que la señora Badía me la dejase leer y he reproducido algún párrafo.

—¿Eso hizo aquel loco?

—Y muchas más cosas —dijo Duvalier, mientras asentía y hacía un gesto de cierta admiración—. Escribió en diversas ocasiones a lady Lucy Esther Stanhope y en una de las cartas le explicó que su misión consistía en llegar a la India y provocar una rebelión del pueblo contra las tropas inglesas. El vizconde de Marcellus la pudo leer y lo consigna en su informe. Página seis, si me permitís.

—¿Qué? —Decazes pegó un brinco en la silla, buscó la página seis, la leyó y se quedó pasmado—. Ahora entiendo lo que queréis decir cuando habláis de suicidio. Escribir una cosa así a una dama inglesa, sobrina de William Pitt, es tanto como firmar tu propia sentencia de muerte. Por lo tanto, sería lógico pensar que fueron los ingleses.

—No, señor —exclamó Duvalier, negando con fuerza—. Cuando digo que se suicidó, quiero decir que sólo intervino él en su muerte. La carta premonitoria, a la que he hecho referencia, fue escrita desde Milán. Eso me llevó a pensar que, tal vez, había sucedido algo en aquella ciudad. Me puse en contacto con el agregado cultural de nuestra embajada y me informó de que Alí Bey tuvo que ser ingresado en una clínica durante dos días, muy enfermo. Allí fue atendido por el doctor Piero Benigni. Naturalmente, el médico en cuestión se negó a responder a nuestras preguntas amparado en el secreto profesional, pero gracias a una enfermera sabemos que el diagnóstico no le era nada favorable. Después tenemos las declaraciones del doctor Richard Chaboceau, de Damasco, que nos ha escrito explicando que él no entendía cómo el gobierno francés había confiado una misión tan dura a un hombre con una salud tan frágil. Es más: añade que está convencido de que, cuando lo despidió a las puertas de Damasco, Alí Bey ya sabía que no regresaría.

—Si estuviéramos ante un tribunal os diría que, si no sabemos con certeza si padecía una enfermedad grave, todo eso no pasa de ser simples conjeturas —dijo Decazes.

—Lo serían si no existiese otro elemento que... —replicó Duvalier, se quedó callado un instante, señaló con el dedo y prosiguió—: Al final de la página siete. ¿Por qué cambió su itinerario y eligió dirigirse a Damasco, cuando iba camino de Jerusalén? Ésta es una pregunta que me ha hecho recapacitar y creo que he dado con la respuesta. Quería volver a encontrarse con alguien que había conocido hacía muy poco. Veréis: curiosamente, en Adana, nuestro hombre conoce al conde Henrik Rzewuski, que después volverá a encontrar en Damasco y con el que iniciará el último viaje. El mismo conde explicó al marqués de la Rivière que, una vez la caravana había abandonado Damasco y se dirigía hacia el sur, al ver el deplorable estado del viajero, intentó convencerle, sin éxito, para que regresase, pero Alí Bey le explicó que ya era demasiado tarde y que el veneno que le habían echado en el café, en Damasco, por orden de los ingleses, estaba calculado para matarlo en mitad del desierto, dos semanas después de haberlo tomado.

—Entonces, todo encaja —exclamó Decazes con un tono de evidencia—. Disponemos de un testigo, existe un motivo, que es la carta a lady Stanhope, y bien podemos decir que han sido los ingleses.

—Me temo que no resulta tan sencillo, señor —Duvalier seguía negando—. Estoy convencido de que ésa es la historia que Alí Bey quería que se tragase el conde Rzewuski: que habían sido el *cadí* y el *mullah* que visitó en Damasco para quejarse de un robo, los que lo habían envenenado, y además le interesaba que los ingleses estuviesen de por medio. Lo he consultado con la Academia de Medicina y no tienen constancia de la existencia de ningún veneno que sea tan perfecto que permita establecer la dosis conveniente para producir el efecto deseado a fecha fija. Incluso escribí al doctor Richard Chaboceau, que hace muchos años que vive en Damasco, y recibí su respuesta hace dos días.

Considera esa idea absurda. Por otro lado, el análisis de todos los sobres de ruibarbo, tanto los que Alí Bey envió a Regnault como los que hizo llegar a lady Stanhope, no han dado ningún resultado positivo. Por lo tanto, no hubo veneno.

—¡Entonces, murió de enfermedad! — exclamó Decazes.

—No, señor —volvió a negar Duvalier—. Se mató él con los sobres de ruibarbo.

—¿No acabáis de decir que no estaban envenenados? —el ministro empezaba a marearse y ya no entendía nada.

—Y no hacía falta que lo estuvieran. El ruibarbo es una planta con efectos muy laxantes —Duvalier levantó de nuevo el dedo índice—. Página nueve. Lo he consultado con varios médicos y me han explicado que, si vuestro intestino ya no puede retener nada y, además, tomáis un poderoso laxante, pues... ya os podéis imaginar el resultado.

—Entendido. Supongamos que lo que decís es cierto. Queda por responder a la primera de todas las preguntas: ¿Por qué Alí Bey se suicidaría?

—Como ya os he dicho, lo que me preocupaba era saber qué razón había conducido a nuestro hombre a modificar la ruta de su viaje y el mismo conde Rzewuski nos ha proporcionado la respuesta a este enigma. En la entrevista que tuvo con el marqués de la Rivière, cuando visitó Constantinopla, de regreso de su viaje, explicó que él, en Adana, reveló a Alí Bey la existencia de Linant de Bellefonds y del proyecto de construir un canal en Suez, noticias que había obtenido de un amigo suyo que es miembro del Instituto de Francia.

—¡Virgen Santa! ¡En este maldito mundo, todo son bocas y oídos! —exclamó Decazes, invitando a Duvalier a continuar.

—No es difícil imaginar que Alí Bey se dio cuenta de que lo estábamos utilizando como cortina de humo para tapar la auténtica misión. Supongo que a partir de ahí decide darle la vuelta a la tortilla y, como ya sabe que va a morir, lo mejor es dejarlo todo bien atado. Hace que Regnault le pague los veinte mil francos, que envía a su familia, viaja a Damasco, engaña a

Rzewuski, lo convierte en el testigo perfecto y busca una muerte que le permita recuperar le estima de su familia y obtener el reconocimiento de sus méritos por parte de Francia, porque parece evidente que él se siente un títere y piensa que Francia no cumplirá sus promesas.

—¿Cómo podía pensar eso, si lo nombramos mariscal y yo mismo lo obsequié con una cena de despedida?

—Detalles que, ante el hecho de descubrir la existencia de Linant de Bellefonds, bien se pueden tomar como parte de una farsa, si me permitís que os lo haga notar.

—¿Y por qué meter a los ingleses?

—És un detalle muy curioso, una especie de venganza y de mensaje. Evidentemente, los servicios británicos pueden recorrer el mismo camino que nosotros y llegar a idénticas conclusiones, con lo que podemos quedar como unos memos. El mensaje de Alí Bey es claro: «No se os ocurra dejarme como un idiota, porque voy un paso por delante de vosotros».

El duque meditó las últimas palabras de Duvalier. ¡Menudo pastel les había dejado! Y no podía quejarse, porque era cierto que habían jugado con él. Ahora se trataba de dar con una salida digna. Se rascó la barbilla.

—¡Bien! —Decazes asintió despacio—.Si necesito algo más, ya os lo haré saber.

Duvalier le dedicó una reverencia y abandonó el despacho. El duque se quedó pensativo. ¿Qué podía hacer con aquella información? Si lo que decía Duvalier era cierto, Domingo Badía había jugado muy bien sus cartas. Necesitaba una buena dosis de imaginación para encontrar una salida honorable o un pequeño milagro.

*** ***

Lord Parry recibió a Barrow en su despacho y dio orden de que no los molestasen para nada.

—¿Y bien? —dijo una vez se quedaron solos.

—Cuando nuestro agente llegó, lady Stanhope ya había entregado los sobres y la carta al vizconde Marcellus, secretario de la embajada francesa en Constantinopla, que había viajado con órdenes precisas de entrevistarse con ella —explicó Barrow.

—Se nos han vuelto a adelantar —dijo lord Parry con una sonrisa maliciosa que Barrow no acababa de entender.

—Me temo que sí, señor. Sin embargo, podemos estar tranquilos. El ruibarbo no contenía ningún veneno y nadie puede acusarnos de nada.

—También podría querer decir que Alí Bey no está muerto —apuntó lord Parry, medio afirmación, medio pregunta.

Barrow cada vez se sentía más preocupado por el tono burlón de la voz del secretario de Estado. Allí pasaba algo.

—Es una posibilidad —dijo muy nervioso, sin dejar de observar el rostro que tenía enfrente.

—¿Entonces, podría estar navegando Nilo arriba? —Lord Parry hizo una mueca, torciendo los labios, lo que aún puso más nervioso al director.

—También es una posibilidad, pero... ninguno de nuestros hombres, ni en El Cairo ni a lo largo de todo el Nilo, le ha visto ni ha oído hablar de él. Por lo tanto, parecería razonable pensar que no ha llegado a Egipto —contestó Barrow.

—¿No? ¿Y si ha cruzado el mar Rojo y el desierto y se ha dirigido a Asuán? No olvidéis que tenía intención de visitar la Meca —Lord Parry seguía empleando el mismo tono.

—Tenemos dos hombres en Asuán y tampoco tenemos noticias de aquella parte —replicó Barrow.

—¡Genial! Tenemos dos hombres en Asuán, otro en El Cairo, y cinco más repartidos por Jerusalén y por todo el territorio que va hasta Suez —dijo lord Parry con desesperación—. Tenemos tantos hombres detrás de él que no hacemos otra cosa que perseguir una sombra, la sombra de Alí Bey, mientras que el ministro ya empieza a hacer demasiadas preguntas y la prensa se pregunta qué hay de cierto en todos estos rumores sobre una supuesta operación que alguien ha filtrado. ¡Y yo no sé qué he de responder! —acabó gritando.

—Podéis explicar al señor ministro que tenemos que confirmar la noticia —dijo Barrow con el ánimo de calmar a lord Parry—. En cuanto a la prensa...

—¿Sois idiota o sólo disimuláis? —Lord Parry miró a Barrow con unos ojos como platos, mientras abría el cajón del escritorio y sacaba una carpeta. Su tono había cambiado radicalmente y su voz mostraba el grado de vehemencia que estaba consiguiendo.

—Si lo que dice aquí es cierto, significa que Alí Bey era un cebo y que Francia se ha burlado de nosotros —exclamó lord Parry, blandiendo el documento—. Pero lo más grave es que nuestras relaciones son extremadamente delicadas y, por si fuera poco, la mayor parte de los países europeos, en este asunto, están del lado de Francia. Eso podría ser el inicio de otro conflicto —y le lanzó la carpeta.

Barrow la cogió en el aire y a punto estuvo de no poder impedir que se abriese y todas las hojas cayeran por los suelos. La recompuso, la abrió y echó una ojeada al contenido. A medida que sus ojos avanzaban en la lectura, se agrandaban y la piel se le emblanquecía hasta hacerlo parecer más un cadáver que un ser vivo.

—Podemos explicar que...

—Lo que tenemos que hacer es negarlo todo —le interrumpió lord Parry—. El ministro nunca ha estado al corriente de esta operación. ¿Me entendéis? Nunca ha estado al corriente de nada. ¿Comprendéis? Es más: esta operación ni siquiera ha existido. Ni siquiera hemos tenido la intención de vigilar a Alí Bey. De manera que todo aquello que guarda alguna relación con el caso no existe. Y ya podéis empezar eliminando a David Young, a quien debemos agradecerle semejante lío, porque fue él quien vino a veros con el informe de Piech, que aún no sabemos de dónde lo sacó, y después quemad toda la documentación. No debe quedar nada. Y nada quiere decir nada.

—¿Eliminar a David Young? —Barrow tragó saliva—.

¿Queréis decir eliminarlo... físicamente...? —preguntó con timidez.

—¿Os habéis vuelto loco? ¿Es que estoy rodeado de una pandilla de inútiles? —gritó lord Parry con rabia—. ¡Destinadlo a la India! Y en cuanto a John Piech... ¡que vuelva a las órdenes de Mansfeld!

—¿De Mansfeld, señor? —dijo Barrow, que parecía que no sabía hacer otra cosa que repetir las palabras del secretario de Estado.

—Sí, de Mansfeld, que es el único que ha demostrado tener juicio. Desde el comienzo dijo que toda esta historia de Alí Bey era un engaño y vos me convencisteis de lo contrario. ¡La gran operación de espionaje que nos reportaría el mayor de todos los éxitos! —dijo lord Parry levantando los brazos—. ¿No es eso lo que dijisteis?

—Sí, pero yo no podía prever que los ingenieros de Napoleón iban a equivocarse y que Mohamed Alí...

—¿Que Mohamed Alí concediese a los franceses permiso para estudiar la posibilidad de construir un canal que una el mar Mediterráneo con el mar Rojo? ¿O que Francia se parta de risa a nuestra costa? Porque, por el momento, lo único que podéis asegurar es que no sabéis ni el terreno que pisáis —Lord Parry se quedó mirando a Barrow, después sonrió con cara de pocos amigos y añadió—: Si no queréis perder el cuello, os recomiendo que hagáis desaparecer toda la documentación del caso Badía. Nunca ha existido. ¿Me he explicado con claridad?

—Sí, señor —dijo Barrow y abandonó el despacho.

Cuando lord Parry se quedó solo cerró los ojos y resopló con fuerza. Dentro de un rato tenía que ir a hablar con el ministro y le ofrecería la cabeza de Barrow. Con la cabeza de un director se conformaría y el asunto se habría terminado. Cuando menos, así lo esperaba, a pesar de que quedaba claro que la sombra de Alí Bey era muy larga. ¿Y quién sería el nuevo director? Mansfeld, evidentemente.

*** ***

Aquella mañana Bertin se quedó contemplando la figura pequeña y redonda del ministro de Policía que se perdía por el pasillo y se dirigía directamente al despacho del duque de Richelieu. Al cruzarse, el duque de Decazes había levantado la mano, le había sonreído y lo había saludado. Era la primera vez que lo hacía. Siempre lo había ignorado.

—¡Buenos días, duque! Parece que hoy tenemos grandes noticias —oyó que decía la voz del duque, cuando entraba en el despacho de Richelieu.

¿A qué se refería el ministro de Policía?, se preguntó Bertin. ¡Lástima que no pudiese escuchar la siguiente frase del duque, porque la puerta se cerró!

—Mansfeld ha sido nombrado director de gabinete —dijo Decazes.

—¡Ése es el mejor regalo que podían hacernos!

—Nuestro amigo es muy hábil. Fue una gran idea, por su lado, dejar el informe hecho por... —buscó el nombre en su memoria—: ...John Piech sobre la mesa de... —y volvió a buscar el nombre en su memoria—: ...David Young. El muy idiota picó e hizo picar a Barrow.

—Una operación perfecta. Casi deberíamos concederle una medalla a Domingo Badía. Nunca, en toda la historia, habíamos logrado situar a uno de los nuestros en un puesto de tanta relevancia.

*** ***

El 17 de marzo de 1819 sonó la campanilla de la puerta del hôtel de Lorges. La criada abrió y se encontró con un hombre elegantemente vestido que preguntaba por la señora María Luisa Burruezo. Claire tomó la tarjeta, rogó al señor que entrase y se fue a avisar a la señora.

—¿Un notario? —María Luisa se extrañó al leer el título que había escrito bajo el nombre de Guy Monfort.

—Está abajo, trae consigo una cartera negra —informó Claire.

María Luisa bajó las escaleras y rogó al notario Monfort que la acompañase a la sala de visitas. Una vez se quedaron solos, el notario abrió la cartera y le entregó un sobre cerrado.

—Hace unos meses recibí una carta de vuestro marido, en la que me rogaba que os entregara este sobre hoy mismo, si él no me daba ninguna instrucción en contra — explicó Monfort.

Ella cogió el sobre y lo abrió. Dentro había un documento oficial, con el sello del ministerio de Marina.

—No entiendo mucho el francés escrito —se quejó María Luisa—. ¿Podéis explicarme de qué se trata, por favor?

—Naturalmente, señora —respondió el notario, que tomó el documento y se cabalgó los anteojos sobre de la nariz—. Se trata de un contrato entre el ministerio de Marina y vuestro marido —explicó, y siguió leyendo como si rezase—. En él se establecen las condiciones para aceptar una misión. Habla de su salario, que será de diez mil francos al año. Después habla de una asignación anual de tres mil francos que deben pagaros a vos, mientras él se halle fuera, cada 30 de junio, cuyo primer pago tendrá lugar en 1819. Es decir, dentro de poco. También hace referencia a su hijo Pedro, que será admitido en la marina francesa con el grado de teniente de artillería...

—¿Seguro? —María Luisa no podía dar crédito a sus oídos.

—Sí, señora. Y también dice que, si llega a sucederle alguna desgracia, la asignación de tres mil francos se convertiría en pensión vitalicia, que, en caso de que faltéis vos, será pagada íntegramente a vuestro hijo José.

—¡Dios mío! —exclamó María Luisa, que había perdido el color—. ¿Eso significa que ha muerto?

—No lo sé, señora. Yo he venido a entregaros este documento y no sé nada más. Si puedo ayudaros en algo... — respondió el notario.

Dos días después volvió a sonar la campanilla de la puerta. Esta vez se trataba de un alto funcionario del ministerio de Marina y su misión, muy dolorosa, consistía en comunicarle la muerte de su marido y que el gobierno francés, en virtud del acuerdo firmado con el mariscal Domingo Badía, le concedía una pensión vitalicia de tres mil francos.

Aquella noche María Luisa se quedó despierta sentada junto a la ventana, contemplando las estrellas. Domingo sentía pasión por ellas, las estudiaba, las medía, calculaba distancias, las contaba...

Al final resultaba que era cierto, que Domingo había sido nombrado mariscal del ejército francés. ¡Santos del cielo!

¿Y ahora, qué? ¿Qué recuerdo guardaría de él? El mejor de todos, naturalmente: su sonrisa, su pasión, su enorme voluntad capaz de mover montañas, su desbordante imaginación, su conversación inagotable, sus formas teatrales y divertidas, su capacidad para llenar de color una velada, sus dotes de improvisación, su extraordinaria generosidad y... ¡su inmenso amor por la vida!

Ése era Domingo Badía, exclamó María Luisa, mientras una lágrima resbalaba por su mejilla y brillaba a la luz de las estrellas.

EPÍLOGO

Domingo Badía y Leiblich, más conocido por el nombre de Alí Bey, fue hallado muerto en su litera que transportaban dos camellos, lugar en el que viajaba a causa de su delicado estado de salud, la madrugada del 1 de septiembre de 1818, mientras la caravana viajaba de Zarqá hacia la región de Balqá y fue enterrado, según el rito musulmán, en un lugar llamado Qala't al Balqá.

No deja de ser curiosa la fecha de su muerte. El mes de septiembre es el mes número 9 del año. De manera que volvemos a encontrar tres nueves y un uno. Tres finales y un comienzo. Y ahí arranca la leyenda de Alí Bey.

John Piech volvió a ocupar su antigua mesa en la sala donde trabajaban tres funcionarios más; David Young fue destinado a Delhi; el señor Barrow tuvo mejor suerte y sus relaciones le permitieron obtener un puesto en el ministerio de Economía. En 1820 lord Parry presentó su dimisión cuando el señor Mansfeld huyó súbitamente de Inglaterra. Había caído en una trampa preparada por los servicios de inteligencia británicos que sospechaban que era un agente francés infiltrado y ya hacía tiempo que iban tras él.

Inexplicablemente, el proyecto del canal de Suez quedó en el olvido y encerrado en un cajón, aunque Linant de Bellefonds había determinado que era posible construirlo sin esclusas aprovechando los diversos lagos de agua salada. Linant sirvió a Mohamed Alí y realizó diversas expediciones y descubrimientos en Nubia y en el Sudán e intentó encontrar las fuentes del Nilo, cosa que le fue imposible debido a la hostilidad de las tribus. En 1831 la Sociedad Geográfica francesa le confió una nueva misión para intentar de nuevo encontrar las fuentes del Nilo, pero el gobierno egipcio no concedió su autorización.

En 1834 una epidemia de peste asoló El Cairo hasta el extremo de que nadie se atrevía a salir a la calle. En aquellos días ocupaba el cargo de cónsul francés un tal Ferdinand-Marie de Lesseps, un diplomático de carrera. Era un hombre enérgico y emprendedor, que se dedicó en cuerpo y alma a ayudar a la población. Tan grande y tan loable fue su esfuerzo que se ganó el reconocimiento de Mohamed Alí y la eterna amistad de su hijo, y heredero, Said.

Tras ocupar el cargo de cónsul en Barcelona durante los años 1842 al 1848, Lesseps regresó a El Cairo y en 1854, cuando Said ya había accedido a la dignidad de *bajá* de Egipto, logró su permiso para construir el canal de Suez, siguiendo el proyecto del ingeniero Linant de Bellefonds.

A raíz de estos hechos, Lesseps fundó la Compañía Universal del Canal Marítimo de Suez y logró hacerse con un capital de doscientos millones de francos para llevar a cabo tan ambicioso proyecto. Said otorgó a esta compañía una concesión de explotación para 99 años.

Las obras se iniciaron a buen ritmo, pero el gobierno inglés logró detenerlas en 1863. Tras tres años de discusiones y de negociaciones, intervino Napoleón III y se reemprendieron los trabajos el año 1866. Fue inaugurado el 17 de noviembre de 1869 y el mundo entero se quedó maravillado ante una obra que tenía 161 kilómetros de longitud y de 80 a 150 metros de anchura, y que permitía navegar a barcos de más de once metros de eslora.

En 1875 un grupo de empresarios ingleses logró hacerse con la mayoría del capital de la compañía.

La primera versión en lengua castellana de la obra de Domingo Badía apareció en 1836, dieciocho años después de su muerte. No se pudo leer la versión en lengua catalana hasta finales de 1888, setenta años después de su muerte. Hoy en día Domingo Badía cuenta con una calle dedicada a Alí Bey en el Ensanche de Barcelona.

Naturalmente, el señor Barrow había seguido escrupulosamente las instrucciones de lord Parry y hoy no queda la menor constancia en los archivos de los servicios de inteligencia británicos sobre la existencia de ningún documento que haga referencia a ninguna operación que pretendiese seguir los pasos de un viajero llamado Alí Bey. Ni siquiera les suena este nombre.

Sin embargo, hombres tan notables como Jackson o sir Richard Burton lo nombran en sus escritos y, según explican, uno de los responsables de los archivos más antiguos de los servicios de inteligencia ha manifestado que hay noches en que, cuando cierra las puertas, le parece oír unas carcajadas que se alejan hacia el fondo de la sala. Entonces, dice que mira con atención y ve cómo se desliza una sombra que le recuerda a un musulmán con turbante, mientras otra sombra lo persigue gritando: ¿Te detendrás alguna vez, maldito diablo?

OTRAS OBRAS DE ALBERT SALVADÓ

Si habéis disfrutado con la lectura, quizás os interese conocer otras obras de Albert Salvadó, todas disponibles también en formato de libro electrónico.

EL INFORME PHAETON

Ésta no es una novela normal. Si la empieza, tiene que acabarla. No porque se lo diga el autor, sino porque, quizás, no podrá dejarla hasta cerrar la última página.

A través de un relato lleno de misterio, un escritor halla una explicación alternativa a todo lo que nos han contado, que mueve su interior y le abre las puertas de un mundo fascinante, hasta conducirle a un descubrimiento demoledor que lo cambia todo: el Diluvio Universal lo provocamos nosotros mismos: el ser humano. No hubo ninguna intervención divina. Y lo demuestra.

Dice la leyenda de los indios Hopi: «La explosión demográfica, la multiplicación de las mega-polis y de los transportes aéreos hicieron que el Hombre no se conformase únicamente con la creación... siempre deseaba más y más. No dejaba de producir incluso lo que no necesitaba y cuanto más tenía, más reclamaba.»

¿De qué «mega-polis» y de qué «transportes aéreos» hablaban? Porque la leyenda Hopi tiene siglos y siglos de antigüedad.

Por otro lado, hay un mínimo de 83 relatos y leyendas que hablan de un gran cataclismo y de montañas de agua que se nos vinieron encima. Y todos esos relatos hablan de un hombre previsor, que en nuestro caso fue Noé. Pero cada región tiene su salvador particular: Nata, Ouassou, Montezuma, Manu, Bergelmir, Yima, Nan-Choung y otro muchos Noés repartidos por toda la geografía mundial.

La pirámide de Keops... ¿Sólo es una tumba para un faraón?

Y, por si fuese poco, existe un libro silenciado y apartado de la Biblia, llamado el Libro de Enoc (uno de los patriarcas bíblicos) que habla sin tapujos de experimentos genéticos, naves, estaciones orbitales...

Ante semejante despliegue de información silenciada, el protagonista de esta misteriosa historia se pregunta: ¿Lo que nos han contado es la verdad? Y lo que es más interesante: ¿Las leyendas son sólo leyendas o son gritos de un pasado que nos implora que no lo olvidemos?

LA GRAN CONCUBINA DE EGIPTO

Obra ganadora del IX Premio Néstor Luján de Novela Histórica (2005)

En el año 1100 antes de Jesucristo gobierna el faraón Ramsés XI, los caminos no son seguros, los comerciantes están asustados, las naciones vecinas no respetan a Egipto, la nación se rompe... Herihor, general del ejército del faraón, viaja a Tebas para salvar el imperio de las garras de Penehasy, usurpador nubio. Tras la gran victoria, recibe una revelación de los dioses y ocupa el puesto de Sumo Sacerdote. Él será el primer miembro de una nueva dinastía: la dinastía de los sacerdotes. Y pacta con el otro gran general, Smendes, que Ramsés XI continuará siendo el faraón, pero ahora habrá dos reyes: Smendes reinará en el norte y Herihor reinará en el sur. Ellos pactan la división de poderes y toman todas las decisiones. Sin embargo, la muerte de Herihor se convierte en un misterio que amenaza con desencadenar la peor de todas las crisis. Su cuerpo ha desaparecido y si no pueden enterrarlo su sucesor no puede acceder al trono, con lo que Ramsés puede reclamar de nuevo el reino de Tebas. ¿Dónde está el cuerpo de Herihor?, se preguntan todos y el misterio crece,mientras su esposa Nodyme, la Gran Concubina de Egipto, mueve los hilos con una sutileza digna del mejor de los gobernantes y decide por encima de todos.

EL ENIGMA DE CONSTANTINO EL GRANDE

El emperador Constantino el Grande es una de las figuras más impresionantes y controvertidas de la historia universal.

Sus decisiones son un verdadero enigma que esta obra desvela magistralmente. Su vida es un sinfín de luchas y conquistas, amistades y odios, amores y desamores, grandezas y miserias, noblezas y crímenes, engaños y traiciones. Y él, desde la humildad del hombre que se enfrenta a su muerte, hace balance de todo.

Fue el último de los grandes emperadores. Hijo bastardo de Constancio Cloro, reunificó el Imperio romano por última vez, concedió la libertad a los cristianos, creó el primer ejército móvil, instituyó la moneda única (el Solidus, verdadero precursor del Euro), fundó Constantinopla, asesinó con sus propias manos... y vivió un gran amor con Minervina, su primera esposa.

Sumergirse en la vida de Constantino es revivir una época increíble y descubrir el gran misterio de sus decisiones, aparentemente absurdas y contradictorias y, a pesar de todo, cargadas de una lógica sorprendente e implacable que Albert Salvadó nos disbuja con pulso firme y mano maestra. Una obra que jamás se olvida y que mereció ser finalista en el I Premio Néstor Luján de Novela Histórica.

EL ANILLO DE ATILA

Obra ganadora del Premio Fiter i Rossell del Círculo de las Artes y las Letras.

En pleno siglo V, Constantinopla y Roma contemplan con preocupación cómo todas las tierras entre el Rin, el Danuvio, el Volga y el mar Báltico rinden homenaje y pleitesía al nuevo emperador de los hunos, como se hace llamar Atila.

Y la preocupación se convierte en pánico cuando empieza a circular la leyenda que habla de un hombre que está por encima de los demás mortales, porque ha recibido de manos de los dioses la espada de Marte.

Severo Antonio Braulio Teodosio, general, embajador y senador, vivirá una vida entera para descubrir que somos los hombres que levantamos los imperios y, también somos nosotros, quienes los hundimos.

Mientras, todo el Imperio cae a su alrededor, él, desde su villa de Tarraco, relata a su amigo Pablo Orosio, que escribió la historia de aquellos días, sus recuerdos, los de una época increíble, en la que la aparición de un hombre irrepetible, el gran Atila, se unió a otra figura que marcó el final absoluto del Imperio Romano de Occidente: Gala Placidia. Nieta, hija, hermanastra, esposa y madre de emperadores, se sentó durante treinta años en la silla imperial.

El gran Severo, espectador privilegiado por los cargos que ocupó, grita: ¡Nunca, en toda la historia, hubo una mujer tan predestinada! Y relata con todos los pormenores cómo Gala Placidia enfrentó a los mejores generales de Roma entre sí, impulsó a Atila a atacar un Imperio debilitado y ahogado por la corrupción, la traición, la codicia y el vicio, y dejó en el trono a su hijo Valentiniano, un verdadero monstruo.

El resultado no podía ser otro, y la historia ha hecho justicia.

EL MAESTRO DE KEOPS

Obra ganadora del PREMIO NÉSTOR LUJÁN DE NOVELA HISTÓRICA.

Esta es la historia de la época del faraón Snefrú y la reina Heteferes, padres de Keops, el constructor de la mayor y más impresionante de las pirámides. También es la historia de Sedum, un esclavo que llegó a ser el maestro de Keops, del sumo sacerdote Ramosi y del nacimiento de la primera pirámide.

Sebekhotep, el gran sabio de aquellos tiempos, decía: «Todo está escrito en las estrellas. La mayor parte de nosotros vivimos sin ser conscientes de ello; algunos son capaces de leer en ellas y ver el destino; pero muy pocos aprenden a escribir sobre ellas y pueden cambiar el destino».

Ramosi y Sedum aprendieron a escribir e intentaron cambiar sus destinos, pero su suerte fue muy desigual. He aquí el relato del enfrentamiento de dos inteligencias: una luchaba por el poder y la otra por la libertad.

EL RELATO DE GÜNTER PSARRIS

Los que la han leído dicen que se trata de un relato duro, pero que es, a la vez, el más tierno y humano que ha escrito Albert Salvadó.

En una cabaña en mitad de los Pirineos, tres hombres encuentran el cadáver de un pastor, la fotografía de un oficial nazi y un manuscrito.

Ésta es la apasionante historia de Günter Psarris, a quien

el mundo convirtió en asesino, aunque él nunca dejó de ser una gran persona. Vivió durante la Segunda Guerra mundial en la Alemania de la locura, fue encerrado en el campo de Mauthausen y sobrevivió. Sin embargo, el precio que pagó por ello fue muy elevado.

Ésta es también la historia de alguien que amó con locura, que fue deportado y que el mundo, lejos de su casa, le trató con dureza y le robó cuanto tenía. Incluso el amor. Y ésta es una historia llena de esperanza y de lecciones, de un episodio reciente de la humanidad que ha quedado marcado por la violencia, la brutalidad, el salvajismo y el desprecio absoluto por todo aquello que es sagrado: la vida humana. Sin embargo, Günter Psarris sabe que la vida continua y que el amor es eterno. Y eso nadie se lo puede robar.

EL PUÑAL DEL SARRACENO

(Primera parte de la trilogía de JAIME I EL CONQUISTADOR)

Sin duda alguna, la trilogía de de JAIME I EL CONQUISTADOR es una de las obras cumbre de Albert Salvadó. Estuvo durante más de cuatro meses en las listas de los más vendidos. Se han vendido en formato impreso más de 70.000 trilogías.

EL PUÑAL DEL SARRACENO es la primer aparte de esta trilogía y abarca los primeros 20 años del monarca que se sentó en el trono durante más de 60 años.

Ser hijo de rey no es sinónimo de nacer predestinado, y LA HISTORIA DE JAIME I, llamado EL CONQUISTADOR, constituye la prueba más evidente. A la tierna edad de tres años era un prisionero, pero un hombre con una voluntad de hierro es capaz de cambiar el futuro y convertirse en el rey más grande de su tiempo. Pocos reinados han sido tan largos como el suyo. ¡Más de sesenta años en el trono! Sin embargo para llegar hay que luchar. Y no tan solo en el campo de batalla. Jaime tuvo que escalar los peldaños que conducen al trono, y para hacerlo, antes tuvo que recibir la enseñanza que se adquiere en la Escuela de los Sonidos y que sólo podría otorgarle Luís de Estemariu, un caballero templario proscrito.

LA REINA HÚNGARA

(Segunda parte de la Trilogía de JAIME I EL CONQUISTADOR)

LA REINA HÚNGARA es la segunda parte de la trilogía de JAIME I EL CONQUISTADOR, una de las obras cumbres de Albert Salvadó. Ha estado más de cuatro meses en las listas de los más vendidos.

Jaime ya es rey. Ha conseguido escalar los peldaños que ascienden hasta el trono, ha pacificado Aragón y Catalunya y se ha sentado en lo más alto del poder. Ahora llega el momento de contemplar el horizonte e iniciar las grandes conquistas. Mallorca y Valencia le aguardan.

Y aparece también con toda fuerza de la pasión, su conquista más importante, Violante de Hungría, LA REINA HÚNGARA, una de las historias de amor más tiernas y, al mismo tiempo, más turbulenta. Entre plazas, castillos y luchas internas con los nobles, caen las murallas y los corazones. Y en medio se alza Violante, LA REINA HÚNGARA. Sin duda es la etapa más apasionante y más apasionada de JAIME I EL CONQUISTADOR.

HABLAD O MATADME

(Tercera parte de la trilogía de JAIME I EL CONQUISTADOR)

HABLAD O MATADME es la tercera y última entrega de la trilogía de JAIME I EL CONQUISTADOR, la gran aventura en la Europa del siglo XIII, una de las obras cumbre de Albert Salvadó, sin duda alguna. Más de cuatro meses en las listas de los más vendidos.

El rey Jaime ya ha conquistado Mallorca y Valencia, pero sus enemigos son cada vez más poderosos. Ahora se enfrenta a la Iglesia, a las envidias e intrigas de los nobles y a las luchas de sus hijos por conquistar el poder. Los reinos de Castilla y León se enfrentan con Aragón y Cataluña y hay revueltas y sublevaciones en la Corona.

En esta tercera parte, Jaime I el Conquistador, el rey que conquistó tierras y corazones, nos ofrece su legado ideológico y en ella descubriremos el desenlace de la trilogía y cómo utilizar la última vocal de la Escuela de los Sonidos, la que Luís de Estemariu, el caballero proscrito, no pudo enseñarle y que abre la puerta del espíritu.

UNA VIDA EN JUEGO

Durante la Semana de la Novela Negra de Barcelona 2009, "Una vida en juego" fue calificada como una novela negra llena de colores. La razón es que en ella se dan cita elementos que permiten clasificarla como novela negra, de misterio, costumbrista, histórica y romántica.

El protagonista es Víctor Pons, que trabaja como jefe de seguridad del casino de la Rabassada, que se inauguró en Barcelona con toda la pompa el 15 de julio de 1911 y que tenía la pretensión de convertirse en el emblema de la ciudad. Esto es un hecho histórico. Y sólo duró un año. Esto es otro hecho histórico.

Como responsable de seguridad del casino se verá

enfrentado en toda su crudeza a la codicia y la locura que generan las mesas de juego, pero también será allí donde encuentre el amor de Carla Torres, una joven burguesa.

La muerte en extrañas circunstancias de un cliente de origen italiano, provocará que Víctor tenga que hacer uso de todos sus recursos para evitar un escándalo, por lo que hace desaparecer el cuerpo. Sin embargo, lo que en principio parecía un suicido resultará ser un asesinato y Pons se verá inmiscuido en una trama policial salpicada por la amenaza mafiosa, que le obligará a desentrañar la madeja de lo sucedido, sin darse cuenta de que hay una vida en juego: la suya.

EL RAPTO, EL MUERTO Y EL MARSELLÉS

Obra ganadora del "Primer Premio Serie Negra 2000" de Planeta.

¿Puede un bebé desaparecer de una clínica en menos de dos minutos? Posiblemente. Pero, delante de los ojos de todo el mundo...? ¿Sin que lo hayan perdido de vista ni un instante...? Eso ya es mucho más difícil.

¿Puede un hombre morir ahogado en su bañera con el estómago lleno de somníferos? Posiblemente. ¿Pero, sin que nadie le haya visto llegar ni haya oído nada, a pesar de que había gente en la casa...? ¿Y cómo entró? ¡Ah!

¿Qué tiene que ver un hecho con el otro? ¡Menudo lío!

Éstas y muchas otras preguntas son las que tiene que responder Álex Samsó en una aventura que empieza de una forma casual y, poco a poco, se convierte en un misterio constante. Pero la mayor sorpresa no es el misterio, sino otro personaje más que curioso: el Marsellés.

Las explicaciones siempre existen, pero para encontrarlas se necesita una mente capaz de hacer que dos y dos sean cuatro, a pesar de que a veces parece que las matemáticas fallan y todos acabamos creyendo que dos y dos son cinco o tres.

Albert Salvadó, con la habilidad que le caracteriza, nos ofrece un nuevo misterio que nos mantiene sujetos y nos hace bailar la cabeza hasta que aparece la solución.

UN VOTO POR LA ESPERANZA

Según las profecías de San Malaquías, Benedicto XVI, el Papa actual, es el penúltimo. El próximo será el último.

«Un voto por la esperanza» comienza justo cuando acaba de fallecer el Pontífice, el cónclave se ha reunido para escoger al sucesor y, de pronto, en la plaza de San Pedro se alzan voces que gritan «¡Fumata blanca, fumata blanca!». Entre la multitud, Mario Darino, periodista que cree dominar los entresijos del Vaticano, se queda petrificado al conocer el nombre que ha escogido el nuevo Papa: Pedro II. En veinte siglos, ningún otro Papa se había atrevido a adoptarlo.

A partir de este instante Mario Darino vive una experiencia increíble. Su vida da un giro de ciento ochenta grados y se ve inmerso en una peligrosa trama de intereses políticos y económicos a la que no son ajenas las intrigas que se alimentan tras los mismos muros del Vaticano, donde a menudo el afán de poder se esconde bajo un manto de religiosidad.

La historia está plagada de ejemplos, y todo se precipitará cuando empiece a tomar cuerpo la profecía de san Malaquías, que vaticina que el último Papa tendrá por divisa Petrus Romanus, llevará por nombre Pedro II y durante su pontificado tendrá lugar el juicio final.

LOS OJOS DE ANÍBAL

Obra ganadora del "PREMIO CARLEMANY 2002",

En la Roma de los primeros tiempos la mujer no tenía el menor derecho: era considerada una propiedad y el matrimonio solo era un contrato para tener hijos. Aún así, en privado, la mujer se convirtió en el soporte del hombre y en el centro de un poder silencioso y secreto que influyó en las grandes decisiones.

Ésta es la historia de Ariadna, una mujer de ojos oscuros y misteriosos como la noche, y de Sinesio, el filósofo que era capaz de leer en los ojos de los demás y desnudar las almas y que descubrió que Ariadna guardaba en su interior todo un universo, oculto tras el misterio de su mirada.

Una historia en que el amor con mayúsculas se une a las cuatro derrotas consecutivas, también con mayúsculas, de Roma a manos del gran Aníbal. Y todo por causa de unos ojos.

También es la historia de Publio Cornelio Escipión, que se convertiría en el más grande de los generales romanos, que aprendió que los ojos son la puerta que nos permite asomarnos al alma y alcanzar los sentimientos de cualquiera.

El nombre de Aníbal ha pasado a la historia de la mano de los elefantes, pero una vez leída esta obra, es posible que sustituyamos los paquidermos por algo mucho más pequeño e infinitamente más poderoso.